문학을
홀린
음식들

Voracious

문학을
홀린
음식들

굶주린
독서가가
책 속의
음식을
요리하다

카라 니콜레티 지음
정은지 옮김

Voracious

mu∫intree
뮤진트리

차례

1부. 어린 시절

2부. 청소년기

3부. 성인기

■ 일러두기

− 이 책은 Cara Nicoletti의 《Voracious》를 우리말로 옮긴 것이다.
− 본문에 나오는 도서명은 《 》로, 잡지 · 논문 · 영화 · 드라마 명은 〈 〉로 표기했다.
− 옮긴이의 주는 본문 하단에 표기했다.

굴곡 많은 내 삶을 믿어주신 부모님,
'누들'과 '멈모'에게

들어가며

나는 푸주한들과 음식 애호가들로 이루어진 가정에서 자랐기에 어린 나이부터 요리하는 광경과 소리와 냄새에 둘러싸여 있었다. 그렇지만 진실을 말하자면 요리와 사랑에 빠진 것은 독서를 통해서였다. 그리고 곧 부엌에 있으면 좋은 책이 주는 것과 같은 종류의 평화를 얻는다는 것을 배웠다. 인생의 전반기에 나는 요리와 독서 둘 다를, 내면으로 숨어들어감으로써 종종 불가항력으로 느껴지는 세상에서 탈출하는 방편으로 사용했다. 나는 책의 등장인물들에 깊이 공감했다. 그들이 먹는 음식들을 요리하는 것은, 그들과 더 가까워지는 자연스러운 방법이자 그들을 내가 느끼는 만큼 현실로 만드는 방법이었다.

꼴사나운 중학생 시절을, 첫사랑을, 몸과 마음을 황폐하게 만드는 실연들을, 상실을, 변화를, 나는 요리를 하고 책을 읽으면서 헤쳐 나갔다. 그렇지만 나이가 들어감에 따라 독서와 요리는 나의 껍질을 깨는 힘이 되었고, 튼튼한 관계들을 형성하여 나를 주위 세계와 연결시켜주었다.

2004년 뉴욕대학교에서 문학을 공부하기 위해 뉴욕으로 갔고 곧 식당 일을 하게 되었다. 처음에는 웨이트리스와 바리스타로 일했고, 나중엔 브루클린에서도 가장 사랑받는 몇몇 장소에서 라인쿡[1], 베이킹 담당, 푸주한이 되었다. 문학을 공부하고 주방에서 일하면서, 처음으로 책과 음식을 나 못지않게 사랑하는 사람들에 둘러싸였다. 그러다 보니 음식과 문학의 연관성을 깊이 느끼는 사람들이 많고 또 많다는 사실을 알게 되었다.

근무한 식당들의 탈의실에서, 동료들의 배낭에서 비어져 나온 손때 묻은 책들에 시선이 갔다. 헤밍웨이와 포크너, 모리슨과 플라스는 그들의 삶의 일부이기도 하다는 게 밝혀졌다. 오븐에 화상을 입고 소스를 망친 긴 나날들 내내 나를 위로했던 바로 그대로, 그들을 위로했던 것이다. 영업을 준비하고, 허브를 다듬고, 고기를 밑간하면서 우리는 최근 읽은 단편들과 다들 쓰다만 성장 소설들에 관해 이야기했다. 영문학 전공 친구들의 집에서 함께 저녁을 먹을 때면 음식 솜씨가 다들 너무나 훌륭한 것이, 대화가 새로운 책에서 새로운 무쇠 프라이팬으로 너무나 매끄럽게 전환되는 것이, 나는 놀랍고도 즐거웠다.

---

1) 식당에서 볶음·구이·튀김 등 특정 요리를 전담하는 요리사.

친구들의 책장에는 《모비딕Moby-Dick》과 《율리시즈Ulysses》 같은 대학생 필독도서들과 나란히, 손때 묻은 《프랑스 요리법 숙달하기 Mastering the Art of French Cooking》와 《잡식동물의 딜레마The Omnivore's Dilemma》가 꽂혀 있었다. 그들은 시와 에세이를 쓰는 틈틈이 뉴욕 전역의 식당들과 상점들에서 식탁을 치우고, 음식을 만들고, 커피를 끓이고, 최고급 초콜릿을 판매하고 있었다.

2008년 나는 비좁고 무더운 내 아파트에서 '문학 속 저녁식사' 모임을 시작했다. 목표는 친구들이 가장 사랑하는 문학 속 음식들에 생명을 주는 것이었다. 그러다 디너파티의 수요를 더이상 따라가지 못할 지경이 되자 '냠냠북스Yummy Books'라는 블로그를 시작했다. 그리고 냠냠북스의 성공을 통해 이 책이 탄생했다.

이 책을 쓰는 동안 고향집으로 가서 어린 시절의 책들과 적잖은 시간을 보냈다. 대부분 읽은 지 오래 된 책들이었다. 버스를 타고 보스턴으로 가면서 묘하게 초조한 기분이 들었다. 꼬맹이 때 이후로는 못 본 친구와의 만남을 기다리는 느낌이었다. 우리가 서로 알아나 볼 수 있을까? 집에 도착하자 곧장 다락으로 갔고, 거기서 밤이 깊도록 내내 옛 친구들에게 둘러싸여 있었다. 그 책들을 내가 아직도 얼마나 잘 기억하는지 놀랐다. 그 책들을 읽으면, 하다못해 손에 들고 표지를 살펴보기만 해도 순식간에 삶의 특정 순간들로 돌아가는 것이 놀라웠다. 그래도 가장 심금을 울린 것은 너무나 많은 책들의 음식 묘사 장면마다 자주색 연필로 표시가 되어 있고, 뒤표지에는 상상의 요리법들이 휘갈겨 써져 있다는 점이었다. 책속 음식 장면들에 대한 나의 매혹이, 아니

집착이 얼마나 오래 전에 시작되었는지 잊고 있었던 것이다.

　문학 모임들을 주최하고, 블로그를 위해 책에서 영감받은 요리법들을 개발하고, 이 책을 쓰면서, 나에게 먹기와 책읽기 사이의 관계는 한층 깊어졌다. 그리고 기쁘게도 그 과정에서 발견했다. 너무나 많은 사람들 역시 이 관계를 깊이 느끼고 있다는 것을.

Childhood

Little House in the Big Woods

BREAKFAST SAUSAGE

《큰 숲 속의 작은 집》

어린 시절 나의 놀이터는 또래들의 것과 퍽 달랐다. 매주 며칠씩 엄마는 내가 학교에서 돌아오면 나를 외할아버지의 푸줏간인 '샐리츠'에 데려다놓고, 저녁식사 전까지 엄마를 번거롭게 하는 대신 숙제를 하고 소일하게 했다. 계산원인 베티가 주의 깊게 지켜보는 가운데, 사촌과 나는 아드레날린이 솟구치는 숨바꼭질을 했다. 우리는 그 놀이를 '내려가! 내려가'라고 불렀는데, 창고만한 냉장고에 걸려 있는 쇠고기 덩어리들 뒤에 숨기, 정제된 돼지 기름이 든 양동이들 옆에 쪼그려 앉기, 상상 속 악당인 양 정강이살 무더기에 손가락 총을 겨누기 등을 하는 것이었다.

그렇지만 거의 날마다 나는 금전등록기 뒤편 우유 상자 위에 웅크리고 앉아서 책 한 권이 끝나기가 무섭게 다른 책을 읽어치웠다. 그러고 있으면 피가 튄 하얀 겉옷을 걸친 할아버지가 주전부리들을 가져다주었다. '원더브레드' 상표 빵에 소금에 절인 우설을 올린 것이나, 닭 간 파테를 두껍게 바른 리츠 크래커 같은 것들이었다. 나에게 뽀뽀하는 할아버지의 뺨은 절단실에서 몇 시간이나 있었던 터라 늘 차가웠다. 손주들이 다들 '냄새나는 방'이라고 부르는 곳이었지만, 어째서인지 거기서 나온 할아버지에게서는 캘빈 클라인의 '옵세션' 향수 같은 냄새가 났다.

2학년 때 로라 잉걸스 와일더의 《초원의 집》 시리즈를 읽기 시작하기 전까지는, 할아버지와 작은할아버지 바비가 절단실에서 하는 일에 진지하게 관심을 둔 적이 한 번도 없었다. 나는 학교에서 열린 스콜라스틱 출판사 도서전에서 전권을 한꺼번에 구했다. 파스텔톤 체크무늬 테두리 안에 색연필로 천사 같은 농장 아이들이 그려진 표지들에 사로잡힌 나는 그 책들을 제대로 전시하기 위해서 침실 한구석을 다시 정돈하기까지 했다. 그 시리즈는 당시 우리 반 여자애들 사이에서 크게 인기였고, 쉬는 시간이면 여럿이 '초원의 집' 놀이를 했다. 나는 그 놀이에는 책만큼 흥분하지 않았다. 그 이유의 일부는 늘 억지로 잉걸스네 아빠[2] 역할을 해야 했던 굴욕 때문이었다(공평하게 말하자면, 바가지

---

2) 와일더는 로라 잉걸스가 결혼한 이후에 붙인 남편의 성이다.

머리를 한 내가 맡을 수 있는 역할은 그것뿐이었다).

어느 날 그 놀이를 하다가 잉걸스네 아빠가 《큰 숲 속의 작은 집》에서 했던 그대로, 죽은 돼지를 어깨에 지고 문으로 들어가 저녁식사용으로 써는 시늉을 했다. 여자애들은 겁에 질렸다. "이 책이 나온 건 한참 전이야." 그들은 말했다. "요즘 사람들은 더이상 그런 일을 안 해." 나는 당황했다. 사람들이, 다름 아닌 우리집 사람들이 여전히 그런 일을 하고 있었기 때문이다.

그날 방과 후 할아버지와 작은할아버지를 유심히 지켜보았다. 트럭으로부터 돼지들을 날라 오는 우아한 동작과 짐승들이 전부 절단대에 놓이면 찾아오는 집중된 침묵, 두 분의 손이 완벽한 안무라도 따르는 양 동시에 칼을 고쳐 잡는 것을 보며 나는 자부심을 느꼈다. 나는 책장을 넘겨 참고해가며, 돼지들이 더 작고 알아보기 쉬운 부위들로 바뀌는 것을 지켜보았다. "햄과 어깨부위, 옆구리살과 갈비와 뱃살이 있었다. 심장과 간과 혀, 헤드치즈³⁾를 만들 머리, 설거지통 한가득 소시지를 만들 자투리 고기가 있었다."

꼬리들이 담긴 통이 눈에 들어오자, 할아버지에게 하나 얻어서 잉걸스 가의 소녀들이 했던 것처럼 불 위에 굽는 것을 잠시 상상했다. 하지만 그런 생각을 하자 무릎이 휘청거렸고 그 대신 소시지에 집중하기로 결심했다. 내가 자랄 때 우리집은 소시지를 많이 먹었다. 할아버지가 흑백 격자무늬 봉투로 대량 포장해서 푸줏간 냉동고에 저장해두는 것

---

3) 돼지나 소의 머리를 푹 삶아 뼈를 빼고 잘게 썰어서 양념해 굳힌 냉육.

이었다. 할아버지는 딱 세 종류만 만들었다. 파프리카와 고춧가루가 점점이 빨갛게 보이는 매콤한 이탈리아식 소시지, 통통한 회향 씨가 박힌 달콤한 이탈리아식 소시지, 아빠가 우리집 문 안에 들이려고 하지 않던 간 소시지였다.《큰 숲 속의 작은 집》을 읽은 후, 할아버지에게 잉걸스네 엄마가 만든 것처럼 "소금과 후추, 텃밭에서 따온 세이지 잎 말린 것으로 양념한" 아침식사용 소시지를 만들면 어떠냐고 물어보았다.

'빅퍼드 팬케이크 하우스'에 자주 드나들면서 나는 할아버지가 아침식사용 소시지를 좋아한다는 것을 알고 있었다. 그는 늘 웨스턴 오믈렛[4]의 곁들임으로 아침식사용 소시지를 주문했다. 그러고는 소시지를 포크로 찍는 대신 포크 옆면으로 자른 후 질척한 메이플 시럽을 듬뿍 발라 두 입에 먹었다. 아빠도 마찬가지였다. 우리 모두 그렇게나 좋아함에도 '샐리츠'에서는 그 소시지를 절대 만들지 않았다. 세이지는 비쌌다. 고객들이 어떤 것을 사고 싶어하는지 할아버지는 이미 알고 있었다. 만일 아무도 안 산다면 낭비가 될 텐데, 애초에 소시지의 목적은 낭비를 피하는 것이었다. 할아버지의 생각은 물론 타당했고, 그리하여 아빠가 아침식사용 소시지에 대한 갈망을 충족시키려고 슈퍼마켓에서 사오곤 하던 압축 포장된 '지미 딘' 상표 소시지가 계속 우리 냉장고를 채웠다.

요즘 내가 일하는 푸줏간에는 80종 이상의 소시지가 있다. 치즈, 곱게 다진 허브, 절인 야채, 와인, 살짝 구운 향신료가 잔뜩 들어 있는 소

---

4) 깍둑썬 햄 · 양파 · 피망 등을 넣은 오믈렛으로 덴버 오믈렛 · 사우스웨스트 오믈렛이라고도 부른다.

시지들이다. 나는 소시지 만들기에 대한 열정과 지식을 갖춘 사람들에게 강습을 하는데, 강좌가 매진될 때마다 어린 시절 이후로 시대가 얼마나 바뀌었나 놀라울 따름이다. 그렇지만 구할 수 있는 그 모든 다양한 소시지들에도 불구하고, 아침식사용 소시지는 여전히 내가 제일 좋아하는 소시지들 중 하나로 남아 있다.

아침식사용 소시지

이 소시지는 잉걸스네 엄마가 그랬듯 소금, 세이지, 다량의 후추만 가지고 만든다. 하지만 질 좋은 메이플 시럽도 듬뿍 넣는데, 이것이 어마어마한 차이를 가져온다.

● 소시지 패티(120그램) 20개 분량

돼지고기 목심 분쇄육 2.5킬로그램

굵은 소금 2½ 테이블스푼

갓 간 후추 3½ 티스푼

말린 세이지 1½ 티스푼

순수한 메이플 시럽 ¼컵

얼음처럼 차가운 물 ¼컵

주걱형 부속을 끼운 전기 믹서 용기에 돼지고기 목심 분쇄육을 넣는다. 믹서를 제일 낮은 속도로 돌리면서 소금·후추·세이지를 더한다. 정확히 1분 동안 돌린다(타이머를 맞추자!). 메이플 시럽을 더하고 타이머를 맞춰 1분 더 돌린 후, 얼음처럼 차가운 물을 더해서 1분 더 돌린다.

소시지 혼합물을 120그램짜리 패티로 빚는다. 길이 잘 든 프라이팬에 중불로 한 면당 5분 정도씩 지진다.

– 참고: 소시지 패티 전부를 당장 요리할 게 아니라면 냉동해야 한다. 메이플 시럽의 당도가 너무 높아서, 소시지가 냉장고에서 3일 정도 지나면 발효되어 신맛이 나기 때문이다. 그러니 즉시 요리하거나 냉동하는 게 상책이다. 패티 사이사이에 유산지를 끼워가며 쌓은 후 지퍼락 봉투에 담아서 밀봉한다. 냉동 패티는 6개월까지 보관 가능하다.

"Hansel & Gretel"

GINGERBREAD CAKE *with* BLOOD ORANGE SYRUP

《헨젤과 그레텔》

놀랍게도, 나를 혼란과 공포로 몰아넣은 책들의 연대기에《그림 동화Grimms' Fairy Tales》는 없다. 만일 이 소름끼치고 끔찍이도 폭력적인 이야기 모음집이 어린 내가 밤잠을 못 이루게 만들었다고 한다면 훨씬 납득이 갈 것이다. 하지만 나는 그 책을 무척 즐겼는데, 그럴 만한 이유가 있다. 3학년 때 학교가 끝나고 친한 친구들인 크리스티 · 멕과 함께 우리집 다락방을 기웃거리다가 먼지투성이 낡은 책 한 권을 발견했다. 그 무렵 우리는 미스터리물과 귀신이야기에 심취해 있었다. 그 책을 찾아내고는 부모님이 꽁꽁 숨겨둔 어두운 비밀을 발견했다고 확신했다.

놀라울 정도로 오래된 책이었다. 금박이 입혀진 페이지들과 반투명 종이로 덮인 삽화들이 있었고, '결핍'과 '점쟁이'와 '질그릇'처럼 아름다운 단어들로 가득했다. 그날부터 우리는 기회가 날 때마다 다락방으로 숨어들었고, 짐을 쌀 때 쓰는 낡은 담요들을 깔고 앉아서 손전등 빛으로 책을 읽었다.

사실 그 책은 언니가 태어난 후 부모님이 먼 친척으로부터 선물받은 것이었고, 잠자리에서 아이에게 읽어주기에는 적당하지 않다는 생각으로(지당한 생각이었다) 다락방에 숨겨둔 것이었다. 이 친척에 대해 기억나는 것이라고는 내가 아주 어렸을 때 가족 모임에서 나를 억지로 자기 무릎에 앉히고는 이렇게 말한 것이 전부다. "머리 안 빗으면 엄지손가락이 떨어질 거다!" 그러니 부모님에게 그 책을 준 것이 그분이라고 해서 놀랄 일은 아니다. 《그림 동화》에는 아이들이 팔다리를 잃거나 숲에서 길을 잃거나 마녀 또는 늑대에게 먹히는 등 폭력적인 종말을 맞는 이야기들이 가득하다. 그러나 이 책에는 음식 또한 가득하다.

야코프와 빌헬름 그림 형제는 음식이 부족하다는 게 어떤 것인지 잘 알고 있었다. 그들은 어린 시절 몇 년은 편안하게 살았지만, 십대에 이를 즈음 고아가 되었고 어린 동생들을 돌봐야 했다. 이 동화집을 편집하던 무렵 그들은 종종 동생들을 제대로 먹이기 위해서 자신들은 하루에 한 끼만 아주 조금씩 먹곤 했다. 그러니 음식이 그들의 이야기 거의 전부에 그렇게도 강력하게 등장하는 것은 이상한 일이 아니다. 이 책에서 음식은 지나치게 풍성하거나 아예 없다. 음식은 치유하는 동시에 파괴하고, 조롱하고, 괴롭히고, 보호하고, 구원한다. 그렇지만 언제나 이야기의 일부로 존재한다.

동화를 몇 편 읽고 나면 크리스티와 멕과 나는 늘 지독히도 배가 고팠다. 그래서 흔히 통밀 쿠키와 땅콩버터를 먹고 얼음처럼 차가운 우유를 마셨는데, 방금 읽은 이야기의 굶주린 등장인물들 생각에 희미하게 죄책감을 느꼈다. 공교롭게도 헨젤과 그레텔 이야기에 다다른 것은 크리스마스가 다가오는 무렵이었다. 우리는 크리스마스 장식들 중 부모님이 관심 없을 것 같은 몇 가지를 몰래 가져나왔고, 그리하여 손전등에 의지하던 독서는 대림절용 전기 양초를 사용하는 독서로 바뀌었다.

우리 셋 다 이후에 이 이야기를 어린이용 판본으로 읽었다. 덕분에 원래의 판본이 얼마나 충격적인지 새삼 깨달았다. 우리는 자기 아이들을 끔찍한 새 아내가 시키는 대로 거리낌 없이 죽인 헨젤과 그레텔의 아버지를 혐오했고, 그가 마지막에 처벌을 면한 데 격분했다. 그렇지만 나를 가장 충격에 빠뜨린 장면은 헨젤과 그레텔이 마녀의 집을 발견하자마자 멋대로 먹어치우기 시작해서, 노파가 나타나서 누가 내 집을 먹어 치우냐고 소리를 지르는데도 멈추지 않는 대목이었다. 나는 어른들을 공경해야 한다고 배웠기에, 헨젤과 그레텔이 마녀건 뭐건 할머니에게 그렇게 탐욕스럽고 무례하게 구는 것에 경악했다.

우리는 이 지독한 악행을 바로잡을 유일한 방법이 마녀의 집을 우리 식으로 직접 짓는 것이라고 결정했다. 그리하여 크리스티 · 멕 · 나는 궁극의 진저브레드 하우스를 위한 방대하고도 복잡한 청사진을 그리기 시작했다. 멕의 것에는 나선형 계단실과 프로스팅으로 만든 고드름이 달린 발코니들이 있었고, 크리스티의 것에는 설탕으로 만든 색색의 스테인드글라스 창들이 있었으며, 내 것에는 집 위로 드리운 분홍빛 솜사탕 구름들과 피스타치오 푸딩 늪이 등장했다. 실제로 집 만들기에 착수하자, 규모를 상당히 축소해야 한다는 사실을 깨닫게 되었다.

결국 우리는 집 세 채 대신 큰 집 한 채를 만드는 데 노력을 모으기로 결정했다. 종이와 반죽에 밑그림을 그리고 잘라내고 베끼면서 원래의 아이디어들을 손질하고 고쳤고, 반죽을 혼합하고 밀어서 식기를 기다리며 이 동화에 대해 수다를 떨었다. 이 과정은 몇 년 후 내가 여러 식당들의 주방에서 겪게 될 경험과 크게 다르지 않았다. 아이디어에 대한 동료 요리사들의 반응을 살피고, 밑그림을 그려서 계산하고, 큰 꿈을 꾸었다가 단순화하고 단순화하고 또 단순화하는 것. 몇 시간 후 우리는 눈이 흐릿하고 손가락에는 쥐가 날 지경인 채로, 몇 발짝 뒤로 물러나서 우리의 비뚤비뚤한 걸작을 자랑스럽게 쳐다보았다. 배에서는 천둥소리가 나고 코 안에는 당밀과 정향 향기가 가득했다. 그럼에도 우리는 한 조각도, 모서리 부스러기 하나도 먹지 않았다.

진저브레드 하우스의 훌륭함은 몽땅 먹을 수 있다는 데 있다. 그럼에도 실제로는 먹기 위한 것이 아니라는 사실이 나에게는 늘 실망스러웠다. 몇 시간씩 좋은 냄새를 맡고 끈적한 반죽을 만지고 달콤한 아이싱을 섞으면서 땀 흘려 수고해놓고, 보상이라고는 눈으로 보는 것이 고작인 것이다. 너무나 잘못되었다. 이 진저브레드 케이크가 우월한 것은 실제 먹어치우기 위해 만든다는 것 때문만이 아니다. 이 케이크는 진지하고, 성인용이며, 어둡다. 내 생각에 그림 형제는 바로 이런 것을 원했을 것이다. 블러드오렌지 시럽은 이 케이크의 묵직한 향신료와 완벽한 짝이다. 더불어 오싹해 보이기도 한다.

블러드오렌지 시럽을 끼얹은 진저브레드 케이크

이 케이크는 오븐에서 꺼내자마자 먹어도 맛있다. 그러나 며칠 두면 한층 더 맛있어진다.

● 8인분

중력분 2컵

강판에 간 생강 2테이블스푼

베이킹파우더 1½티스푼

강판에 간 계피 1티스푼

굵은 소금 ¼티스푼

강판에 간 육두구 ¼티스푼

강판에 간 정향 ¼티스푼

강판에 간 카다멈 약간

비非유황처리 당밀 1컵

흑맥주 1컵(기네스 등)

베이킹소다 ½티스푼

녹인 무염버터 12테이블스푼

꽉꽉 눌러 계량한 진갈색 설탕 1컵

그래뉴당 1컵

계란 큰 것으로 3개

블러드오렌지 시럽(요리법은 뒤에 나온다)

오븐을 180도로 예열한다. 구겔호프 틀에 들러붙음 방지 스프레이를 골고루 뿌린다(6컵들이 구겔호프 틀로는 더 높은 케이크가, 9컵들이 틀로는 더 낮은 케이크가 만들어질 것이다).

밀가루 · 생강 · 베이킹파우더 · 계피 · 소금 · 육두구 · 정향 · 카다멈을 한꺼번에 체로 쳐 큰 그릇에 내려서 잘 둔다. 당밀과 흑맥주를 바닥이 두꺼운 소스팬에서 섞고 중간불로 끓인다. 팬을 불에서 내린다. 당밀-흑맥주 혼합물에 베이킹소다를 넣고 거품기로 저어서 잘 둔다.

전기 믹서 용기에 녹은 버터를 붓는다. 설탕 두 종류를 버터에 더하고 매끄러워질 때까지 믹서를 돌린다. 계란을 한 번에 하나씩 더하면서 폭신해질 때까지 섞어준다. 버터 혼합물에 마른 재료와 당밀-흑맥주 혼합물을 번갈아 더하면서 잘 섞일 때까지 돌린다.

기름 바른 구겔호프틀에 반죽을 붓고, 케이크 가운데를 이쑤시개로 찔러도 묻어나지 않을 때까지 40~50분 굽는다. 케이크를 틀에 든 채로 최소한 10분간 식힌 후, 케이크 스탠드나 접시 위로 꺼내 놓는다. 케이크를 내기 직전, 조각마다 완전히 식은 블러드오렌지 시럽을 끼얹는다.

〈블러드오렌지 시럽〉

● 약 2컵 분량

설탕 1컵

물 1컵

블러드오렌지 2개의 껍질과 즙

설탕과 물을 소스팬에 넣어 섞고 설탕이 녹을 때까지 중불로 가열한다. 블러드오렌지 껍질과 즙을 더하고 끓어오를 때까지 둔다. 10분간 은근히 끓인다. 시럽을 걸러서 완전히 식힌다.

In the Night Kitchen

SCALDED and MALTED MILK CAKE

《깊은 밤 부엌에서》

2010년 2월에는 모든 것이 엉망이었다. 안 그래도 곤란한 일들이 많았던 터라 위기가 최고조에 달한 상황이었는데, 작은 식당의 베이킹 일자리를 잃었고 갑자기 어디서도 일자리를 찾을 수 없었다. 11월부터 2월까지는 추수감사절과 크리스마스 파티 주문들로 인한 광란의 야근 속에서 순식간에 지나갔다. 호박 파이·피칸 파이·사과 파이 수백 개, 향신료를 듬뿍 넣은 당밀 쿠키들이 든 선물 바구니, 가끔씩 뷔슈 드 노엘bûche de Noël[5], 그러다 갑자기 잠잠해졌다.

명절 뒤끝의 소강기에 접어들어서도 내 자리를 한 달은 유지할 수

문학을 홀린 음식들

있었다. 그러나 결국 어느 날 일하러 와서는 일정표의 내 이름에 큼직한 붉은 빗금이 그어진 걸 발견했다. 베이킹 담당 동료들의 눈에는 미안함과 함께 나의 운명을 피했다는 안도감이 가득했다. 나는 이 일을 감정적으로 받아들이지 않으려고 애썼다. 누가 뭐래도 내가 제일 최근에 고용되었으니, 나부터 잘리는 것이 공정했다. 나는 개인 도구들을 챙기고 앞치마를 개켰다. 그러고는 식당의 아늑한 온기로부터 2월 브루클린의 상쾌한 추위 속으로 걸어 나왔다.

집으로 가서 남자친구와 언니에게 실직했다고 알리는 일은 생각도 할 수 없었다. 그때는 두 사람도 일자리를 찾으려고 몸부림치고 있었기 때문이다. 그래서 계속 걸었다. 어딘가에 근무 태도가 엉망인 베이킹 담당이 막 앞치마를 벗어던지고, 다시는 가루를 체에 치거나 반죽하거나 프로스팅을 입히지 않겠다고 맹세하며 뛰쳐나간 식당이 있을 것이라고 확신했다. 나는 아슬아슬하게 시간 맞춰 그곳에 도착해 궁지에서 벗어날 테고, 그러면 일자리를 애초에 잃지 않은 셈이 되는 것이었다.

물론 이런 일은 일어나지 않았다. 비슷한 일조차 없었다. 내가 들어간 모든 식당의 모든 주인이 똑같은 이야기를 했다. 직원은 이미 넘치고, 그곳 역시 명절 뒤끝의 소강기이며, 필요한 것은 그곳의 요리사가 늘 만드는 초콜릿 브레드 푸딩이 전부라는 것이었다. 마침내 밤 9시 즈음 패배를 인정하고 집으로 향했다. 집에서 몇 블록 떨어진 공장 건물

---

5) 크리스마스 때 먹는 장작 모양의 케이크

을 지나가던 중, 창고의 열린 문을 통해 이스트와 설탕 냄새가 풍겨온 다는 사실을 처음으로 알아차렸다. 창문으로 들여다보니, 적어도 십여 명의 하시드파 유대인 남자들이 제빵용 식힘망에 기대어 거대한 52리 터들이 믹서 위로 몸을 구부리고 있는 것이 보였다. 흰 셔츠를 걸친 그들의 배는 불룩했고 귓가에는 곱슬거리는 옆머리가 촘촘하게 늘어져 있었다. 그들은 이야기하고 웃음을 터트리면서 작업했다. 김이 무럭무럭 나는 빵 때문에 창문에는 김이 서려 있었다.

0.5초 정도는 온종일 빈속으로 걸어 다닌 탓에 환각이 보인다고 생각했다. 아마도 베이킹 일자리가 너무나 절실했던 나머지, 이런 장소가 존재하기를 바랐을 것이다. 이 모든 북새통이 거의 매일 밤 코앞에서 벌어지고 있었건만 한 번도 눈치채지 못했다는 것이 감탄스러울 지경이었다. 그렇지만 진정 불신으로 눈을 비비게 만든 것은, 이 비밀의 장소가 모리스 샌닥의 《깊은 밤 부엌에서》에 등장하는 장소와 묘하게 비슷하다는 사실이었다.

어린 시절에 부모님은 《깊은 밤 부엌에서》를 잠자리에서 자주 읽어주었다. 나는 그 책에 언제나 매혹되었고 약간 겁에 질리기도 했다. 부모님이 이불을 덮어주면 나는 그림들을 응시하면서 이해하려고 노력했다. 벌거벗은 꾀죄죄한 소년이 3미터 높이의 우유병 속으로 떨어져서, 거무스름한 요리사 한 무리가 만드는 핫케이크 반죽으로 들어간다. 그리고 《괴물들이 사는 나라Where the Wild Things Are》에서 맥스가 입었던 잠옷과 꽤나 비슷한 케이크 반죽 옷에 뒤덮인 모습으로 반죽 그릇에서 나온다.

《깊은 밤 부엌에서》에는 미키라는 어린 소년이 등장한다. 그는 침대에서 떨어져 '깊은 밤 부엌'의 세계로 들어가는 꿈을 꾼다. 이곳은 우리들 나머지가 자는 사이 전 세계의 페이스트리가 전부 만들어지는 깊은 밤의 비밀 장소다. 그날 밤 내가 지나친 곳과 비슷한 장소이자, 확신하건대 샌닥 본인이 어린 시절 브루클린의 유대인 구역에서 자라면서 아마도 많이 지나쳤을 곳들과 아주 비슷한 장소일 것이다. 오늘날에도 《깊은 밤 부엌에서》는 이제껏 출간된 가장 논쟁적인 어린이 책 중 하나로 남아 있다. 이 책은 해마다 다양한 이유로 이의를 제기당하고 금지된다. 어떤 평론가들은 미키가 이유도 없이 알몸이라는 데 기분이 상하고, 또 어떤 평론가들은 '남근을 상징하는' 우유병과 소년의 알몸을 덜 순수해 보이게 만드는 우유라는 물질을 불쾌하게 여긴다. 심지어 어떤 평론가들은 요리사들의 '히틀러풍' 수염과 미키를 케이크로 구우려는 시도에 주의를 환기하며, 제2차 세계대전이라는 하위 스토리의 가능성을 암시하기까지 한다.

2011년에 나는 샌닥이 NPR 방송국의 〈프레시 에어Fresh Air〉[6]에서 테리 그로스와 했던 인터뷰를 들었다. 그는 특히 기억에 남아 있는 팬과의 편지 교류에 대해 이야기했다. 그 이야기는 나에게 깊은 감명을 주었고, 특히 요리법을 만들어내려고 열심일 때마다 머릿속에서 어른거린다. 그 팬은 짐이라는 소년이었는데 샌닥에게 "작은 스케치가 딸린 매력적인 카드"를 보냈다. 그래서 샌닥은 상냥하게도 '괴물' 스케치

---

6) 미국에서 1987년 이래로 이어져온 라디오 토크쇼.

를 그린 카드를 답장으로 보냈다. 샌닥은 이 카드에 대한 답장을 짐의 어머니로부터 받았다. "짐이 선생님의 카드를 너무 좋아해서 먹어버렸답니다."라는 내용이었다. 샌닥은 그로스에게 말했다. "나에게는 이제껏 받은 최고의 찬사 중 하나였어요. 그 애한테는 모리스 샌닥의 원화건 뭐건 상관없었죠. 그것을 봤고, 좋아했고, 먹었어요."

어떤 것이, 특히 책이나 삽화가 너무 좋아서 실제 먹고 싶어지는 경험은 내게도 마음 깊이 친밀한 감정이다. 내가 이 책에서 표현하려는 게 바로 그것이다. 샌닥은 그 아이디어를 《괴물들이 사는 나라》에서 괴물들이 맥스를 협박하는 장면에 집어넣었다. "오 제발 가지 마―널 먹어버릴 거야―우리는 너를 너무 사랑하거든!"

샌닥의 성장 과정은 수월하지 않았다. 브루클린의 가난한 유대인 이민자 가정에서 자란 그는 병약하고 불안한 아이였고, 자신이 동성애자라는 사실을 어린 나이부터 알고 있었다. 1920년대 후반부터 1930년대 초반까지 그의 어린 시절은 전쟁, 죽음, 경제 붕괴, 어린이들에 대한 끝도 없어 보이는 폭력들로 점철되어 있었다. 린드버그 부부의 아기 유괴 사건은 어린 모리스에게 특히 큰 충격이었으며 후일 그의 책 몇 권에 영향을 끼쳤다. 그의 이야기들은 악몽으로 가득하다. 어린이들은 늘 연약하고 위험에 처한다. 어른들은 사랑으로 등장인물들을 숨 막히게 하거나 아니면 완전히 사라지고 없다. 등장인물들은 고집이 세고 종종 노골적으로 반항적이다. 그들은 부모의 지시를 거역하고 끝내 위험과 모험 속으로 돌진하며, 그러나 결국에는 자기 침대로 돌아와서 모두를 크게 안도하게 만든다.

성장기에 내가 샌닥의 책을 좋아했던 것은 바로 이 때문이었다. 부모들은 자기 아이들이 읽거나 보거나 들은 것에 충격을 받을까 두려워한다. 하지만 이런 이야기들, 독자의 두뇌가 작동하고 심장이 고동치게 만드는 이야기들은, 글로 쓰인 말의 힘을 깨닫게 만드는 이야기들이자 독서를 사랑하게 만드는 이야기들이다. 가장 생생하게 기억되는 이야기들이며, 완전히 어른이 되었을 때 숱한 이유들로 일자리를 잃고 실패하고 상처받은 채 흡사 샌닥의 방랑하는 아이들처럼 한밤중 인근 길거리를 배회하다가 창문을 들여다보았을 때 위로를 주는 이야기들이다.

데운 맥아유 케이크

● 8인분

무염버터 14테이블스푼(1¾스틱), 실온에 둔다

그래뉴당 ¾컵

꽉꽉 눌러 계량한 진갈색 설탕 ¼컵

바닐라빈 1개, 씨를 긁어내고 깍지는 잘 둔다

우유 ½컵

계란 큰 것으로 2개와 노른자 1개

박력분 1½컵

맥아유 ¼컵과 추가로 1테이블스푼

베이킹파우더 2티스푼

굵은 소금 ¼티스푼

〈글레이즈〉

슈거파우더 1½컵

바닐라맥아분 3테이블스푼

바닐라 에센스 1티스푼

우유 혹은 생크림 1과 ½테이블스푼, 필요하면 조금 더

굵은 소금 약간

오븐을 160도로 예열한다. 구겔호프 틀에 들러붙음 방지 스프레이를 골고루 뿌린다(6컵들이 구겔호프 틀로는 더 높다란 케이크가, 9컵들이 구겔호프 틀로는 더 낮은 케이크가 만들어질 것이다).

주걱형 부속을 끼운 전기 믹서 용기에 버터·설탕 두 종류·바닐라빈 씨를 넣어 섞고, 혼합물이 가벼운 거품처럼 될 때까지 중속으로 3분 정도 돌린다.

버터가 크림화되는 동안 바닥이 두꺼운 소스팬에 우유를 붓고 바닐라빈 깍지를 더한다. 우유를 중불에서 꾸준히 저어주며 80도가 될 때까지 가열한다. 이 온도에 달하기 직전이면 팬 가장자리에 거품이 형성되고 우유 표면에서 김이 올라오는 것이 보일 것이다. 우유가 80도가 된 후 팬을 불에서 내려 잘 둔다. 바닐라빈 깍지는 우유에 향이 배도록 그대로 둔다.

계란과 노른자를 버터-설탕 혼합물에 한 번에 한 개씩 더하되, 매번 넣은

후 잘 섞어주고 용기 옆면을 긁어내려 전부 잘 섞이도록 유의한다.

다른 그릇 안에 박력분 · 맥아분 · 베이킹파우더 · 소금을 섞는다.

데운 우유에서 바닐라빈 깍지를 건진다. 믹서를 저속으로 작동시킨 채 버터 혼합물에 마른 재료들과 데운 우유를 번갈아가며 더해서 전부 잘 섞이게 한다. 믹서를 너무 오래 돌리지 않도록 주의한다.

스프레이를 뿌려둔 구겔호프 틀에 반죽을 붓고, 케이크 가운데를 이쑤시개로 찔러도 묻어나지 않을 때까지 45분 정도 굽는다.

케이크를 틀에 담긴 채로 식힘망 위에서 45분 동안 식힌 후, 틀에서 꺼내 식힘망에 얹고 완전히 식힌다.

작은 그릇에 글레이즈 재료들을 전부 한꺼번에 담고 매끄러워질 때까지 거품기로 젓는다. 글레이즈가 너무 걸쭉해서 붓기 힘들면 우유나 크림을 한 숟갈 더 넣는다. 실온으로 식은 케이크 위에 붓는다.

Nancy Drew

DOUBLE CHOCOLATE
WALNUT SUNDAE

《낸시 드루》

4학년 크리스마스에《낸시 드루》시리즈의 첫 열 권을 무더기로 받았을 때, 나는 사상 최고의 낸시 드루 팬이 될 준비가 되어 있었다. 그 전해에 나는《탐정 해리엇Harriet the Spy》을 여덟 번 읽었고, 그 결과 통 넓은 오렌지색 바지와 줄무늬 내복 이외의 것을 입거나 토마토 마요네즈 샌드위치 이외의 것을 먹기를 거부했다. 낸시 드루 책들을 사준 고모할머니는 70대 중반이었다. 이 시리즈를 소녀 시절에 매우 좋아한 것을 추억하며 나에게도 아주 즐거운 경험이 될 거라고,《낡은 시계의 비밀The Secret of the Old Clock》표지 안쪽에 흔들렸지만 우아한 글씨로 쓰여 있었다. 내 방으로 가서 그 책들을 펼쳐보고 얼마나 흥분했는지, 크리스마스 아침식탁에서 일 년 내내 고대해왔던 아이싱 듬뿍 발린 '필스버리' 상표의 시나몬롤을 거의 건드리지도 않을 정도였다.

나는 열흘 내내 날마다 한 권씩 읽었다. 그러나 밤마다 불이 꺼지면 잠들지 못한 채 이불 속에 누워서, 왜 그들에게 좀더 열광하지 못하는지 알아내려 애썼다. 낸시는 영리했다. 용감하고 대담하고 카리스마가 넘쳤다. 그녀는 내가 여성 주인공에게 바라던 모든 것을 갖췄지만, 어째서인지 공허해 보였다. 그렇지만 날 위해 서점에 가서 다정하게 그 책들을 골라온 고모할머니에 대한 의무감으로 열 권을 다 읽었는데, 한 권 한 권 점점 더 거슬리고 납득 안 되는 기분이었다.

고집스러울 정도로 주관이 뚜렷한 해리엇과 달리 낸시는 평범한 소녀였다. 그녀가 갖춘 재능과 미덕은 너무나도 다양해서, 어떤 소녀라도 자신과 비슷한 점을 찾아낼 수 있었다. 스트레이트마이어 신디케이트[7]가 낸시 드루 시리즈의 목표로 삼은 게 바로 이것이었다. 소녀들에게 그들이 뭐든지 될 수 있다는 것을 가르치기. 영리하고 용감하면서 옷을 잘 입고 아름다우며 상냥할 수 있고, 또한 끝내주게 훌륭한 요리사와 살림꾼도 될 수 있다는 사실을 가르치는 것이었다. 그것은 고귀한 목표였다. 더불어 나와 마찬가지로 성장과정에서 원한다면 누구든지, 또 뭐든지 될 수 있다는 사실에 한 번도 의문을 가진 적 없는 소녀들이 영원히 고마워해야 할 목표이기도 했다. 그러나 내가 어린 독자였을 때, 완벽한 수준을 위해서 분투한다는 생각은 스트레스를 줄 뿐이었다.

---

7) 낸시 드루 등 어린이용 탐정 소설 시리즈를 다수 낸 기획사.

아마도 5권 《섀도 목장의 비밀The Secret of Shadow Ranch》에서 낸시의 친구 베스 마빈이 등장했을 때 내가 엄청나게 안도한 것은 바로 이 이유 때문이었을 것이다. 낸시와 조지 페인이 수상쩍은 노인들이 있는 어두운 골목들로 용감하게 뛰어들고 싶어서 안달하는 모습은 강박에 가깝다. 그들과 달리 베스는 걱정 많고 조심스러우며, 평범한 사람이 가질 법한 모든 의구심을 갖고 있다. 낸시의 '늘씬한 자태'가 자주 언급되고 조지는 '매력적인 말괄량이 소녀'로 묘사되는 반면, 베스가 등장할 때는 '살짝 통통'하다고 소개된다. 이 묘사는 책의 다른 부분에서도 거의 매번 그녀의 이름 앞에 나온다.

어린 독자로서 나는 스스로를 늘 조 마치 · 스카우트 핀치 · 캐디 우들론 등 책 속의 말괄량이 등장인물과 나란히 놓았다. 하지만 이 경우에는 즉각 베스의 편을 들었다. 만만한 대상이자 약자라는 이유로, 낸시와 조지가 테이블 아래에서 무릎을 툭 차고 은밀한 실망의 눈길을 주고받는다는 이유로, 나는 그녀를 옹호했다. 조지는 말괄량이일지는 몰라도 내가 좋아하는 말괄량이 등장인물들과는 다르다. 그녀는 속이 좁고, 베스가 얼마나 많이 먹고 얼마나 천천히 움직이는지 늘 주의를 환기한다. 그사이 낸시는 뒤에서 점잔빼며 킥킥댄다.

소녀들과 음식 사이의 관계는 외모 못지않게 딴판이다. 음식은 이 책의 도처에 존재하며, 이에 대한 소녀들의 반응은 각자의 개성을 말해준다. 낸시는 요리하기를 좋아하지만(그리고 물론 환상적으로 잘하지만) 최종 결과물에는 별로 관심이 없다. 그녀의 자제는 영웅적이다. 따끈따끈한 케이크에 초콜릿 아이싱을 입히는 것과 같은 일들을 끝없이

하지만, 숟갈을 놓는 일은 없다. 그리고 베스와 배고픈 카우보이들에게 디저트로 케이크 대신 통밀 크래커를 먹으라고 말한다. 조지는 음식에 무관심하다. 그녀는 종종 밥 먹는 것을 잊어버리며, 식사를 하는 것은 절대적으로 필요할 때뿐이다. 그녀는 베스가 얼마나 많이 먹는지를 늘 놀린다. 베스가 먹은 샌드위치의 수를 바로잡아주거나, "우리 사촌아, 먹는 것은 사실 대단히 살찌는 취미란다." 같은 말로 괴롭힌다. 베스는 음식에 휘둘리고 열중한다. 끊임없이 '배를 곯거나', '배고파 죽을 지경 이거나', '바위라도 튀겨먹을 만큼 허기져 있다.'

독자가 베스를 처음 만날 때 세 소녀는 식당에서 섀도 목장의 불가 사의한 사건들에 관하여 이야기하고 있다. 낸시와 조지는 탄산음료를 주문하는 반면, 베스는 메뉴를 꼼꼼히 읽으면서 이 사건이 너무 심란 해서 식욕을 잃을 지경이라고 선언한다. 그러다 이렇게 덧붙인다. "난 호두를 곁들인 더블 초콜릿 선데로 할게." 이 말에 "낸시와 조지는 히 죽 웃었다. '세상에나.' 조지가 말했다. '말라 죽겠어.' 베스는 멋쩍어 보였다. '난 괜찮아.' 그녀가 말했다." 이 선데는 베스가 제일 좋아하는 음식이며 시리즈 내내 그녀를 따라다닌다. 낸시와 조지가 히죽거리며 탄산음료를 홀짝이는 동안 그녀는 거의 늘 이것을 먹는다.

이 시리즈의 음식을 둘러싼 수치심과 전반적인 기이함은 어린 나에 게조차 거슬렸다. 그 후 몇 년 동안 이 책들에 관하여 생각했다. 책장에 서 그 책들이 보일 때마다, 혹시 이런 식으로 반응하는 아이가 나 혼자 일까 궁금해했다. 대학교에서 문학 속 식이장애들에 대한 연구 논문을 쓰면서, 나는 낸시 드루에 대한 비판적 수용과 페미니스트적 독서에 대해서 조사하기로 결심했다.

　냰시 드루의 복잡한 역사를 뒤지는 과정에서 첫 번째 충격적 발견은, '작가'인 캐럴라인 킨이 진짜 사람이 아니라 에드워드 스트레이트마이어가 만들어낸 이름이라는 사실이었다. 이 책들을 실제로 쓴 것은 여러 명의 대필 작가들이었다. 그들은 작업에 대해 정액제로 보수를 받았고, 모든 인세와 권리를 스트레이트마이어 신디케이트에 넘긴다는 계약서에 서명하도록 요구받았다. 원래 발간되었던 책들이 1959년부터 완전히 다시 쓰이기 시작했다는 사실에도 놀랐다. 인종적으로 몰이해한 표현들을 제거하고, 더불어 현대 독자들에게 호소력을 갖도록 쇄신하기 위해서였다. 이것은 내가 아는 냰시 드루와 고모할머니가 알았던 냰시 드루는 전혀 다르다는 사실을 의미했다.

　초대 캐럴라인 킨은 밀드레드 벤슨이었고, 냰시 드루 시리즈의 첫 서른 권 중 스물세 권을 썼다. 에드워드 스트레이트마이어가 벤슨을 고용한 것은 추락하고 있던 《루스 필딩》 시리즈를 되살리기 위해서였다. 그는 그녀의 작품에 너무나 만족한 나머지, 소녀 탐정에 대한 새로운 시리즈를 써달라고 부탁했다. 그 시리즈는 '신식이고 현대적인 젊은 여성'이 등장하며 소녀를 위한 《하디 형제》 시리즈 같은 것이 될 예정이었다. 처음 나왔던 냰시 드루 시리즈 스물세 권을 찾아내기까지 오랜 시간이 걸렸다. 하지만 일단 찾고 나니 고모할머니가 이 책들을 왜 그렇게 좋아했는지 알 수 있었다. 벤슨의 냰시는 여전히 거의 매사에 능통하지만 훨씬 호감이 간다. 그녀는 소총을 다루고 말을 돌보는 법을 알며, 나중에 나온 책들에서처럼 잰체하는 겸양 없이 자신감을 보인다. 그리고 어째서인지 그녀의 용감함은 더 진실되게 느껴지며, 죽음에 대한 충동적인 동경 같은 느낌도 덜하다.

그렇지만 본래의 시리즈에서 가장 흥미로운 것은 베스가 개작된 판본과 어떤 점에서 다르게 선보이는가 하는 점인데, 이는 곧 음식의 역할이 이야기에서 얼마나 다르게 등장하는가 하는 점이기도 하다. 처음 나왔던 《새도 목장의 비밀》에는 베스의 몸무게에 대한 언급이 없다. 그 대신 이렇게 소개된다. "엘리자베스는 늘 적절한 시간에 적절한 일을 하는 것으로 유명하다. 그녀에게 사촌[조지]의 맹렬함과 활기는 없다. 하지만 외모가 더 낫고 공들여서 좋은 취향으로 차려입었다." 더블 초콜릿 호두 선데 얘기는 없고, 베스의 식이 습관에 대한 비난조의 언급도 없다. 그 대신 처음 나온 《새도 목장의 비밀》에서는 소녀들 전원이 건강한 식욕을 가진 것으로 보인다. 셋 다 똑같이 '따끈한 비스킷, 버터로 지글지글 구운 닭고기, 향기로운 커피 냄새'에 애 태우며, 신속하게 씻고 와서 '소박하지만 맛있는 음식으로 상다리가 휘청거리는 식탁'에 앉는다.

음식에 대한 걱정과 과식에 대한 수치가 두드러지지 않는 판본을 읽으며 기뻤던 것 못지않게, 더블 초콜릿 호두 선데가 사라진 것은 슬펐다. 베스가 그것을 얼마나 즐겼는지 알기 때문에라도 그랬다. 나는 선데를 먹으면서 베스 생각을 하지 않은 적이 한 번도 없으며, 인정하고 싶은 것보다 더 자주 선데를 먹는다(나는 독립적인 여성이고 원하는 것은 무엇이든지 할 수 있다). 이 요리법은 베스에게, 내가 총애하는 약자에게 부치는 노래이다. 밀크초콜릿 아이스크림에 내가 먹으면서 자란 '브리

검'상표의 퍼지 소스와 최대한 흡사한 맛의 따끈한 초콜릿 소스를 끼얹는다. 그리고 설탕을 입힌 호두를 넉넉한 소금과 매콤한 고추를 곁들여서 올린다.

더블 초콜릿 호두 선데

밀크초콜릿 아이스크림, 설탕을 입힌 호두, 초콜릿 퍼지 소스를 만든다(요리법은 뒤에 나온다). 재료가 모두 준비된 후, 아이스크림과 설탕 입힌 호두를 아이스크림 그릇에 담고 뜨거운 퍼지를 끼얹는다.

〈밀크초콜릿 아이스크림〉
● 약 1리터 분량

질 좋은 밀크초콜릿 700그램, 대충 다진다

생크림 2컵

우유 2컵

바닐라빈 1개, 씨를 긁어내고 깍지는 잘 둔다

흑맥주(기네스 등) 450그램, 졸여서 절반으로 만든다

계란 큰 것으로 8개 (노른자만)

설탕 1컵

굵은 소금 ½티스푼

싱크대나 아주 큰 그릇에 얼음덩어리와 찬물을 채워 얼음탕을 준비한다. 다진 초콜릿을 커다란 유리나 금속 그릇에 담고 고운 체와 함께 잘 둔다.

크고 바닥이 두꺼운 냄비에 생크림·우유·바닐라 씨와 깍지를 담는다. 중불에 올리고 혼합물이 막 끓으려 할 때까지 잘 저어준다(냄비 가장자리에 자잘한 거품이 생기고 액체 표면에서 김이 올라오는 것이 보일 것이다). 졸아든 흑맥주를 거품기로 저어가며 넣은 후 냄비를 불에서 내린다.

큰 그릇에 계란 노른자·설탕·소금을 담아 폭신하고 가벼워질 때까지 거품기로 3분 정도 맹렬하게 젓는다.

데운 우유 혼합물에서 바닐라빈 깍지를 건져내 버린다. 데운 우유의 일부를 1컵들이 유리 계량컵으로 옮겨 담는다. 이것을 꾸준히 저어주면서 계란 노른자에 천천히 고르게 붓는다. 데운 우유 전부가 계란 노른자와 섞일 때까지 계속한다.

노른자와 데운 우유 혼합물을 다시 냄비에 붓고, 중불에 꾸준히 저어주면서 혼합물이 77도가 될 때까지 가열한다. 혼합물을 다진 초콜릿 그릇에 체로 내리고, 초콜릿이 녹아서 골고루 섞일 때까지 거품기로 젓는다.

아이스크림 베이스가 담긴 이 그릇을 얼음탕의 얼음 위에 얹고 거품기로 저으며 살짝 식힌다. 얼음탕에 얹어둔 채 이따금 저어주면서 실온이 될 때까지 20분 정도 식힌다. 그릇에 뚜껑을 덮고 냉장고로 옮겨서 최소 8시간 동안 냉장한다.

베이스가 완전히 냉장되면 아이스크림 메이커에 넣고 설명서에 따라 돌린다. 다 돌린 베이스를 냉동실에 넣고 최소 2시간 동안 두었다가 낸다.

〈설탕 입힌 호두〉

● 1컵 분량

설탕 ½컵

물 2테이블스푼

카옌고춧가루 약간

오븐에 굽거나 기름 없이 살짝 볶은 호두 1컵

조각 소금(말돈 등) 1티스푼

오븐용 철판에 달라붙기 방지 요리용 스프레이를 뿌리고 잘 둔다.
설탕·물·고춧가루를 작고 묵직한 프라이팬에 넣고 섞는다. 젓거나 흔들지 않으면서 설탕이 녹기 시작할 때까지 중불로 4분 정도 조리한다. 이어서 이따금 부드럽게 저어주면서 설탕이 짙은 호박색으로 캐러멜화될 때까지 2분 정도 조리한다. 불에서 내리고 캐러멜화된 설탕을 재빨리 호두에 부은 다음 뒤적여서 골고루 묻힌다. 설탕이 코팅된 호두를 기름칠한 오븐용 철판에 펼쳐놓되, 달라붙은 게 하나라도 있으면 포크로 떼어놓는다. 입자가 큰 소금을 뿌리고 10분 정도 두어서 식힌다.

〈초콜릿 퍼지 소스〉

● 1.5리터 분량

설탕 1⅓컵

더치 프로세스 코코아 가루[8] 1컵과 추가로 2테이블스푼

물 1컵

옥수수시럽 1컵

무염버터 1컵(2스틱)

질 좋은 세미스위트 초콜릿 200그램, 다진다

바닐라 에센스 3테이블스푼

굵은 소금 약간

재료 전부를 바닥이 두꺼운 소스팬에 넣어 섞고, 중불에서 이따금 저어주며 소스가 잘 혼합될 때까지 가열한다. 따끈할 때 낸다. 남은 것들은 뚜껑을 덮은 용기에 담아두면 냉장고에서 최소 3개월 동안 보관 가능하다. 내기 전에 다시 데운다.

---

8) 자연 상태에서는 약산성인 코코아가루에 알칼리 처리를 한 것. 더 매끄럽고 부드러우며 빛깔도 균일하다.

If You Give a Mouse a Cookie

BROWN BUTTER CHOCOLATE CHIP COOKIES

《만일 생쥐에게 쿠키를 준다면》

　뉴욕대학교 2학년 때 나는 차이나타운의 작은 아파트에서 다른 학생 다섯 명과 함께 살고 있었다. 그 건물은 캐널 스트리트의 광란에서 겨우 몇 발짝 떨어져서, 형사법원과 노숙자 쉼터 사이에 아늑하게 자리잡고 있었다. 9월 둘째 주에 갑자기 룸메이트 전원이 2학기에는 외국에서 공부하기로 결정했다는 소식을 통보했다. 아파트를 나와서 수업을 들으러 걸어가는데 노숙자 하나가 발가락이 드러나는 구두를 신은 내 발등에 치토스 빛깔 토사물을 토했다. 마치 "모든 희망을 버려라, 그대 어리석은 열아홉 살이여"라고 말하기라도 하는 것같이.

　1월이 되자 낯선 사람 넷과 살게 되었다. 그중에는 한 마디라도 하는 것을 절대 들어본 적 없는 유순한 젊은 여자와 단검 던지기가 취미인 그녀의 남자친구가 있었다. 그는 손잡이가 두툼한 단검들을 밤새 부엌 벽에 던져서 갈라진 틈과 회반죽이 뿜어 나오는 구멍들을 만들어놓았다.

세 번째 룸메이트는 유명인에 집착하는 키 190센티미터의 의대생인데, 늘 〈나는 나의 할아버지다〉라는 소름끼치는 노래를 나직이 흥얼거렸다. 그녀는 길을 쭉 내려가면 있는 팝콘 공장 앞에 죽치고 기다리다가, 냄새가 지독한 형광 오렌지빛 치즈 팝콘이 가득한 공장용 쓰레기 봉투들이 버려지면 아파트까지 끌고 와서 밤늦게까지 요란하게 먹곤 했다.

마지막으로 늘 기름 낀 검은 고수머리로 얼굴을 가린 자그마하고 구부정한 예술계열 학생이 있었다. 한번은 침실에 쌓아둔 테이크아웃 음식을 버리라고 애걸했더니 그녀가 나에게 짖었다. '짖었다'는 말은 퉁명스럽게 굴었다는 소리가 아니다. 실제로 입을 벌리고 개 짖는 소리를 불안할 정도로 진짜처럼 내서, 그 생각만 하면 아직도 몸서리가 쳐진다.

내가 말하려는 것은, 그때가 내게는 아주 외로운 시간이었다는 사실이다.

어느 날 밤 침실 문을 닫아걸고 노트북으로 〈다이너스티Dynasty〉 재방송을 시청하던 중, 아주 작고 귀엽게 생긴 생쥐 한 마리가 웅크리고 앉아서 나를 응시하고 있는 것이 얼핏 보였다. 그 쥐가 이 아파트로 꼬여든 것은 룸메이트의 에그 푸 영[9]이 썩는 냄새 때문이라고 확신하면서도(아니면 치즈 팝콘이었을 수도 있다), 어째서인지 녀석이 같이 있는 것이 엄청난 위로로 느껴졌다. 이어지는 며칠 밤 동안 나는 쥐가 다시 나타나기를 참을성 있게 기다렸고, 녀석은 언제나 나타나서 노트북 화면에서 비치는 푸른빛 속에 코를 씰룩거렸다. 녀석의 방문이 돌연 중단되었을 때 나는 공황 상태에 빠졌다. 머릿속에 끈끈이 덫의 모습이 번개처럼 스치고 지나갔다. 그 순수한 절망의(그리고 지극한 외로움의) 순간에, 나는 먹고 있던 초콜릿칩 쿠키를 바스러뜨려 녀석이 보통 앉아 있던 바닥에 한 조각을 놓았다. 그러고는 기다렸다. 몇 분 후 녀석이 다시 나타나자 나는 크나큰 안도의 한숨을 쉬었다. 이 아파트에서 쥐를 보고 이렇게 반응한 사람은 내가 유일했을 것이다.

몇 주가 지나가자 아파트는 쥐들로 들끓었다. 쥐들은 레인지 화구들 사이로 기어다녔고 싱크대 하부장 한구석에 웅크리고 있었다. 당시 내가 사귀던 남자가 도대체 어쩌다 이 지경이 되었냐고 물었을 때, 나는 그 외로운 밤에 했던 짓을 자백했다. 그는 경악하면서 화를 냈다. "생쥐한테 진짜로 쿠키를 줬다고? 어떻게 그런 짓을 할 수 있어? 그 책 안 읽었어?!"

이 대화를 나누고 얼마 안 되어 우리는 헤어졌다.

문제는 내가 그 책을 분명히 읽었다는 사실이다. 그것도 여러 번, 아주 여러 번이었다. 우리 부모님이 잠자리에서 단골로 읽어준 책이었고, 내 평생 가장 좋아한 책 중 하나이기도 하다. 많은 평론가들과 작가들에게 혹평을 받아왔다는 사실에도 불구하고(가장 유명한 사례는 그냥

---

9) 일종의 중국풍 오믈렛.

"웩!"이라고 반응한 모리스 샌닥이다), 나는 그 책이 귀중한 문학 작품이라고 주장한다. 어린이로서 그 책을 좋아한 것은 먹음직스러워 보이는 삽화들과 멜빵바지 차림의 귀여운 생쥐 때문이었다. 성인으로서 좋아하는 것은 그 불길한 메시지 때문이다. "만일 누군가에게 무엇이든 준다면, 언제나 더 달라는 소리를 들을 것이다."

나는 작가인 로라 누메로프가 《만일 생쥐에게 쿠키를 준다면》으로 대성공을 거두기 전 맨해튼의 고급 커피숍 카운터의 격분한 직원이었을 것이라고 확신한다. 대중의 비위를 맞추려고 분투 중인 우리 대다수와 마찬가지로, 로라는 만일 손님에게 공짜 커피를 준다면 거품 없이 휘핑크림을 추가한 투샷 두유 라테를 실온이 아니라 특별히 뜨겁게 해달라는 요청을 받을 공산이 크다는 것을 알고 있었다.

나는 이 책을 날마다 떠올린다. 동료 하나가 손님에게 소시지 한 개를 보냉팩에 포장해주었다가 결국 40분 후에 열다섯 가지 부위의 고기를 갈아서 맞춤식 버거 55그램을 만들어줘야 할 때마다 늘 생각한다. "만일 생쥐에게 쿠키를 준다면."

최근 부모님 댁에 갔을 때 이 작품을 내가 읽던 낡은 책으로 발견했다. 어린 시절의 내 책들이 너무나 자주 그렇듯, 뒤표지에 동글동글한 어린아이 글씨로 상상의 요리법이 씌어 있었다. 내가(그리고 모든 어린이들이) 제일 좋아하는 쿠키인 바삭하고 쫄깃하면서 폭신하기까지 한 초콜릿칩 쿠키 요리법이었다. 나는 먼저 브라운 버터를 만들고 입자가 큰 소금을 넉넉히 뿌림으로써, 이 쿠키를 어른의 입맛에 맞춰 새롭게 만들었다.

브라운 버터 초콜릿칩 쿠키

● 쿠키 24개 분량

중력분 2¼컵

굵은 소금 1티스푼

베이킹소다 1티스푼

무염버터 1컵(2스틱), 가열해 갈색으로 만든 후 실온에서 식혀 다시 부드러운 고체 상태로 만든다

꽉꽉 눌러 계량한 연갈색 설탕 1컵

그래뉴당 ½컵

바닐라 에센스 2티스푼

계란 큰 것으로 1개와 노른자 1개

질 좋은 세미스위트 초콜릿 조각 1컵

조각 소금(말돈 등)

중간 크기 그릇에 밀가루 · 소금 · 베이킹소다를 넣고 한꺼번에 섞어서 잘 둔다.

주걱형 부속을 끼운 전기 믹서 용기에 브라운 버터와 설탕 두 종류를 넣고 중속으로 3분 정도 돌려서 가볍고 폭신하게 만든다. 바닐라를 더하고 잘 섞일 때까지 믹서를 돌린다.

믹서를 작동시킨 채 계란 1개를 더한 후, 잘 섞이면 노른자를 더하고 다시

잘 섞일 때까지 돌린다.

밀가루 혼합물을 천천히 더하되, 가끔 멈추고 용기 옆면을 긁어내려 전부 확실하게 섞이도록 한다.

초콜릿 조각들을 더하고 골고루 퍼질 때까지 믹서를 돌린다.

반죽을 숟갈로 떠서 유산지를 깐 오븐용 철판에 올린다(냉장고에 재워두면 반죽이 숟갈로 뜨기 힘들 정도로 아주 단단해진다). 최소 1시간 동안 냉장한다 (더 오래 기다릴 수 있다면, 반죽을 하룻밤 냉장하는 것이 가장 좋다).

오븐을 180도로 예열한다. 유산지나 실리콘 베이킹 매트 두 장 위에 쿠키 반죽을 최소한 2~3센티미터씩 간격을 두고 배열한다.

반죽에 굵은 소금을 뿌린다. 아름다운 금갈빛이 될 때까지 12~15분 굽는다. 곧장 먹거나 식힘망 위에서 식힌다.

the Indian in the Cupboard

GRiLLED ROAST BEEF

《벽장 속의 인디언》

영화 〈토이 스토리Toy Story〉가 나오기 한참 전부터, 우리 집안에서
는 장난감들이 우리가 방을 떠나면 살아 움직인다는 것이 상식이었다.
돌이켜보면 엄마가 파파 베어의 비밀 생활에 관해 들려준 이야기들은
우리가 장난감을 더 잘 관리하게 만들려는 책략이 아니었나 의혹이 든
다. 그것이 잘 먹혔다는 사실은 인정한다. 파파 베어는 엄마가 어릴 때
제일 좋아하던 봉제인형으로, 우리집에서는 전설 같은 존재였다. 녀석
이 귀를 긁거나 담요 밑으로 파고드는 등 엄마가 안 보는 척할 때 움
직이는 걸 포착한 이야기들이 엄마에게는 끝도 없이 쌓여있는 것 같았

다. 녀석은 오래되어 털이 홀라당 빠진데다 반짝이는 까만 눈 하나가 실 한 가닥에 위태롭게 매달려있어 귀엽지만 미친 곰처럼 히죽거리는 표정마저도 사랑받았다. 우리 자매들이 데리고 잤고, 학교 가기 전에 는 늘 편한 자리에 있는 것을 확인했다. 우리가 없는 사이 곰이 움직이 면 알아볼 수 있게끔, 어디다 두었는지 기억해두기까지 했다.

우리 장난감들에게 하나같이 풍부한 비밀 생활이 있다는 데에는 의 문의 여지가 없었다. 그들의 진짜 성격은 어떤지, 서로 다투는 것은 누 구이고 또 서로 좋아하는 것은 누구인지 우리는 끊임없이 생각했다. 앤디 언니는 날마다 학교에 가기 전에 우리 방의 모든 장난감들에게 선언했다. 나갔다가 나중에 돌아오겠지만 집에 왔을 때 그들이 하던 일을 멈출 필요는 없다고, 그들은 안전할 것이며 우리는 아무에게도 그들이 사실은 살아 있다고 말하지 않을 것이라고. 방과 후 우리는 침 실까지 가능한 한 조용히 올라와서 문을 열어젖히곤 했다. 상상 속의 세계를 얼핏이라도 보기를 바랐지만, 실망스럽게도 늘 손에 닿지 않았 다. 흥분한 나머지 친구 해나에게 네가 좋아하는 곰 인형은 사실 살아 있다고 말했을 때 그녀의 눈에 떠오른 공포가 아직도 기억난다. 우리 장난감 중 어떤 것들, 특히 트롤 인형들과 아빠가 '그것'이라고 부르던 커다란 모형 외계인이 살아난다는 생각이 나를 불안하게 만든 것은 사 실이다. 트롤들이 돌아다니면서 그 무렵 내가 모든 장난감들에게 휴지 로 만든 작은 기저귀를 채워둔 데 대한 복수를 모의하는 소리가 들린 다고 확신하면서 잠 못 이루는 밤들도 있었다.

〈토이 스토리〉부터《꼬마 곰 코듀로이Corduroy》《벨벳 토끼 인형The

Velveteen Rabbit》까지, 시대를 초월하여 계속 최고의 인기를 누리는 어린이 영화와 책의 일부는 장난감들이 생명을 얻는 이야기이다. 이 사실은 이런 환상을 품는 아이들이 우리 자매들만이 아니라는 증거이다. 이런 종류의 모든 책들 중 내가 제일 좋아했던 것은 린 리드 뱅크스의 《벽장 속의 인디언》이었다. 2학년을 앞둔 여름, 쌍둥이인 엄마와 이모는 사촌 캠과 나에게 이 책을 읽어주었다. 그것은 오늘날까지도 가장 생생히 기억나는 독서 경험 중 하나이다. 이 책에서 나에게 제일 짜릿한 요소는 주인공 옴리가 상상력 풍부한 모든 아이들의 환상을 실현시킨 점이었다. 봉제 인형들을 아침 식탁에 앉혀놓거나 티파티 및 침실 바닥 소풍에서 인형들의 털북숭이 입에 억지로 케이크를 밀어 넣으면서 몇 번이고 연기한 그 환상, 우리가 가장 사랑하는 장난감들에게 무언가를 먹인다는 환상이었다.

서두의 상당 부분은 리틀 베어[10]의 식욕을 충족시키기 위한 옴리의 탐구에 집중한다. 처음에는 자신이 생명을 불어넣은 장난감에게 무엇을 먹일지 혼란스러워한다. "인디언들은 뭘 먹지?" 그는 자문한다. "주로 고기일 거라고 옴리는 추측했다. 사슴, 토끼, 그들의 땅에서 총으로 잡을 수 있는 종류의 동물들." 유감스럽게도 옴리의 영국인다운 찬장에는 '비스킷, 잼, 땅콩버터, 기타 비슷한 것들'만 가득하다. 옥수수 통조림을 하나 발견하고 그는 안도한다. 학교에서 북미 인디언들은 옥수수를 재배해서 수확했다고 배웠기 때문이다. 통조림 속의 옥수수는 리

---

10) 생명을 얻은 인디언 인형의 이름.

틀 베어에게 익숙한 것과는 거리가 멀다. 그는 너무 작아서 옥수수 한 알을 양손으로 들어야 한다. 그는 처음에는 미심쩍어 하며 "옥수수 알갱이를 양손으로 돌려보았다. 그의 머리통 절반이나 되는 크기였기 때문이다." 그렇지만 결국 "냄새를 맡았다. 그의 얼굴에 함박웃음이 퍼져나갔다. 그는 야금야금 먹었다. 웃음은 더욱 환해졌다."

리틀 베어의 가장 큰 욕구는 고기를 요리하고 싶다는 것이다. 옴리는 자신의 이렉터 세트[11]로 그에게 고기 꼬챙이를 만들어준다는 천재적인 아이디어를 떠올린다. 리틀 베어는 꼬챙이 사용에 익숙하지 않았지만, "그는 곧 요령을 배웠다. 스테이크 한 덩어리가 불꽃 속에서 돌고 돌았다. 날고기는 곧 붉은색을 잃고 회색이 되기 시작했고, 그러다 갈색이 되었다." 그리고 정신을 차려 보니 침실은 "쇠고기를 굽는 맛있고 군침 도는 냄새"로 가득 찬다.

캠과 나는 그 고기 꼬챙이에 압도되었고, 여름이면 자주 피우던 거대한 모닥불을 우리가 직접 피우게 해달라고 부모님들에게 졸랐다. 그렇지만 우리가 얻어낼 수 있었던 것이라고는 엄마들이 우리 대가족을 위해서 로스트비프를 준비하는 일을 지켜보는 게 고작이었다. 여름이 되면 가혹하게 무더웠고 우리집에는 에어컨이 없었기에, 엄마들은 로스트를 늘 뒷마당의 그릴에 요리했다. 캠과 나는 그릴 옆에 의자를 끌어다 놓고 고기가 구워지는 것을 지켜보면서, 기름이 떨어져서 불꽃이 치솟을 때마다 흥분하곤 했다. 로스트가 요리되기를 기다리는 사이 우

---

11) 여러 금속 부품들로 각종 건물과 기계 모형을 만드는 어린이용 공작 세트.

리는 달콤한 여름 옥수수의 껍질을 까뒤집어 수염을 뜯어내고 벌레가 없나 확인했고, 옴리와 리틀 베어와 카우보이 분에 대해 이야기했다. 로스트를 그릴에서 내려 레스팅[12]하는 사이, 껍질을 다시 덮은 옥수수를 그릴에 통째로 올린다. 이런 밤이면 우리는 자리에 앉아 먹으면서 옴리, 리틀 베어와 그의 아내 브라이트 스타즈, 그리고 분 못지않게 의기양양한 기분이 되곤 했다. 마치 우리 스스로 뭔가 살아 움직이는 것을 만들기라도 한 것처럼.

그릴에 구운 로스트비프

● 6~8인분

올리브유 2테이블스푼

굵은 소금 2테이블스푼

후추 1테이블스푼, 굵게 간다

붉은 고추 1테이블스푼, 빻는다(선택사항)

로즈메리 2줄기의 잎, 곱게 다진다

마늘 4쪽, 마늘 분쇄기로 으깬다

---

12) 큰 고기 덩어리를 구운 후 바로 먹지 않고 잠시 두는 것. 잔열로 조리를 마무리하는 동안 육즙이 골고루 퍼져 고기가 촉촉해진다.

뼈 없는 채끝등심(1.5~2킬로그램) 1덩어리, 기름을 ½센티미터 두께로 깎아낸다

기름 · 소금 · 후추 · 붉은 고추(사용한다면) · 로즈메리 · 마늘을 한데 모아서 균일하게 섞이도록 손가락으로 비벼가면서 으깬다. 혼합물을 고기에 골고루 바르고 실온에서 45분간 재운다(최상의 결과를 얻으려면 양념한 고기를 주방용 랩으로 싸서 냉장고에 밤새 둔다. 다만 다음날 조리하기 전에 실온 상태로 돌려놓도록 한다).

그릴을 고온으로 예열한다.

고기가 준비되고 그릴도 뜨거워지면, 고기를 그릴의 제일 뜨거운 부분에 놓고 뚜껑을 덮는다. 근사한 크러스트가 형성되기 시작하고 고기가 철망에서 쉽게 떨어질 때까지 한 면당 5~8분간 지진다(일반적인 숯불 그릴이라면 그릴 한쪽에 더 많은 숯을 쌓아 뜨겁게 만들고, 고기를 그쪽에서 지진다).

겉면을 다 지지고 나면 온도를 낮추고 기름이 붙은 쪽을 위로 한 채 쇠고기를 굽는다(화구 세 개짜리 그릴이라면 가운데 화구를 끄고 고기를 가운데에서 굽는다. 네 개짜리라면 가운데 두 화구를 끄고 거기서 굽는다. 숯불 그릴이라면 고기를 그냥 그릴의 덜 뜨거운 쪽으로 옮긴다). 케이블 달린 식품용 온도계를 고기의 가장 두꺼운 부위에 꽂고 뚜껑을 덮는다. 온도는 150도에서 180도 사이여야 한다.

고기를 미디엄 레어로 익히고 싶다면 온도계의 숫자가 55도 내외를 가리킬 때까지 30~40분 동안 굽는다.

고기를 꺼내서 최소 10분 동안 놔둔 후 고깃결 반대 방향으로 썰어서 낸다.

the Boxcar Children

CHOCOLATE PUDDING

《화물칸의 아이들》

초등학교 때 비가 너무 많이 와서 휴식 시간에도 밖에 나갈 수 없는 날이면, 선생님들은 우리를 도서관에 모아놓고 거대한 노란색 영사막을 내려서 영화를 보게 했다. 일곱 살짜리 아이에게 세상에서 가장 흥미진진한 일일 수도 있었건만, 우리 학교 사서는 늘 1978년작 만화영화 〈퍼프 더 매직 드래곤Puff the Magic Dragon〉만 틀기를 고집했다. 어쩌면 그분이 가진 유일한 영화였을 수도 있고, 아니면 그분이 그 영화를 좋아했을 수도 있다. 그렇지만 내가 이 영화를 얼마나 싫어했는지는 이루 말로 할 수 없을 정도다. 영화의 도입부 전체가 나를 겁에 질리게 만든 것은 물론, 가장 슬프고 불안한 감정을 절절히 느끼게 만들었다.

그런 감정은 이후에도 며칠씩 남아서 그 흐릿하고 몽환적인 색채와 피터·폴·메리의 으스스한 흥얼거림과 더불어 악몽을 꾸게 만들었다. 나는 크고 촉촉한 눈과 지독히도 연약한 이름을 가진 재키 페이퍼가 병이 들었거나 죽어가고 있다는 생각을 어렴풋이 했다. 이 모든 것이 너무나도 감당하기 힘들었다.

비바람이 우리 1학년 교실의 창문들을 강타하던 어느 날이었다. 휴식 시간을 생각하니 공포가 밀려왔고, 나는 결국 용기를 내서 담임인 워커 선생님에게 영화를 보는 대신 다른 일을 하면 안 되냐고 물었다. 그날 오후에 우리 모두 줄지어 도서관으로 들어가는데 미스 워커가 나를 무리에서 조용히 끌어내어 책장으로 데려갔다. "책 한 권을 고르렴. 영화가 끝날 때까지 조용히 읽고 있어도 된다." 선생님은 비밀스럽게 윙크를 하면서 말했다. 그 시간은 오늘날까지도 나의 어린 시절 가장 행복했던 순간 중 하나로 기억에 남아 있다. 퍼프로부터 달아났기 때문만이 아니었다. 워커 선생님의 무한하고 조용한 이해, 그리고 책들에 둘러싸여 보낸 삼십 분이라는 그분이 내게 준 선물 때문이었다.

그날 내가 고른 책, 그리고 이후로도 많고 많은 날에 고른 책은《화물칸의 아이들》시리즈 1권이었다. 1924년 이 책을 처음 쓴 사람은 1학년 교사인 거트루드 챈들러 워너였다. 다양한 작가들이 오랜 세월에 걸쳐 이 시리즈를 계속 써왔고, 지금은 '화물칸의 아이들'이라는 제목을 단 책들이 200권 이상 존재한다. 1권은 90년이 흐른 지금도 시대를 초월해 가장 사랑받는 어린이 책들 중 하나로 남아 있는데, 그럴 만한 이유가 있다. 이 책에는 액션과 모험, 영리하고 사랑스러운 등장인물들이 가득하다. 이야기는 헨리·제시·바이올렛·베니 등 고아가 된 올던 가의 아이들을 따라간다. 헤어지게 될 위험에 처한 아이들은 집을 떠난다. 그러고는 강가에 버려진 화물칸 안에 자기들의 집을 창조한다.

처음에 이 책들은 상당한 소동을 일으켰다. 부모들은 어른 없이도 행복한 아이들의 세계와 그들 이야기의 비극적인 배경에 반대했다. 그들의 이야기는 전부 지나치게 현실적이고 무시무시했다. 그러나 어째서인지 나는 올던 가 아이들의 불운이 전혀 심란하게 느껴지지 않았다 (마법의 용 때문에 겁에 질렸던 소녀가 이런 말을 하다니). 워너는 우리 담임 워커 선생님과 마찬가지로 아이들에 관하여 잘 알고 있었고, 그렇기 때문에 아이들에 대한 훌륭한 글을 쓸 수 있었다. 올던 가 아이들이 직면한 비극은 그들의 회복력 앞에서 무색해진다. 비극은 절대로 이 아이들의 모험적인 기질과 호기심을 위축시키지 못한다.

올던 가 아이들은 삶에, 그리고 음식에도 허기져 있다. 워너는 이런 두 종류의 허기를 모두 눈부시게 묘사한다. 독자가 아이들을 처음 보게 되는 것은 빵집 진열창 앞에 서서 맛있는 빵들을 애타게 응시하면서, 자기들이 가진 얼마 안 되는 돈을 빵에 쓸 것인지 케이크에 쓸 것인지 결정하려는 모습이다. 이 책의 나머지와 이어지는 시리즈 전부도 음식으로 넘쳐날 지경이다. 아이들은 사건을 해결하고 난관에 빠지는 사이사이에 치즈를 곁들인 흑빵, 우유에 탄 블루베리, 화톳불 위 양철 주전자에서 끓고 있는 향기로운 쇠고기 스튜, 벚나무 아래에서 먹는 버찌 슬럼프[13] 등 너무나도 유혹적인 음식들을 요리하고 먹는다.

이 책들에 나오고 또 나오는 별미가 하나 있다면 초콜릿 푸딩이다.

내 마음 속에서 늘 소중하고 친밀한 디저트이기도 하다. 어린 시절에 목요일 밤마다 〈심슨 가족The simpsons〉을 볼 때면 엄마는 초콜릿 푸딩을 만들어주었는데, 늘 '마이-티-파인My-T-Fine' 상표의 즉석 푸딩 믹스를 사용했다. 레인지 옆에 서서 초콜릿 가루와 우유가 진한 크림 같은 푸딩으로 바뀌는 모습을 지켜보는 것은 절대로 싫증나지 않는 일이었다. 나를 제외한 자매들은 푸딩을 냉장고에서 차갑게 식혀서 먹기를 좋아했고, 앤디 언니는 자기 푸딩 표면에 기분 나쁜 막이 생기지 않도록 늘 주방용 랩을 씌우곤 했다. 하지만 나는 푸딩에서 여전히 김이 날 정도로 뜨거울 때, 아빠가 커피에 듬뿍 넣곤 하던 얼음처럼 차가운 생크림을 얹어 먹기를 좋아했다.

푸딩이 늘 믹스로만 만들어지는 건 아니며 완전히 처음부터 만들어질 수 있다는 사실은 《화물칸의 아이들》이 나에게 가르쳐준 많은 것들 중 하나였다. 이는 당황스러우면서도 너무나 짜릿한 사실이었다. 나는 올던 가 남매들이 부엌에서 보여주는 능력에 고무되었고, 익히 아는 믹스 푸딩 못지않거나 더 맛있는 초콜릿 푸딩을 완전히 처음부터 만들어보려고 몇 년이나 노력했다. 그리고 여러 번, 정말로 여러 번 실패했다. 푸딩 바닥을 태우거나, 옥수수전분은 설익고 식감은 끈적하며 초콜릿 덩어리 밑에 계란 덩어리가 숨어 있는 결과물들을 만들었다. 그래도 화물칸 아이들의 회복력을 본받아서 나는 계속 밀어붙였다. 20년 후 마침내 마음에 드는 초콜릿 푸딩 요리법을 갖게 되었다. 이것을 (여

---

13) 설탕에 조린 과일에 밀가루 반죽을 얹어서 굽는 디저트.

전히 김이 날 정도로 뜨거울 때 차가운 생크림을 끼얹어서) 먹을 때마다 작은 화물칸 부엌의 올던 가 아이들이 생각난다. 어리고 허기진, 그러나 그 모든 악조건들에도 불구하고 행복했던 그 아이들이.

초콜릿 푸딩

● 6인분

생크림 2컵

우유 1컵

설탕 ½컵

바닐라빈 1개, 씨를 긁어내고 깍지는 잘 둔다

무가당 코코아가루 3테이블스푼

굵은 소금 ¼티스푼

계란 노른자 5개분

옥수수전분 3테이블스푼

질 좋은 세미스위트 초콜릿 100그램, 다진다

질 좋은 밀크초콜릿 50그램, 다진다

중간 크기의 소스팬에 생크림 · 우유 · 설탕 · 바닐라빈 씨와 깍지를 넣고 섞는다. 표면에서 김이 올라오고 팬 가장자리에 자잘한 거품이 일어나기 시작할 때까지 중불로 조리한다. 코코아 가루와 소금을 넣고 거품기로 매끄러워질 때까지 젓는다.

큰 그릇에 계란 노른자와 옥수수전분을 넣고 거품기로 저어 걸쭉하고 매끄러운 페이스트를 만든다. 뜨거운 우유 혼합물을 계란 혼합물에 천천히 주의 깊게 붓되, 그러는 내내 세게 휘저어 완전히 섞이도록 한다. 혼합물을 다시 소스팬에 담고 중불에서 꾸준히 저어주며 걸쭉한 크림 상태가 될 때까지 조리해 커스터드 소스를 만든다(온도계가 있다면 80도에 맞춘다).

초콜릿 전부를 내열 그릇에 담는다. 고운 체를 그릇 위에 놓고 뜨거운 커스터드 소스를 초콜릿에 붓는다. 초콜릿이 커스터드로 녹아들어 매끄럽고 반짝거리게 될 때까지 잘 섞는다. 즉시 먹거나 냉장고에 두었다가 먹는다. 후자의 경우 푸딩 표면에 막이 생기지 않도록 먼저 주방용 랩을 밀착되게 씌운다.

Pippi Longstocking

BUTTERMILK PANCAKES

《내 이름은 삐삐 롱스타킹》

여섯 살 때 언니와 멍멍이 학교 놀이를 하다가 눈꺼풀이 찢어졌다. 오, 멍멍이 학교가 뭔지 모른다고? 멍멍이 학교는 단순히 앤디 언니와 내가 개 흉내를 내는 것으로 이루어졌다. 우리는 네 발로 기어다니고, 짖고, 헐떡이고, 대개는 엄마를 끝없이 귀찮게 굴었다. 놀이에 (더 엄밀하게는 나에게) 질리면 언니는 나를 진짜 우리집 개인 네이트라는 이름의 거대한 노란색 래브라도와 함께 욕실, 즉 '멍멍이 학교'에 몰아넣고 나올 수 없도록 문을 장애물로 막았다.

모든 개가 알아야 할 개다운 것들을 전부 배우려면 욕실 안에 오랫동안 머물러야 했다. 아니면 적어도 엄마가 사정을 알아차리고 나를 꺼내줄 때까지는. 어느 날 밤, 네이트가 안절부절못하며 달아나려고 하다가 나를 테이블로 밀쳤다. 나는 얼굴을 부딪혀 눈썹 바로 밑 피부가 찢어졌고, 얼굴에서 피를 흘리면서 문을 마구 두들기며 내보내달라고 비명을 질렀다.

울고불고 몇 바늘 꿰맨 후, 나는 한쪽 눈에 큼직한 검은 천을 붙이고 세상에서 가장 작고 슬픈 해적 같은 모습으로 병원에서 돌아왔다. 이 사건에서 최악의 부분은 아빠가 마침내 입장권을 사준 아이스쇼 '디즈니 온 아이스' 공연이 그 다음날 밤이라는 것이었다. 언니와 내가 몇 달 동안 졸라온 일이었다. 텔레비전에서는 이 쇼의 광고가 끊임없이 나오는데 마치 10분 간격으로 계속 방영되는 것 같았다. 화면 속에서 미키와 애리얼 공주가 미끄러져 내달릴 때마다 우린 둘 다 속수무책으로 갈망의 흐느낌을 뱉었고, 그들을 보겠다는 결심이 점점 더 강해졌다. 마침내 이 장관이 펼쳐지는 것을 보게 되었는데 겨우 반만 볼 수 있다니, 이 얼마나 잔인하고 끔찍한 운명인가.

그날 밤 공연 내내 나는 잘 보이는 한쪽 눈을 가늘게 뜬 채 모든 것을 다 보려고 필사적으로 노력했다. 이것이 내가 먹은 엄청난 솜사탕과 결합되어 지독한 두통을 일으켰다. 집에 도착할 즈음에는 완전히 진이 빠졌고, 몸은 안 좋고 실망한데다 지나치게 흥분한 상태였다(반짝이를 얼마나 많이 보았는지!). 나를 진정시키려고 아빠는《내 이름은 삐삐 롱스타킹》을 찾아왔다. 삐삐의 해적 아버지에 대한 이야기가 어쩌면 천에 가린 한쪽 눈에 대한 속상함을 풀어줄지도 모른다고 생각한 것이다. 아빠는 나를 침대에 누이고 책을 읽어주기 시작했다.

여기서 모든 부모들에게 충고하고 싶다. 이미 과도하게 긴장하고 불안해하는 아이에게 아스트리드 린드그렌의《내 이름은 삐삐 롱스타킹》은 좋은 책이 아니다. 언제나 외향적인 소녀였던 앤디 언니는 그 책에 열광했고, 삐삐의 뻔뻔함과 즉흥성에 크게 웃음을 터트리며 발을 굴렀다. 하지만 나는 겁에 질렸다. 삐삐의 종잡을 수 없음은 나를 당황시켰다. 삐삐의 생활은 제멋대로의 악몽, 서커스였다! 그리고 나는 서커스를 혐오했다. 삐삐의 외모마저 나를 겁먹게 했다. 양 갈래로 땋은 부스스하고 불꽃같은 머리카락, 함박웃음을 지을 때 보이는 벌어진 잇새 말이다. 어밀리아 베덜리아[14]가 끊임없는 혼란과 실수로 나를 좌절시킨 것처럼, 〈세서미 스트리트Sesame Street〉의 가이 스마일리가 통제 불능의 목소리로 나를 공황 상태로 몰아간 것처럼, 삐삐라는 혼란스러운 존재는 나에게 스트레스를 주었다.

내가 보기에 삐삐에게서 이를 벌충할 유일한 점은 요리 솜씨였다. 팬케이크는 삐삐의 특기였다. 삐삐가 팬케이크를 만들며 부르는 노래까지 있었는데, 아빠가 거기에 가락을 붙였다. "여기 이제 팬케이크들이 구워질 거라네/여기 이제 팬케이크들이 차려질 거라네/여기 이제 팬케이크들이 부쳐질 거라네!" 삐삐가 높은 곳에서 그릇으로 계란을 깨 넣고, 팬케이크들을 머리 위로 날려보내 접시에 담고, 그런 뒤 설탕을 뿌려 노릇노릇한 소시지나 파인애플 푸딩을 곁들여서 차리는 장면

---

14) 1963년부터 페기 패리시와 그녀의 조카 허먼 패리시가 이어오고 있는, 어린이 책 시리즈《어밀리아 베덜리아》의 주인공. 최근작은 2015년에 나온 41권이다.

은 그 애를 조금은 덜 혐오하게 만들었다.

'디즈니 온 아이스' 다음날 아침에 일어난 나는 팬케이크를 먹고 싶어 죽을 지경이었다. 팬케이크는 우리집에서 자주 만들지 않았다. 아침식사는 시리얼이었고, 운이 좋으면 도넛도 있었으며, 팝 타트[15]와 토스터 스트루델[16]도 종종 나왔다. 하지만 어린애 셋을 둔 사람에게 팬케이크를 구워줄 시간이 있겠는가? 그렇지만 놀랍게도 엄마는 나의 요청을 들어주었다. 우리는 같이 계란을 깨고 밀가루를 체에 쳤다. 엄마는 팬케이크 가장자리를 따라 거품이 생기는 걸 지켜보다 보면 언제 뒤집을지 알 수 있다고 가르쳐주었다.

우리는 요리하면서 그 책 이야기를 했고, 난 엄마에게 삐삐 같은 여자애가 옆집으로 이사 오면 어떨 것 같으냐고 물었다. 엄마는 별로 좋을 것 같지 않다고, 삐삐가 토미와 아니카의 엄마를(그리고 나를) 그리도 불안하게 만든 이유를 이해한다고 말했다. 엄마가 거품기를 휘젓는 리듬에 빠져들다 보니 지난 며칠 동안 눈 때문에, '디즈니 온 아이스' 때문에, 그리고 삐삐 롱스타킹 때문에 품었던 근심이 모두 사라졌다. 엄마가 몹시 가깝게 느껴진 순간이었고, 내가 가장 좋아하는 추억 중 하나이다.

오랜 시간이 지난 후 나는 브루클린의 '콜로니' 식당에서 하루 동안 판매할 브런치를 만들기 위해 팬케이크 반죽 50리터를 만들 팔자에 놓

---

15) 조리 후 냉동된 사각형 파이로, 토스터나 전자레인지에 데워 먹는다. '켈로그'사에서 1964년부터 출시했다.
16) 토스터에 데워 먹는 간편식 페이스트리.

였다. 계란 수백 개를 노른자와 흰자로 분리하고 흰자 수십 리터를 빳빳한 뿔이 생길 때까지 거품 내어 조심스레 반죽에 섞느라 팔이 떨어져나갈 것 같았다. 그때 엄마와 함께 책 이야기를 하며 부엌의 리듬 속에서 평화를 찾던 그날 아침의 추억이 떠올랐고, 나는 곧바로 마음이 평온해졌다. 물론, 그 결과물은 내가 이제껏 만든 최고의 팬케이크였다. 가장자리는 바삭바삭하면서 안은 폭신했고, 너무 달거나 버터밀크가 너무 톡 쏘지도 않았다. 내 생각으로는 심지어 삐삐라 해도 인정할 만한 팬케이크였다. 비록 그 애를 참을 수 없긴 해도, 나에게 있어 이점은 중요하다.

버터밀크 팬케이크

● 팬케이크 12~15개 분량

계란 큰 것으로 6개, 노른자와 흰자를 분리한다

버터밀크 3⅓컵

베이킹소다 2티스푼

중력분 3컵

설탕 2테이블스푼

베이킹파우더 4티스푼

굵은 소금 1티스푼

무염버터 6테이블스푼(¾스틱), 가열해서 갈색이 되면 약간 식힌다

곁들여 낼 버터와 100퍼센트 메이플 시럽

거품기형 부속을 끼운 전기 믹서 용기에 계란 노른자를 넣고 옅은 노란색으로 아주 매끄러워질 때까지 중속으로 3분 정도 돌린다. 믹서를 여전히 작동시킨 채로 버터밀크와 베이킹소다를 더하고 잘 섞일 때까지 돌린다. 중간 크기 그릇에 밀가루 · 설탕 · 베이킹파우더 · 소금을 넣고 한데 섞는다. 마른 혼합물을 가동 중인 믹서 용기에 천천히 더한다. 마른 혼합물이 전부 섞이면 브라운 버터를 더하고 반죽이 아주 매끄러워질 때까지 거품기로 섞는다. 반죽을 믹서 용기에서 다른 그릇으로 옮긴다. 믹서 용기를 씻고 물기를 제거한 후 계란 흰자를 넣는다. 거품기형 부속을 다시 끼우고 빳빳한 뿔이 생길 때까지 믹서를 돌린다. 계란 흰자를 반죽에 살살 부으면서 섞일 때까지 젓는다.

반죽을 15~20분간 재워두었다가 아주 뜨거운 번철에 굽는다. 따끈할 때 버터 · 메이플 시럽(혹은 노릇노릇한 소시지와 파인애플 푸딩)과 함께 낸다.

Anne of Green Gables

SALTED CHOCOLATE CARAMELS

《빨간 머리 앤》

여섯 살 때 아빠의 아빠, 즉 나의 친할아버지가 6주 동안 식사를 거부한 끝에 돌아가셨다. 그분은 내가 태어나기 몇 년 전 할머니가 돌아가신 이후로 원인이 모호한 잠행성 병을 앓아왔다. 가슴에 희미하지만 끈질긴 통증이 있었는데, 어떤 의사도 그 정체를 알아내지 못했다. 어떤 느낌이냐고 질문받으면 그분은 늘 똑같은 식으로 대답했다. 눈을 희번덕거리며 손으로 가슴을 쓸다가, 심장 부위에 손을 멈추고 손가락을 벌려 감쌌다. 나는 어렸고 할아버지는 아팠지만 그분에 대한 기억은 여전히 놀라울 정도로 선명하다. 그 속에서 그분은 늘 크고 강인하고 장난스럽다.

관 옆에서 철야하는 날, 부모님은 우리 자매들을 베이비시터와 함께 할아버지의 아파트에 있게 했다. 꽃무늬 무무[17] 차림의 낯선 베이비시터는 즉시 〈도너휴Donahue〉 재방송을 틀었고, 우리에게 할아버지의 찬장에 있던 애플 잭스[18]를 건성으로 먹였다. 할아버지에게는 위층에 사는 이웃이 있었다. 비슷한 연배의 라일라라는 여자였는데 할아버지에게 늘 땅콩버터 쿠키를 가져다주었다. 할아버지는 땅콩버터를 싫어했지만 마음이 약해서 한 번도 그 사실을 말하지 못했다. 그러다보니 할아버지의 찬장에는 땅콩버터가 잔뜩 있었고 땅콩이 알알이 박힌 라일라의 쿠키들이 넘쳐났다. 우리는 할아버지 댁에 갈 때마다 그 쿠키를 한 움큼씩 먹었다. 쫄깃하고 짭짤하며 하나하나 포크로 눌러서 낸 십자 모양이 있는 맛좋은 쿠키였다. 내 생각에는 라일라가 할아버지를 좋아했던 것 같다.

그날 밤 라일라는 아래층 아파트의 텔레비전 소리를 들었던 게 틀림없다. 그녀는 쿠키를 담은 밀폐용기를 들고 내려와서 손가락으로 살짝 문을 두드렸다. 그녀가 할아버지에 대해 묻자 베이비시터는 큰 소리로, 너무나 큰 소리로 그분이 죽었다고 알렸다. 육체적 고통의 소리가 들렸던 것이 기억난다. 누가 배를 맞거나 개가 발을 밟힐 때 내는 것과 비슷한 소리였다. 그새 쿠키는 베이비시터의 손 안에 있었다. 라일라는 눈이 흐릿해진 채 몸을 떨면서 문으로부터 멀어져갔다.

---

17) 하와이에서 비롯한 헐렁한 원피스.
18) '켈로그'사의 어린이용 시리얼.

베이비시터는 시큰둥하게 우유를 젤리 병에 붓고 우리 앞에 쿠키 통을 놓았다. 나는 따끈한 쿠키 냄새에 침이 고였지만 목구멍이 아팠다. 덩어리 같은 것이 실제로 느껴져서 무언가를 먹는 것은 생각도 할 수 없었다. 나는 위층 아파트에 혼자 있는 라일라에 대하여 계속 생각했다. 그녀가 낸 소리를, 그녀의 얼굴에 밀려온 황폐하고 고통스러운 비탄의 표정을. 목구멍이 너무 꽉 조였고, 그 안의 덩어리가 너무 크고 고통스러웠다. 그래서 나는 겁에 질렸고, 베이비시터가 나를 할아버지의 손님방 침대에 눕히고 이불을 덮어줄 때까지 울었다. 잠이 들 때까지 나는 때 묻은 성모 마리아 흉상을, 슬픔에 사로잡힌 성모의 눈을 응시했다.

2년 후 《빨간 머리 앤》을 읽기 시작하기 전까지, 그날 밤 느낀 목이 멜 듯한 슬픔은 어떻게 처리해야 하는 건지 전혀 몰랐다. 3장에서 머릴러와 매슈가 자신을 원하지 않는다는 현실을 안 앤은 머릴러에게 자신은 '절망의 심연'에 있어서 아침을 먹을 수 없다고 말한다. 이 현상에 대한 그녀의 설명은 할아버지의 경야에 내가 경험한 느낌과 놀랄만큼 비슷해서, 이 부분을 읽으면서 나는 실제로 헉하고 숨이 막혔다. "정말이지 너무나 불편한 느낌이에요." 앤은 말한다.

목구멍에 덩어리가 치밀어 오를 때 먹으려고 하면 아무 것도 삼킬 수 없어요. 하다못해 초콜릿 캐러멜이라도 말이죠. 2년 전인가 초콜릿 캐러멜 하나를 먹었는데 뭐라 할 수 없이 맛있었어요. 그때부터 종종 초콜릿 캐러멜을 많이 먹는 꿈을 꿨죠. 하지만 언제나 막 먹으려는 순간 잠이 깨는 거예요. 제가 먹지 못해도 기분 상하지 않기를 진심으로 바라요. 전부 너무나 맛있지만, 그래도 먹을 수가 없어요.

자신의 감정과 경험이 혼자만의 것이 아니라는 사실을 깨닫는 건 독서의 위대한 힘 중 하나이며, 특히 어릴 때는 더욱 그렇다. 눈앞에 펼쳐진 페이지에 내가 꼬집어 설명할 수도 이해할 수도 없었던 감정이 있었다. 나는 경이로운 동시에 위로를 받았다. 앤이 종종 멜로드라마의 주인공처럼 굴긴 한다. 그렇지만 이 대목에서 그녀의 감정은 진짜이며, 비탄이 식욕에 드리우는 놀라운 힘을 대변한다.

몽고메리의 음식에 대한 글쓰기는 전설적인데, 특히 《빨간 머리 앤》 시리즈에서 그렇다. 이 시리즈에는 산딸기 주스, 바닐라 아이스크림, 레모네이드, 바닐라 소스를 곁들인 자두 푸딩, 파운드케이크, 산딸기 타르트, 코코넛 마카롱이 나오지만, 나에게 가장 강렬했던 것은 이 삼킬 수 없었던 초콜릿 캐러멜이다. 툭하면 터무니없는 소동에 빠져드는 이 책에서 이 장면은 열한 살 소녀가 경험해온 비극과 슬픔을 희미하게나마 보여준다. 몽고메리가 자신의 삶에서 겪은 것과 크게 다르지 않은 비극들이다.

초등학생 시절, 이웃 친구들과 나는 수요일 오후마다 앤드루스 드러그스토어까지 걸어가곤 했다. 그러고는 잡지 판매대 밑 카펫에 앉아 청소년 잡지들에 실린 퀴즈를 풀면서 위에 경련이 일 때까지 초콜릿을 먹었다. 크리스티는 늘 밀크초콜릿 버터크림을 골랐고, 나는 늘 목이 따끔거릴 정도로 다디단 액체가 솟구치는 금종이에 싸인 체리 코디얼을 집었다. 친구 리사가 올 때면 늘 종이에 싸인 크고 두툼한 사각형 초콜릿 캐러멜을 골랐다. 리사가 한입 깨물고 잡아당기면 끈적거리는 설탕이 뽑혀 나와 위로, 위로 공중을 향해 올라가서, 리사의 들창코 끄트머리에 캐러멜 거미줄이 달랑거렸다. 그때 리사가 웃던 소리가 여전히 들리는 것 같다.

언니가 전화해서 리사가 1년간의 암 투병 후 죽었다고 말해준 것은 2012년 크리스마스 직전이었다. 어마어마한 우주적 우연의 일치인지 아니면 일종의 위로가 되는 신호인지, 전화를 받았을 때 나는 한창 결혼식용 초콜릿 사탕 천 개를 만들고 다듬는 중이었다. 식당 안은 너무 따뜻해서 트뤼플을 만들면 녹아내렸다. 그래서 나는 사람이 들어갈 수 있는 거대한 냉장고 안에 서서, 녹은 초콜릿이 손톱 밑 깊숙이 박히고 흐릿한 안개 같은 코코아 가루로 머리카락과 눈썹이 뒤덮인 채, 패딩 파카를 걸치고도 몇 시간째 떨고 있었다. 내 목구멍에 익숙한 덩어리가 느껴졌다. 그 숨 막히고 불안한 슬픔, 위장이 뒤틀리는 통증이었다. 나는 냉장고에서 혼자 온몸으로 울었지만, 내 손은 몰아치는 분노의 힘으로 여전히 작업을 했다. 목구멍이 너덜너덜해지고 입이 움직이지 않을 때까지 울면서 할아버지와 앤에 대해, 매주 수요일의 드러그 스토어 방문에 대해, 리사와 라일라와 너무도 뚜렷해서 타버린 설탕처럼 목구멍 안에 박히는 슬픔에 대해 생각했다.

냉장고에서 나와 인덕션 버너를 준비했다. 질 좋은 가염버터의 금박 포장을 벗기고 균일하게 깍둑썰기했다. 진갈색 설탕과 걸쭉하고 진한 생크림을 계량했다. 냄비 위에 손을 덥히면서 혼합물이 걸쭉해지다가 끓어올라서 매끄럽고 향기로운 호박빛으로 변하는 것을 지켜보았다. 캐러멜에 숟가락을 꽂고 뽑아 나갔다. 위로, 위로, 공중을 향해.

소금 초콜릿 캐러멜

● 캐러멜 약 80개 분량

생크림 1½컵

그래뉴당 1⅓컵

꽉꽉 눌러 계량한 진갈색 설탕 ½컵

연한 옥수수시럽 ½컵

무염버터 3테이블스푼

가염버터 3테이블스푼

바닐라빈 1개의 씨

질 좋은 세미초콜릿 700그램, 다진다

조각 소금(말돈 등) 2티스푼

가로 세로 20센티미터 크기의 사각형 유리 베이킹 틀에 기름을 바른다. 유산지 한 장을 폭 20센티미터, 길이 35센티미터보다 약간 작게 자른다. 유산지를 베이킹 틀 양옆으로 7.5센티미터씩 걸쳐지게 깐다(이렇게 하면 캐러멜이 식은 후 베이킹 틀에서 들어내기에 더 편하다). 유산지에 버터를 더 바르고 베이킹 틀을 금속제 식힘망 위에 둔다.

크고 바닥이 두꺼운 소스팬에 크림을 넣고 중불로 끓인다. 설탕 두 종류와 옥수수시럽을 더해 저어준다. 이 혼합물을 꾸준히 저으면서 설탕이 완전히 녹을 때까지 3분쯤 더 끓인다.

불을 낮추고 혼합물을 온도계의 숫자가 120도를 가리킬 때까지 계속 가열한다. 온도가 순식간에 100도까지 올랐다가 잠시 지지부진하더라도 정상이니 걱정 말 것. 혼합물의 온도가 120도에 달하려면 20~25분은 걸린다.

혼합물이 그 온도에 도달하면 불에서 내리고 무염버터 · 가염버터 · 바닐라 빈 씨를 더해서 잘 섞일 때까지 저어준다. 이 혼합물을 준비된 베이킹 틀에 붓고 식힘망에 올린다. 표면이 굳어지고 베이킹 틀이 따뜻하지만 뜨겁지는 않게 될 때까지 1시간 정도 식힌다.

이 시점에서 틀을 냉장고로 옮겨 15분간 냉장한다(이보다 더 오래 두진 말 것!). 15분 후 칼로 베이킹 틀 가장자리를 훑어준다. 틀 밖에 걸쳐진 유산지 끄트머리를 사용해서 캐러멜을 조심스럽게 팬에서 꺼낸다.

오븐용 철판 두 장에 유산지를 깐다. 아주 예리한 칼로 캐러멜을 가로 세로 2센티미터의 정사각형으로 썰고, 유산지를 깐 철판에 담아 냉장고에 넣는다. 초콜릿을 템퍼링하는 동안 캐러멜을 냉장고에서 계속 굳힌다.

중탕냄비를 준비한다. 중간 크기 냄비에 물을 5센티미터 깊이로 담아 중불로 끓인다. 냄비에 내열 유리 그릇을 걸치고 다진 초콜릿의 ⅔를 더한다. 초콜릿이 녹고 온도계의 숫자가 50도를 가리킬 때까지 저어준다. 그릇을 중탕냄비에서 꺼낸다. 남아 있는 다진 초콜릿을 더한 후 초콜릿의 온도가 30도에 이를 때까지 저어준다.

30도가 된 초콜릿을 다시 중탕냄비에 넣고, 온도를 30도까지 올린다(캐러멜에 초콜릿을 입히는 동안 초콜릿의 온도가 30도에서 32도 사이에 머무는 것이 중요하다. 이 온도에서 초콜릿이 굳고 단단해져 매끄러운 껍질이 되기 때문이다).

냉장고에서 캐러멜을 꺼내 녹은 초콜릿에 빠뜨린다. 포크를 사용해서 한 번에 한 개씩 꺼내되 여분의 초콜릿은 털어버린다. 유산지를 깐 두 번째 철판에 놓고 굵은 소금을 뿌린다. 캐러멜이 서로 닿지 않도록 유의하고, 초콜릿이 완전히 굳을 때까지 30분 정도 가만히 둔다. 밀폐 용기에 담아 냉장고에 두면 2주까지 보관 가능하다.

Homer Price

OLD-FASHiONED SOUR CREAM DONUTS

《호머 프라이스》

도넛은 이제껏 내 인생에서 인정하고 싶은 것보다 더 큰 존재였다. '도넛'은 내가 제일 먼저 말한 단어들 중 하나였다. 식구들이 나를 부를 때 제일 자주 사용한 이름이 '별난 도넛'인 것은 아마 이 때문일 것이다(그렇지만 이 별명의 앞부분이 어디에서 왔는지는 여전히 불분명하다). 일요일마다 예배를 마치면 부모님은 우리 자매들이 그간 착하게 굴었을 경우 '던킨 도넛'으로 데려갔고, 우리는 각각 상을 골랐다. 이미 한 시간 전 주일학교 교사들이 예수 수난을 가르치는 동안 우리가 조용히 있게 하려고 도넛홀[19]을 열 개씩 주었다는 것은 절대 말하지 않았다. 일단 가게에 들어가면 언니와 동생의 선택은 간단했다. 앤디 언니는 젤리, 젬마는 초콜릿 스프링클이었다. 하지만 내가 좋아하는 것은 계속 바뀌었다. 나는 토스티드 코코넛과 보스턴 크림, 딸기 프로스트와 허니 딥, 레몬필과 파우더슈거 더스트를 집적거렸지만, 아버지가 제일 좋아하는 올드패션에도 절대 물리지 않았다.

올드패션 도넛은 아빠의 단골 아침식사였다. 이 도넛이 내 마음속에서 그렇게도 특별한 위치를 차지하는 이유는 그 때문일 것이다. 우리 집 찬장에는 늘 '엔텐만' 상표의 올드패션 도넛이 한 상자 있었다. 운 좋게도 출근 전의 아빠를 붙잡을 경우, 아빠는 우리를 위해 도넛 한 개를 주의깊게 반으로 가르고 따뜻하게 데워서 가염버터를 듬뿍 발라주곤 했다. 평범한 일이라고 생각했기에, 최근 별 뜻 없이 친구에게 그 이야기를 했다. 친구는 경악했지만, 이 일에 있어 나는 아빠 편이다. 그런 대량생산 도넛도 토스터 오븐에 살짝 돌리면 생명을 얻는다. 설탕이 눌어붙은 가장자리, 뼛속까지 데워주는 육두구, 짭짤한 버터가 합쳐지며 양산품의 모든 결함이 어찌어찌 수습되는 것이다.

내가 일곱 살 된 여름에 쌍둥이 자매인 엄마와 이모는 사촌과 나에게 로버트 매클로스키의 《호머 프라이스》를 사주었다. 1940년대에 쓰인 모험담들과 아름다운 삽화를 담은 책이었다. 두 분은 밤마다 침대 머리에서 우리에게 이 이야기들을 읽어주곤 했다. 마침내 〈도넛〉이야기에 도달했을 때 내가 느낀 흥분이 생생히 기억난다. 이 이야기에서

---

19) 한입크기의 도넛. 원래는 고리 모양 도넛을 찍어내고 남은 가운데 부분으로 만들었으나 지금은 꼭 그렇진 않다.

호머는 삼촌 율리시즈의 도넛 가게에서 일하고 있다. 율리시즈는 빛의 속도로 도넛을 만들 수 있는 기계를 발명한다. 물론 일은 엇나간다. 기계는 고장 나서 도넛을 판매 가능한 것보다도 빠른 속도로 뱉어낸다.

곧 가게는 바닥부터 천정까지 도넛으로 가득 차고(하지만 이것이 최악의 문제는 아니다) 그 와중에 손님의 귀중한 금팔찌가 반죽에 휩쓸려 사라진다. 이 이야기는 엉뚱하고 매력적이며, 결국엔 모든 일이 잘 해결되는 것으로 끝난다. 그렇지만 성인으로서 다시 읽으면 매클로스키의 어조에서 약간의 공포를 느끼지 않을 수 없다. 〈도넛〉은 1943년에 쓰였다. 도넛 기계가 만국 박람회에서 자동화된 미래를 엿보게 해준다는 광고하에 주요 구경거리가 된 지 겨우 9년이 지난 때였다.

기계로 대체되는 것에 대한 공포는 오늘날 우리에게도 있다. 공장식 푸줏간에 대한 글을 읽을 때마다(혹은 젊고 유능하며 기꺼이 무급으로 일하려는 인턴을 만날 때마다) 내 뼛속으로 기어드는 공포이기도 하다. 자동화된 미래라는 매클로스키의 악몽은 도넛의 영역에서는 현실이 되었다. 나는 열아홉 살 무렵까지 갓 만든 수제 도넛을 먹어보지 못했다. 아니, 구경조차 못했다. 20대에 직업으로 베이킹을 시작하기 전에는 도넛을 완전히 처음부터 만들어본 적이 한 번도 없었다. 도넛은 베이킹을 시작했을 때 내가 가장 겁낸 페이스트리이기도 했다. 많은 시간을 보낸 끝에(그리고 수백 번 실패한 끝에) 어떻게 혼합하고 반죽하는지, 어떻게 잘못된 반죽을 바로잡는지, 어떻게 뜨거운 기름이 튀지 않게 반죽을 튀김기 안에 떨어뜨리는지 배웠다. 내가 주로 배운 것은 인내였다. 혹은 나에게 도넛 만들기를 처음 가르쳐준 로라가 늘 말했듯이, 어떻게 '도넛과 하나가 될지'를 배웠다.

도넛은 지난 몇 년 사이 일종의 부흥기를 겪고 있다. 브루클린에는 격주마다 새로운 개인 도넛 가게가 생겨나는 것 같다. 이 도넛들은 완전 채식 재료를 썼고, 글루텐이 없으며, 형광빛깔 프로스팅을 입혔고 지역에서 생산된 과일로 만든 잼을 가득 채웠고, 모히토 · 검은 감초 · 그레이프푸르트 · 생강 · 장미 · 루트비어 · 카페올레 등의 맛이 있다. 이것들 모두 근사하고 맛있지만(정말로 맛있다), 나는 여전히 매번 올드 패션 도넛을 고른다.

올드패션 사워크림 도넛

옛날(old-fashioned) 이야기를 위한 옛날식 도넛 요리법이다. 사워크림은 반죽을 성글게 만들고, 그 결과 도넛에 깊고 바삭한 주름들이 생겨서 글레이즈를 남김없이 빨아들인다. 설탕은 가볍고 육두구는 아득하다. 이스트가 들어가는 것은 부풀리기 위해서보다는 풍미 때문이다. 이 도넛은 어릴 때 토스트해서 버터를 발라 먹던 엔텐만 도넛의 성인용 버전이다. 그렇지만 토스트나 버터 없이도 아주 맛있다(물론 금상첨화를 원한다면 부디 그렇게 하시기를).

● 도넛 및 도넛홀 24개 분량

사워크림 1컵

드라이 이스트 1티스푼

계란 큰 것으로 2개

그래뉴당 1컵

박력분 3½컵

베이킹파우더 1테이블스푼

육두구 1티스푼

굵은 소금 1티스푼

베이킹소다 ½티스푼

무염버터 5⅓테이블스푼, 녹여서 살짝 식힌다

바닐라 에센스 ¼티스푼

도넛을 튀길 카놀라유

〈글레이즈〉

우유 ¼컵

바닐라 에센스 ¼4티스푼

슈거파우더 1컵, 체에 친다

작은 소스팬에 사워크림을 넣고 아주 따뜻하지만 만지지 못할 정도로 뜨겁지는 않게 약불로 가열한다. 이스트를 넣고 섞어서 녹인 다음 잘 둔다.

전기 믹서 용기에 계란과 그래뉴당을 넣고, 연노란색으로 걸쭉해질 때까지 3분 정도 돌린다.

계란이 크림화되는 사이 다른 그릇에 밀가루 · 베이킹파우더 · 육두구 · 소금 · 베이킹소다를 넣어 섞고 잘 둔다.

계란이 걸쭉해지면 버터와 바닐라를 더하고 잘 혼합될 때까지 믹서를 돌린다. 믹서를 작동시킨 채, 마른 재료와 따끈한 사워크림을 번갈아 더하면서 골고루 섞일 때까지 돌린다.

기름을 넉넉히 바른 그릇에 반죽을 옮겨 담는다. 기름 바른 주방용 랩을 헐겁게 씌운다. 냉장고에 최소 2시간 동안, 혹은 하룻밤 내내 둔다.

오븐용 철판에 유산지를 깔고 기름을 가볍게 바른다. 밀가루를 넉넉히 뿌린 작업대에 밤새 재운 반죽을 꺼내놓고 2센티미터 두께로 민다. 6.5센티미터 크기 도넛 커터로 찍어낸(아니면 도넛은 6.5센티미터 크기 원형 커터, 도넛홀은 1센티미터 크기 원형 커터로 찍는다) 도넛과 도넛홀을 유산지를 깐 오븐용 철판에 놓는다. 부스러기를 뭉쳐서 공 모양으로 만든다. 다시 밀어서 찍어낸다 (이 작업은 한 번만 하자. 안 그러면 도넛이 질겨질 것이다).

금속제 식힘망에 종이타월이나 갈색 종이봉투를 깐다. 큰 냄비에 기름을 반쯤 채우고 180도가 되도록 가열한다.

기름이 뜨거워지는 동안 글레이즈를 만든다. 우유와 바닐라를 중간 크기 소스팬에 넣고 약불로 따끈해질 때까지 데운다. 체로 친 슈거파우더를 더하고 완전히 매끄러워질 때까지 거품기로 젓는다. 글레이즈를 그릇에 옮겨 담고 따뜻한 물이 담긴 냄비에 걸쳐놓아 도넛을 튀기는 동안 굳지 않게 한다.

기름 온도가 적정선까지 올라가면 구멍 뚫린 주걱으로 도넛을 한 번에 두 개씩 기름에 넣는다. 진한 금갈색이 될 때까지 한 면당 1.5~2분씩 조리한다. 구멍 뚫린 주걱으로 도넛을 건져 식힘망에 옮긴다. 도넛을 전부 튀긴 후 도넛홀을 두 번으로 나눠서 튀기고, 식힘망에서 기름을 뺀다. 도넛과 도넛홀을 따끈한 글레이즈에 담그거나 도넛에 글레이즈를 뿌린다. 곧바로 먹는다.

문학을 홀린 음식들

the Witches

MUSSEL, SHRIMP, and COD STEW

《마녀를 잡아라》

얼마 전 친구들 한 무리와 저녁을 먹으면서 끔찍한 첫 키스, 어마어마한 나팔바지, 버섯머리, 군무 등 어린 시절의 다양한 굴욕을 회상하고 있었다. 한 친구는 중학생 때 학교 무도회에서 웃다가 오줌을 지린 얘기를 했고, 또 한 친구는 자기보다 나이 많은 여자애들로 가득했던 차안에서 던져진 거대한 콜라병에 맞은 이야기를 했다.

그러다 나처럼 매사추세츠 주 출신인 친구 닉이 3학년 때 세일럼 마녀 박물관으로 현장학습을 간 이야기를 했다. 견학 가이드가 목에 칼을 씌우자마자 닉은 반 아이들 전원 앞에서 완전히 겁에 질려 그걸 벗어던졌단다. 나는 너무 심하게 웃어서 뺨으로 눈물이 흐를 지경이었지만, 뉴잉글랜드 밖에서 자란 나머지 친구들은 완전히 공포에 질렸다. 그토록 어린 나이에 그토록 폭력적인 잔학 행위에 대해 배웠다는 사실을 믿을 수 없었던 것이다.

나는 그때까지 이것이 모든 초등학교 교과과정의 일부라고 생각했다. 모두가 코튼 매더[20]와 브리짓 비숍[21]에 대하여, 돌 던지기와 교수형에 대하여 배웠다고 생각했다. 그런 생각은 부정되었고, 모두가 눈이 휘둥그레져 침묵하는 가운데 식사가 중단되었다. 나는 충격을 받았다. 친구들 대부분이 고등학교에서 《시련The Crucible》[22]을 배우기 전까지는 세일럼 마녀 재판 이야기를 들어보지 못했고, 대학교에서 초기 미국사 수업을 듣기 전까지 몰랐던 친구도 있었다.

그날 밤 이후 초등학교 교사인 친구들에게 마녀 재판에 대하여 학생들에게 가르치는지 물어보기 시작했다. 한 명을 제외하고는 모두 웃으면서 절대 허용되지 않을 거라고 대답했다. 이 일은 내 어린 시절의 교육에 대해, 나와 동급생들에게 사냥과 대량 학살과 전쟁에 대해 확고하고 솔직하게 가르친 교사들에 대해 생각하게 만들었다. 그분들은 나이 든 구세대 뉴잉글랜드 교사들이었다. 종아리까지 내려오는 면 치마를 입었고, 아동 교육에서 공포는 필요불가결한 부분이라고 믿었다.

나는 아이보리 비누 냄새가 나고 치아에 홍찻물이 든, 세상이 그야말로 얼마나 흉해질 수 있는지에 대해 기꺼이 진실을 말해주던 이 여

---

20) 뉴잉글랜드 청교도 사회에서 어마어마한 영향력을 끼친 목사.
21) 1692년 세일럼 마녀 재판에서 첫 번째로 기소된 여성.
22) 세일럼 마녀 재판을 다룬 아서 밀러의 희곡.

성들을 좋아했다. 새 집과 고양이 사진들을 끊임없이 보여주고 남편을 방문객으로 학교에 데려오던 명랑하고 젊고 갓 결혼한 교사들과 달리, 남편이나 아이를 한 번도 언급하지 않은 그 숙녀분들이 학교에서 산다고 상상하는 것도 무리가 아니었다. 세일럼 마녀 재판의 잔혹 행위들에 대해 가르치기를 고집하던 이 여성들 본인이 마녀라고 상상하는 것도 마찬가지였다.

동일한 교사들에 대한 소문이 해를 거듭해서 돌았다. 우리가 로알드 달의 《마녀를 잡아라》를 읽고 나자 사태는 더 심각해질 뿐이었다. 마녀 재판에 대한 역사 수업은 숨겨진 출생점이나 주기도문을 읊기 어려워하는 것 등 비실용적인 마녀 감지 도구들을 제공했다. 반면 《마녀를 잡아라》는 머리카락·손·눈·잇몸을 보는 것만으로 쉽게 마녀를 구별할 수 있다고 했다. 우리는 보고 또 보면서 원하는 곳곳마다 표식을 찾아냈고, 찾을 수 없을 때에는 지어내기도 했다.

어린 시절의 내 입장에서, 책에서 읽은 것은 뭐든 절대적 진리였다. 그래서 로알드 달이 《마녀를 잡아라》 서문에 "이것은 동화가 아니다. 이것은 현실의 마녀들에 대한 이야기다."라고 썼을 때 나는 그를 진심으로 믿었다. 나는 그 책을 설명서처럼 읽었다. 어떤 어른이 나에게 유독 못되게 굴 때나, 어떤 할머니가 도서관에서 책을 읽는 나를 너무 오래 쳐다볼 때마다 책장을 넘기며 마녀의 특징을 찾아보았다.

달은 나의 어린 시절 교사들과 마찬가지로 아이들이 겁먹는 것을 꺼리지 않았다. 그가 자신이 쓴 게 진실이라고 주장한 것은, 아마 이 책이 늘 그토록 논란이 되어온 이유 중 하나일 것이다. 아이들은 속기 쉽고 마녀 사냥은 현실이다. 그러니 아이들에게 어떤 여자를 사악하다고 규탄할 육체적 징표들을 찾아보라고 가르치는 것은 위험한 영역이라는 논란이다. 1692년의 세일럼 마녀 재판 전, 노르웨이에는 1621년에 시작되어 1663년까지 간헐적으로 계속된 바르도 마녀 재판이 있었다. 이 재판들은 《마녀를 잡아라》의 역사적 배경 역할을 한다. 오슬로 출신인 작중 화자의 할머니는 손자에게 이런 확신을 준다. "그녀의 마녀 이야기들은 대부분의 사람들과 달리 상상의 이야기가 아니다. 그것들은 모두 사실이다. 절대적으로 사실이다. 역사다."

마녀 사냥이라는 으스스한 역사 말고도, 노르웨이와 매사추세츠 주에는 해변에 면해있다는 것과 그 결과 역사를 통틀어 바다를 식량 공급원으로 크게 의지했다는 공통점이 있다. 고향을 떠나 다른 도시들에서 식사하기 전에는 내 입맛이 매사추세츠 주의 해산물로 인해 얼마나 까다로워졌는지 전혀 몰랐다. 성장기에 우리는 어마어마하게 많은 해산물을 먹었다. 작고 달콤한 가리비와 통통하고 짭짤한 웰플릿산 굴이 있었다. 버터 바른 핫도그 빵에서 실한 집게발이 삐져나와 있는, 마요네즈를 듬뿍 넣은 바닷가재 샌드위치도 있었다.

겨울에는 하얗고 부슬부슬한 살점이 버터와 리츠 크래커로 뒤덮인 대구 오븐 구이를 먹었다. 여름에는 낡아빠진 배를 1킬로미터나 저어나가 사자처럼 생긴 거대한 바위에서 입을 꽉 다문 반짝반짝한 홍합을 땄다. 홍합을 찌거나 구워서 저녁으로 먹을 수만 있다면, 면도날처럼 날카로운 따개비들과 폭격기처럼 급강하하는 바닷새들도 이겨낼 수 있었다. 김이 무럭무럭 나고 가슴까지 따뜻해지는 크림 차우더를 사시

사철 먹었다. 스위트콘, 링기사 소시지, 통통한 바지락이 드문드문 들어 있었다.

《마녀를 잡아라》에서 어릴 때나 어른이 된 후나 제일 공감한 장면이 있다. 작중 화자의 할머니가 날마다 '배를 저어나가' 보내던 어린 시절을 회상하는 장면이다. 그녀는 오빠와 함께 자그마한 섬들의 해안을 어떻게 탐험했는지 손자에게 이야기한다. "아름답고 매끄러운 거대한 바위들에서" 바다로 뛰어들고, 닻을 내리고 대구나 명태를 낚고, 잡힌 것은 뭐든 점심식사로 팬에 튀겼다. 그러고는 이렇게 덧붙인다. "세상에 신선하기 그지없는 대구보다 더 맛있는 생선은 없단다."

그들은 미끼로 홍합을 사용했고, 혹시 아무것도 물지 않으면 "[홍합을] 바닷물에" "연하고 짭조름해지도록" "맛있게" 요리하곤 했다. 의욕이 덜할 때는 그냥 노를 저어 바다로 나가서 새우잡이 배들이 모항으로 돌아오는 것을 기다렸다. 배 위의 사람들에게 손을 흔들면 배를 멈추고 "막 조리해서 아직 따끈한" 새우를 몇 줌 주었다. 그들은 "배에 앉은 채 새우 껍질을 벗겨 먹어치웠는데" 머리까지 빨아먹어서 마지막까지 확실히 해치웠다. 아름다운 구절이다. 그리고 달이 상상력 풍부한 이야기꾼으로서뿐 아니라 작가로서도 얼마나 큰 재능을 가졌는지 상기시키는 구절이기도 하다.

대구와 홍합과 새우가 다닥다닥 나오는 글을 읽으니, 우리 가족이 보스턴 노스엔드의 이태리식당에서 먹던 초피노가 곧바로 떠오른다. 바다에서 아침에 잡은 것들을 잔뜩 넣고 와인과 통통한 토마토를 넣고 끓여 고춧가루를 뿌린 스튜였다.

홍합 · 새우 · 대구 스튜

이 요리법에서 나는 홍합 · 새우 · 대구를 곧이곧대로 사용한다. 하지만 어떤 생선이나 조개든 좋아하는 대로, 혹은 시장에서 제일 신선한 것으로 자유롭게 더하거나 바꿔도 괜찮다.

● 6인분

올리브유 2테이블스푼

무염버터 1테이블스푼

양파 1개, 깍둑썬다

회향 구근 1개, 얇게 저민다

생파슬리 1다발, 굵게 다진다

월계수잎 ½장

굵은 소금 2티스푼, 맛을 보아가며 추가로 조금 더

마늘 5쪽, 굵게 다진다

고춧가루 1티스푼

으깬 토마토 통조림(800그램) 1캔

닭 육수 2½컵

드라이 화이트 와인 1½컵

병에 든 대합 육수 ½컵

토마토 페이스트 2테이블스푼

생 바질잎 2장, 곱게 다진다

타임 4줄기의 잎

홍합 700그램, 수염을 떼고 씻는다

큼직한 생새우 700그램, 껍질을 벗기고 내장을 제거한다(냉동된 것은 해동한다)

껍질을 벗긴 대구 필레 700그램, 5센티미터 크기로 썬다

갓 간 후추

곁들여 낼 껍질이 딱딱한 빵

아주 큰 냄비나 더치오븐[23]에 기름과 버터를 넣고 중불로 가열한다. 양파·회향·파슬리·월계수잎·소금을 더하고 양파와 회향이 투명해질 때까지 10분 정도 볶는다. 마늘과 고춧가루를 더하고 2분 더 볶는다.

으깬 토마토·닭 육수·화이트 와인·대합 육수·토마토 페이스트·바질·타임을 냄비에 더한다. 잘 저어준 후 뚜껑을 덮고 혼합물이 끓을 때까지 조리한다. 불을 낮추고 뚜껑을 덮은 채 30분간 계속 끓인다.

홍합을 더하고 뚜껑을 덮은 후 껍질이 벌어지기 시작할 때까지 5~10분 조리한다. 새우와 대구를 넣고 저어준 후 뚜껑을 덮고 살짝 익을 때까지 5~10분 더 끓인다. 벌어지지 않는 홍합은 꺼내 버린다.

맛을 보아가며 소금과 후추로 간한다. 국자로 떠 얕은 그릇에 담고, 껍질이 딱딱한 맛있는 빵과 함께 낸다.

---

23) 보통 무쇠로 만들며 뚜껑이 꼭 맞는 두툼한 냄비.

The Secret Garden

CURRANT BUNS

《비밀의 화원》

고백하건대, 초등학교 3학년 어느 날 밤 침대 머리맡 쿠션 위에 놓인 프랜시스 호지슨 버넷의 《비밀의 화원》을 보았을 때 나는 살짝 회의적이었다. 그 책을 거기 둔 것은 엄마였다. 엄마가 내 나이 때 그 책을 좋아한 만큼 나도 좋아하기를 바란 것이다. 완전히 새것이고 좋은 향기가 나는 크림빛 문고판으로, 분홍 장미에 둘러싸여 서 있는 체크무늬 비옷 차림의 어린 소녀 주위로 우아한 녹색 글씨가 포도덩굴처럼 소용돌이치고 있었다. 그 책은 비싸 보였는데, 나는 비싼 것을 경계하는 성격이었다.

나는 불과 몇 주 전, 엘리너 호지먼 포터의 《폴리애나Pollyanna》를 실망과 혐오에 차서 방 한복판에 동댕이쳤다. 책이 동생의 시리얼 그릇에 떨어지자 울음과 비명이 터져 나왔다. 그런 공격적인 행동은 나답지 않았지만, 폴리애나 휘티어는 '기쁨 놀이'와 완벽한 금발로 지난 며칠 동안 내 신경을 긁고 있었다. 그렇지만 《비밀의 화원》을 펼치자마자 메리 레녹스는 절대 폴리애나가 아니라는 것이 분명해졌다. 그것은 무시·분노·슬픔·병·굶주림 같은 어두운 주제를 가진 어두운 책이었다. 나는 금세 책에 빨려들었고, 이후 몇 주 동안 그 책에 관해 생각했다.

《비밀의 화원》이 출간된 1911년에 아동 문학 장르는 황금기를 맞고 있었다. 1800년대 후반에 어린이들을 이해하는 방식에 변화가 일어났다. 그들은 더이상 작은 어른이나 태어날 때부터 죄악으로 가득한 존재로 여겨지지 않았다. 어린이들은 각자 독자적인 개성을 가진 깨끗한 석판 같은 존재였다. 그들의 개성은 보살핌을 통해 형성되고 상상력을 자극하는 놀이를 통해 풍부해져야 마땅했다. 루이스 캐럴·조지 맥도널드·찰스 킹슬리 같은 작가들이 쓴 익살스러운 모험담과 환상소설이 이전 시대의 교훈적이고 유익한 아동 문학을 대체했다. 어린이들의 자주성에 대한 이 새로운 믿음과 더불어, 어린이들이 가정의 영역 밖에서 부모의 지도 없이 알아서 자라도록 방치되었을 때 벌어질 일에 대한 공포와 호기심도 대두되었다. 이런 공포는 고아가 된 아이들의 수가 고아원에서 수용 가능한 인원보다 훨씬 많았던 영국에 특히 만연했다.

19세기와 20세기 초의 아동 문학과 성인 문학에는 양쪽 모두 고아들이 널려 있다. 마크 트웨인의 톰 소여와 허크 핀, 루시 모드 몽고메리의 앤 셜리(《빨간 머리 앤》)와 에밀리 스타(《뉴문 농장의 에밀리Emily of New

Moon》), 브론테 자매의 제인 에어와 히스클리프, 찰스 디킨스의 올리버 트위스트와 핍과 에스텔라 해비셤과 데이비드 코퍼필드, 빅토르 위고의 코제트와 콰지모도, 고아 소녀 애니, 하이디, 그리고 물론 폴리애나 휘티어와 메리 레녹스도 있다.

이 시기의 모든 작가들은 고아 문제를 다루는 나름의 방법을 갖고 있었다. 고아들은 너그러운 후원자에 의해, 스스로의 적극성에 의해, 고되고 정직한 노력에 의해, 사랑에 의해 구원받는다. 메리의 경우, 그녀를 구원한 것은 미슬스웨이트 저택에서 발견하여 돌보고 회복시킨 버려진 정원만이 아니다. 이 육체적 작업이 일깨운 식욕 역시 메리를 구원한다. 메리는 시큰둥하고 앙상하고 적의를 품은 아이에서 공감능력이 뛰어나고 건강하고 기쁨에 찬 아이로 바뀐다. 메리가 무엇을 얼마나 먹는지 추적하면 이를 곧장 알 수 있다.

우리가 메리의 식사를 처음 보는 것은 인도의 집에서 콜레라가 발발해 부모와 집안 일꾼 대부분이 죽은 때다. 메리는 꼬박 닷새간 완전히 잊힌 채 육아실에 갇혀 있다가, 목이 마르고 배가 고파 다들 어디에 있는지 아무것도 모르는 채 나온다. 메리는 어슬렁거리다 식당으로 들어가지만 텅 비어 있는 것을 발견한다. "그렇지만 먹다 만 음식이 식탁에 있었는데, 의자와 접시는 먹던 사람이 무슨 이유에서인지 갑자기 일어나며 급하게 밀어놓기라도 한 것처럼 보였다." 이 섬뜩하고 종말론적인 장면에서 메리의 식사는 "과일과 비스킷 약간을 주워 먹고, 목이 말라서 거의 가득 차 있던 잔의 와인을 마시는" 것이다.

이 슬프고도 외로운 식사를 한층 슬프게 만드는 것은, 너무 어려서 와인이 뭔지도 모르는 메리가 취한 상태로 비틀거리며 육아실로 돌아가다 "오두막들에서 들려 오는 울음소리와 급박한 발소리에 겁먹는" 대목이다. 이제 고아가 된 메리는 인도의 황폐한 집에서 재빨리 밀려나, 영국의 황무지에 있는 저택에 사는 비밀에 싸인 생면부지의 삼촌 아치볼드 크레이븐에게 보내진다. 메리에게 다음의 음식이 제공되는 것은 미슬스웨이트 저택의 수석 고용인 메들록 부인과 함께 저택으로 가는 기차에 탔을 때다. 메들록 부인은 도시락 바구니에서 "닭고기와 차가운 쇠고기 약간, 버터 바른 빵, 뜨거운 차"라는 포근한 식사를 내놓는다. 이 음식으로 메들록 부인은 꽤나 기운을 차리지만 메리가 조금이라도 먹었다는 내용은 없다. 대신 그녀는 자리에 앉은 채, 잔뜩 먹고 나서 곯아떨어진 메들록 부인을 응시한다.

그렇지만 미슬스웨이트 저택에 도착한 메리가 무단으로 식사를 피하기는 쉽지 않다. 첫날 아침 일어나자 메리의 방 탁자에 "맛있고 푸짐한 아침식사가 차려져 있었다. 하지만 메리는 늘 식욕이 별로 없었고, 마사가 그녀 앞에 놓은 첫 번째 접시에 눈길을 주는 둥 마는 둥 했다." 메리의 이전 생활에서는 그녀가 먹든 말든 아무도 신경 안 썼던 것 같다. 그러나 미슬스웨이트의 하녀 마사는 메리가 죽 먹기를 거부하자 격분하고 당황해서 말한다. "이게 얼마나 맛있는지 모르는군요. 당밀이나 설탕을 조금 넣어보세요." 마사는 메리가 퇴짜 놓은 아침식사를 동생들이 먹으면 얼마나 좋아할지 말한다. 그들은 "새끼 매와 여우처럼 배가 고프며" "평생 배가 불러본 적이 거의 없다." 이 말에 메리는 이렇게 반응한다. "배고프단 게 뭔지 난 몰라."

황무지의 신선한 공기 속에 야외에서 어슬렁거리며 다정한 울새를 쫓아다니고 정원 담벼락을 뒤지며 며칠을 보낸 메리는 난생 처음으로 배가 고픈 채 깨어난다. 메리는 죽을 깨작거리지 않고 전부 먹어치움으로써 마사를 크게 기뻐하게 만든다. 메리는 마사의 동생 디콘과 함께 과거의 자신처럼 방치되고 고립된 상태로 발견된 정원을 소생시킨다. 그러느라 야외에서 더 많은 시간을 보내게 되고, 그에 따라 점점 더 배가 고파진다. 메리는 곧 끼니 사이에 몰래 간식을 챙길 방법들을 꾸며내게 된다. 메리는 사촌 콜린에게 이렇게 자랑한다. "나는 하루하루 살이 붙고 있어. 메들록 부인이 더 큰 옷들을 사줘야 할 거야. 마사 말로는 내 머리숱이 점점 많아지고 있대. 이제 예전처럼 납작하고 푸석하고 성기지 않아."

메리 · 디콘 · 콜린이 정원에서 먹는 음식은 메리의 최종 변신을 보여준다. 버넷이 이 정원 소풍들을 얼마나 열성적으로 묘사하는지, 어릴 때 읽으면서 실제로 군침을 흘린 기억이 난다. "뜨거운 차와 버터 바른 토스트와 크럼펫[24]", "집에서 만든 빵과 눈처럼 흰 계란, 산딸기 잼과 클로티드 크림"은 물론이고, 계란과 야외에서 구워 신선한 버터와 소금을 듬뿍 친 감자도 있었다. 그렇지만 내가 제일 좋아한 음식이자 거의 디콘 못지않게 갈망한 것은 따로 있었다. "크림이 둥둥 뜬 갓 짠 진한 우유가 가득한 양동이 두 개, 푸른색과 흰색 냅킨으로 감싼 집에서 만든 건포도빵이 있었다. 얼마나 주의깊게 감쌌는지 빵은 아직도 뜨거웠다."

---

24) 영국식 팬케이크.

내 어린 시절 이 책에 나온 건포도빵과 제일 가까웠던 것은 해마다 부활절 즈음이면 동네 식품점에 등장하던 핫크로스번[25]으로, 컨베이어 벨트에서 나온 것처럼 완전히 똑같은 빵들이 비닐봉지에 든 채 높다랗게 쌓여 있었다. 이 빵들은 집에서 만든 것과는 거리가 멀었고 절대 따뜻하지도 않았지만, 나는 딱딱한 작은 건포도들과 십자 모양 프로스팅이 있는 이 빵을 좋아했다.

2년 전까지도 나는 집에서 만든 건포도빵을 먹어보지 못했다. 그즈음 함께 살던 앤디 언니가 베이킹 학원에 다니게 되었다. 어느 날 밤 언니는 학원에서 건포도빵을 만들었고, 한 상자를 집으로 가져와서 나에게 선물했다. 상자를 열고 하나같이 반들거리고 동글동글하며 작고 검은 건포도가 박힌 빵을 보았을 때, 나는 거의 비명을 지를 뻔했다. 집까지 먼 길을 지하철을 타고 온 뒤인데도 빵은 여전히 따뜻했으며, 내가 자라면서 먹은 것들과 달리 신선한 이스트와 오렌지 껍질의 취할 듯한 향기가 물씬했다. 우리는 진종일 페이스트리를 만드느라 아직 밀가루투성이인 채로 소파에 웅크리고 앉아 한 상자를 몽땅 먹어치웠다.

건포도빵

- 12개 분량

---

25) 전통적으로 성 금요일(예수가 십자가에서 죽은 날)에 먹는 건포도빵.

드라이 이스트 4티스푼

우유 ¾컵, 살짝 데운다(약 45도 정도)

강력분 3¾컵

설탕 ⅓컵

계란 큰 것으로 3개, 실온에 둔다

무염버터 1컵(2스틱), 실온에 둔다

신선한 오렌지 껍질 1티스푼, 곱게 간다

굵은 소금 ¾티스푼

육두구 가루 ¼티스푼

건포도 ⅓컵, 통통하고 말랑해질 때까지 따뜻한 물에 불린다

〈글레이즈〉
설탕 ½컵

물 3테이블스푼

바닐라 에센스 1티스푼

신선한 오렌지 껍질 ½티스푼, 곱게 간다

작은 그릇에 따끈한 우유를 붓고 이스트를 넣어 완전히 녹을 때까지 젓는다. 이스트가 활성화될 때까지 잘 둔다. 12분 안에 거품이 생기기 시작하지 않으면 버리고 다시 이스트를 준비한다.

반죽용 부속을 끼운 전기 믹서 용기에 밀가루 · 설탕 · 계란 · 버터 · 오렌지 껍질 · 소금 · 육두구 · 우유-이스트 혼합물을 담고 반죽이 뭉쳐질 때까지

저속으로 돌린다. 그 후 중속으로 높여서 매끄럽고 탄력이 생길 때까지 5~7분 동안 반죽한다.

반죽이 다 되어갈 즈음 물에 불려놓은 건포도에서 물기를 빼고 반죽에 더한 후 잘 섞일 때까지 믹서를 돌린다. 기름을 충분히 바른 그릇에 반죽을 옮기고 주방용 랩을 씌운다. 반죽이 두 배로 부풀어오를 때까지 따뜻한 곳에 1시간 반 정도 둔다.

오븐용 철판에 유산지나 실리콘 베이킹 매트를 깐다. 반죽이 부풀어오른 후 밀가루를 넉넉히 뿌린 작업대에 꺼내놓고 균일하게 12개로 자른다. 밀가루를 뿌린 작업대에서 손바닥으로 반죽들을 동그랗게 뭉친다. 유산지를 깐 오븐용 철판에 동그란 반죽들을 놓되, 사이마다 5센티미터 정도 간격을 둔다. 철판에 주방용 랩을 씌우고 반죽이 다시 부풀어오를 때까지 45분에서 1시간 동안 기다린다.

거의 다 부풀었다 싶으면 오븐을 180도로 예열한다. 빵이 근사한 금갈빛을 띨 때까지 25~30분 굽는다.

빵이 다 되어갈 즈음 글레이즈를 준비한다. 설탕·물·바닐라·오렌지 껍질을 작은 소스팬에 넣고 섞는다. 중불로 끓이면서 설탕이 완전히 녹을 때까지 저어준다. 다 구워진 빵이 아직 뜨거울 때 글레이즈를 붓으로 바른다. 식힘망으로 옮겨서 살짝 식힌 후 낸다.

Charlotte's Web

PEA and BACON SOUP

《샬럿의 거미줄》

가장 많이 거부당하고 금지되는 도서 목록에 《샬럿의 거미줄》이 심심찮게 등장한다는 사실에 나는 놀랐다. 순진한 아이들을 보호하기 위해 경계하는 교사들과 부모들은 이 책을 절대 놓치지 않는다. 캔자스주에서는 말하는 동물들이 나온다는 이유로 금지되었다. 일부 교육자들이 이를 '부자연스럽다'고 생각한 것이다. 또 어떤 사람들은 죽음과 희생이라는 주제가 어린 독자들에게는 너무 무겁다는 생각으로 이 책을 기피했다. 영국에서는 돼지를 먹는 데 대한 토론이 이슬람교도들에게 불쾌할 수 있는 것을 우려한 교사들이 이의를 제기했다. 그렇지만 우리 선생님들은 이 책으로 수업하는 것이 푸주한의 손녀에게 미칠 영향을 재고하지 않았다.

초등학교 3학년 때 《샬럿의 거미줄》의 인기는 내가 친구를 사귀는 데 전혀 도움이 되지 못했다. 그리고 당시 이 책 한 권으로 반 아이들의 절반이 잠시 채식주의자가 되었는데, 그중에는 우리 자매들과 사촌 캐롤라인도 있었다. 그해에 나는 우리 가족의 여자아이들 전원을 위해 베이컨을 끊었는데, 우리가 빅퍼드 식당의 푸짐한 아침식사 접시에서 베이컨을 건드리지 않는 것을 할아버지가 알아차리고 질문을 시작할까봐 전전긍긍했다.

그해에 언니에게는 내가 돼지고기 먹는 것을 볼 때마다 귓가에서 '윌버[26]'라고 속삭이는 고문 같은 버릇이 생겼다. 이 버릇은 나를 번번이 울기 직전으로 몰아갔다. 어릴 때 난 동물을 절절히 사랑했고 지금도 여전히 그렇다. 이 책은 나에게 믿을 수 없을 정도로 죄책감을 주었다. 우리 할아버지가 돼지를 도살한다는 것을 동급생들이 밝혀낼까봐, 아니면 그 사실을 아는 친구들이 모두에게 말할까봐 신경이 곤두섰다. 나는 늘 자의식 과잉의 편집증 상태였다.

《샬럿의 거미줄》이 북돋운 채식주의의 물결은 우리 가족과 어린 시절의 친구들에 국한되지 않았다. 성인이 되어 사귄 친구들 중 어릴 때 이 책을 읽고 다시는 돼지고기를 먹지 않았다는 경우가 한두 명이 아니다. 이 책이 나로 하여금 고기에 등을 돌리게 만들지는 않았다. 그렇지만 이 책을 읽은 것은 내가 먹는 음식과 그것이 어디에서 왔는지에

---

26) 《샬럿의 거미줄》에 등장하는 돼지 이름.

대한 이해에 어마어마한 전환점이 되었다. 내가 먹은 고기가 분쇄기를 통과하고 슈퍼마켓용으로 깔끔하게 진공포장되기 전에 어떻게 생겼는지, 나는 분명 대부분의 동급생들보다 잘 알고 있었다. 그리고 물론 당연히, 내가 할아버지 가게의 절단실 작업대 위에서 본 것은 바로 얼마 전까지 살아 있던 동물이라는 사실도 알았다. 하지만 나의 사고 과정은 그 지점에서 멈췄다. 어릴 때는 죽음의 어마어마함을 깊이 이해하기 어렵다. 어쩌다 보니 매일 방과 후에 일상적으로 직면한다면 어떤 의미로는 더 어렵다.

《샬럿의 거미줄》에서 E. B. 화이트는 죽음에 대하여 주저 없이 대담하게 이야기한다. 이 책은 첫 줄부터 놀라울 정도로 냉혹하다. "아빠가 도끼 갖고 어딜 가지?"로 화이트는 어린 독자들이 불편한 현실과 마주하도록 강요한다. 화이트 자신이 싸워야 했던, 동물이 우리의 소비를 위해서 죽는다는 현실이다. 어릴 때《샬럿의 거미줄》을 읽고 나서 화이트는 채식주의자일 수밖에 없다고 생각했다. 고등학교와 대학교에서 그가 쓴 에세이들을 읽으면서, 그가 고기를 먹었을 뿐 아니라 잡아먹기 위해 직접 돼지를 길렀다는 사실을 알고 충격을 받았다.

이 책에는 확연히 다른 두 목소리가 존재한다. 자기 가축들을 농부의 실용적인 관점에서, 즉 재산과 생존 수단으로 보는 애러블 씨의 목소리와, 윌버의 죽음을 감정적인 관점에서, 즉 끔찍한 부당함으로 보는 편의 목소리다. 화이트 자신은 이 둘 사이 어딘가에 있었던 것으로 보인다. 그는 동물들과 깊이 이어져 있었으며, 어린이 책들과 개인적인 에세이들 양쪽에서 그들을 의인화해 상실과 우정과 죽음에 대해 이야기하는 데 이용했다. 그렇지만 그는 프라이버그 페어[27)]를 방문하고 쓴 〈48번가여 안녕Good-Bye to Forty-Eighth Street〉에서 "송아지 스크램블[28)] · 돼지 스크램블 · 송아지고기 경매"에 참석했고, "소의 흰자위에 비치는 야성적인 표정을 즐긴다."

어린 시절 《샬럿의 거미줄》을 읽고 나서 느낀 남모를 죄책감은 성인이 된 후에도 여전히 존재했다. 나는 푸주한이라는 내 직업의 윤리에 대한 질문과 날마다 씨름했다. 많은 채식주의자 친구들이 그런 일을 생업으로 하면서 어떻게 동물을 사랑할 수 있냐고 묻는다. 그런 질문을 받을 때마다 내가 반복하는 대답은, 실제로 가능한지 여전히 혼자 고민 중이라는 것이었다. 그러다 화이트의 에세이 〈어떤 돼지의 죽음Death of a Pig〉을 읽었다. 이 글은 동물을 먹는 것과 사랑하는 것은 상호배타적이 아니라는 사실을 완벽하게 보여준다. 아니면 최소한 이 어마어마한 질문들에 대한 대답이 확실하지 않아도 괜찮다는 것을, 그런 질문을 받는 것이 나 혼자만은 아니라는 사실을 보여준다. 이 에세이에서 돼지들을 수년간 행복하게 길러 온 화이트는 동물들 중 한 마리의 병과 갑작스러운 죽음에 자신이 "속속들이 흔들린다"는 것을 발견한다. 그 돼지는 그에게 "명백히 소중한 존재가 되었다." "햄의 상실이 아니라 돼지의 상실"을, "고통스러운 세상에서 고통을 겪은" 존재로서 애도했다.

---

27) 프라이버그에서 열리는 메인 주 최대의 농산물 품평회.
28) 농산물 품평회 등에서 송아지를 풀어놓고 참가자들이 붙잡는 경주.

화이트가 《샬럿의 거미줄》을 출간한 1952년은 공장식 축산 관행이 부상한 시점이었다. 유럽에서 동물 보호 법안들이 자리를 잡은 것과 달리, 미국에서는 동물에 대한 인도적 대우를 이야기하는 사람이 많지 않았는데 특히 축산업에 관련해서는 드물었다. 미국인들의 마음에는 대공황이 여전히 생생했고, 그들은 음식이 어디에서 오는지보다는 충분한 음식을 먹는 것에 더 관심을 가졌다. 화이트는 자신의 돼지우리가 안락하며 돼지들이 제대로 먹고 행복하다는 사실에 대단한 자부심을 가졌다. 그는 축산 관행면에서, 그리고 지속 가능하며 추적 가능한 음식에 대한 생각면에서 여러모로 시대를 한참 앞섰다.

〈1월의 보고서A Report in January〉에서 화이트는 계란 세척이라는 새로운 공장식 축산 공정에 대해 이야기한다. 이 과정은 너무 가혹해서 껍질을 "싸구려 플라스틱 장난감"처럼 보이게 만든다고 한 뒤 이렇게 덧붙인다. "만일 이런 게 계란이라면, 나는 토끼다."〈미국너구리 나무 Coon Tree〉에서는 채소 경작의 미래에 대해 우려하면서, 미국 산업디자이너협회에서 한 연사가 "버튼을 누르면 종이 접시 위에 완두콩이 등장하게 될 것이다"라고 말한 것을 인용한다. 이 말에 그는 이렇게 반응한다. "나는 딱히 식도락가는 아니다. 하지만 겨울 저녁이면 종자 카탈로그에서 어떤 마음의 양식을 얻는다. 나는 청명한 6월 아침에 어린 완두콩에 철망 치기를 돕는 걸 즐기며, 7월에 완두콩 수확과 껍질 까기를 도우면 기분이 더 좋아진다. 완두콩을 좋아하는 사람에게 이것은 완두콩 잔치의 일부다."

오늘날에는 윤리적 영농과 추적 가능한 음식이 모두의 머릿속에 존재한다. 확실히 말하건대 이 문제들에 대해서 나는 날마다 생각하고, 이야기하고, 읽고, 듣는다. 요즘 내가 일하는 푸줏간은 근사한 방목 돼지들을 공급받는다. 우리는 공급자인 지역 농부 두 명을 자주 찾아간다. 내가 처음 농장에 간 것은 10월 말이었고 살을 에는 듯한 비가 거세게 내리고 있었다. 방문을 앞두고 몇 주 동안, 결국은 우리 도마에 오르리라는 사실을 알면서 동물들을 보면 어떤 기분일지 계속 걱정했다. 농장에 도착해서는 선 채로 돼지들을, 그 강인한 점박이 등과 분주한 코를 오랫동안 바라보다가, 내가 슬픈 기분이 아니라는 사실에 충격을 받았다. 초원의 돼지들을 바라보다 말고 갑작스러운 신파적 충동으로 팔을 활짝 벌리고 달려가서 미안하다고 울부짖으며 눈물콧물바람이 될 거라고 상상했다. 하지만 그러는 대신, 돼지들이 쿵쿵거리고 빽빽거리고 꿀꿀거리는 동안 나는 그저 조용히 있었다.

농가로 돌아오자 식탁 위에 김이 무럭무럭 나는 커피잔들이 있었다. 커피에 젖소 루시로부터 얻은 우유를 올렸는데, 풀 향기가 나고 달콤한 게 설탕을 칠 필요조차 없었다. 껍질은 푸른색과 갈색과 흰색이고 노른자는 거의 오렌지빛인 계란 한 무더기가 있었다. 그 농장에서 키운 돼지로 만든 향기로운 베이컨도 한 뭉치 있었다. 우리가 몇 주 전 도살해서 절이고 훈제한 것이었다. 식탁의 내가 앉은 자리에서 작고 빨간 닭장 안의 닭들이 지붕이 없는 쪽에 옹기종기 모여 있는 게 보였다. 아래쪽 초원에서는 루시의 턱이 건초를 먹느라 움직였고, 돼지들은 우리 바로 위쪽에서 땅을 파고 구르고 있었다. 모든 것이 원만하고 행복하고 따뜻한 느낌이었고, 나는 스스로를 조금은 용서했던 것 같다.

완두콩 베이컨 수프

처음에는 본능적으로 베이컨 요리법을 싣겠다고 생각했다. 하지만 왠지 별로 좋은 생각이 아닌 것 같았다. 그래서 이번 편에서는 E. B. 화이트의 완두콩 사랑에 초점을 맞추기로 결정했고, 원한다면 베이컨을 고명으로 얹을 수 있는 완두콩 수프 요리법을 소개한다. 닭 육수를 야채 육수로 대체하고 베이컨 대신 크루통²⁹⁾을 사용해서 바삭한 느낌을 내면, 이 수프를 온전히 채식주의자용으로 만들 수도 있다. 그쪽 노선을 따르기로 결정했다면, 베이컨 기름 대신 버터 1테이블스푼을 추가로 넣는다.

● 4~6인분

무염버터 1테이블스푼

고명으로 올릴 베이컨 ½컵을 익혀서 잘게 썰고, 베이컨 기름 1테이블스푼을 챙겨둔다

다진 양파 1컵

리크³⁰⁾ 1개, 굵게 다진다

마늘 2쪽, 다진다

굵은 소금 2티스푼과 입맛에 따라서 조금 더

닭 육수 4컵

---

29) 빵을 작게 깍둑썰어서 튀기거나 오븐에서 구운 것.
30) 구하기 힘들 경우 대파의 흰 부분으로 대체한다.

생물이나 냉동 완두콩 5컵

사워크림이나 생크림 ½컵

갓 간 후추

버터와 베이컨 기름을 크고 바닥이 두꺼운 소스팬에서 중불로 버터가 녹을 때까지 가열한다. 양파와 리크를 더하고 투명해질 때까지 7분 정도 조리한다. 마늘과 소금을 더해 마늘이 옅은 갈색이 될 때까지 3분쯤 더 조리한다. 닭 육수를 더하고 혼합물이 끓을 때까지 가열한다. 완두콩을 더하고 연해질 때까지 5분 정도 조리한다(냉동 완두콩은 시간이 덜 걸릴 것이다).

수프를 불에서 내리고 ⅓ 정도를 블렌더에 옮겨 담는다(뜨거운 수프에서는 수증기가 생긴다. 이 수증기가 블렌더에서 빠져나올 길이 없으면 무서운 폭발을 일으킬 수 있다. 다음 요령을 따르도록 하자: 블렌더 뚜껑에는 마개나 막대로 덮인 구멍이 있다. 마개나 막대를 치우고 구멍을 깨끗한 행주로 덮는다. 이렇게 하면 수증기가 빠져나갈 공간이 생겨서, 폭발한 뜨거운 수프를 뒤집어쓰는 일이 없게 된다.)

수프를 아주 매끄러워질 때까지 몇 번에 걸쳐서 블렌더로 간다. 혹시 핸드 블렌더가 있으면 그냥 냄비에 든 채로 수프를 갈아도 된다. 더 매끄러운 수프를 만들려면 갈고 나서 고운 체로 거른다.

수프를 큰 그릇에 옮겨 담는다. 사워크림을 넣고 휘젓는다. 입맛에 따라 소금과 후추로 간한다. 수프를 각자의 그릇에 나눠담고 위에 바삭한 베이컨을 뿌린다.

Where the Red Fern Grows

SKILLET CORNBREAD with HONEY BUTTER

《나의 올드 댄, 나의 리틀 앤》

열세 살 때 어린아이 둘과 새미라는 이름의 늙은 골든리트리버가 있는 가족을 위해 베이비시터 노릇을 하곤 했다. 베이비시터 일을 할 때마다, 불쌍한 병든 새미의 생명을 유지하기 위한 긴 업무 확인표를 엉망인 글씨로 채워야 했다. 개는 양탄자에 끊임없이 실례를 하면서 지치고 안쓰러운 눈으로 나를 응시했다. 개에게 알약을 먹이고 연고를 발라주느라 주체를 못하다 보면 흔히 아이들을 목욕시키거나 밥 먹이는 것을 잊곤 했다. 아니면 새미의 저녁밥으로 쇠고기 간 것을 볶느라 시간 가는 줄 몰라서 아이들을 한 시간 늦게 침대에 보내기도 했다.

어느 날 밤 세미의 저녁밥을 내려놓고는 아이들을 아래층으로 데려

문학을 홀린 음식들

가서 재웠다. 위층으로 돌아왔을 때 세미는 건드리지 않은 저녁밥 옆에서 눈을 까뒤집고 입에서 거품을 흘리며 누워 있었다. 겁이 나서 경기가 들릴 지경이 되어 아이들 부모님에게 전화하자 그분들이 즉시 달려왔다. 그리고 개의 늘어진 몸을 추슬러 푸른색 볼보 스테이션왜건에 태워서 동물병원으로 달려갔다. 나는 작은 목소리로 세미가 약을 더 먹고 주사를 맞느니 차라리 평화를 얻을 수 있게 해달라고 기도했다.

새미가 정말로 그날 밤 죽었을 때 내가 느낀 안도감은, 아이들 엄마가 얼마나 비탄에 빠졌는지를 본 순간 곧장 사라졌다. 집으로 돌아온 그분은 슬픔을 가누지 못하는 모습이었고, 우리집까지 걸어가면서 나는 어마어마한 죄책감을 느꼈다. 내 마음속 한 구석에서는 내 작은 기도가 어떤 식으로든 그 거대한 슬픔을 일으켰다고 생각하고 있었다.

집에 온 나는 곧장 방으로 올라갔고, 곧바로 열세 살짜리에게서나 가능한 일종의 격한 자아도취적 통곡에 빠졌다. 반시간 후 나는 침대에서 기어나와 너무나 좋아하는 《나의 올드 댄, 나의 리틀 앤》을 찾으러 갔다. 그 개와 얽힌 모든 극적인 사연이 이 책을 떠올리게 만들었다. 어릴 때 너무나 좋아한 책이었고, 사랑하는 개를 잃은 소년에 대한 이야기가 위로가 될지 모른다고 생각한 것이다.

그 책을 처음 읽은 것은 2학년 때 학교에서 한 해에 한 번씩 나눠주던 스콜라스틱 출판사 도서전 꾸러미 하나에서 그 책을 고른 후였다. 그 알록달록하고 책들이 담긴, 바스락거리는 얄팍한 꾸러미보다 더 흥분되는 게 있었을까? 나는 살짝 으스스하거나 모험으로 가득해 보이는 책이라면 늘 사족을 못 썼다. 3학년 도서전에서 느낌이 좋은 표지를 기준으로《하늘을 달리는 아이Maniac Magee》《헬렌이 올 때까지 기다려 Wait Till Helen Comes》《나의 올드 댄, 나의 리틀 앤》을 골랐던 게 뚜렷이 기억난다. 내가 눈물을 쏟게 만든 첫 번째 책이었다. 마지막 줄까지 읽은 후 우리 개 헨리의 털에 얼굴을 묻고 연극조로 울음을 터트린 기억이 난다.

책 덕분에 마음이 편해진 나는 그야말로 굶어죽을 것 같다는 사실을 깨달았다. 조금 전 온몸으로 운 시간 때문만이 아니라, 윌슨 롤스의 그 모든 맛있는 음식 묘사 때문이기도 했다. 농장답게 모든 게 신선한 빌리의 식사는 어린 시절의 내게도, 십대가 된 내게도 눈이 부실 지경이었다. 이런 책들은 나로 하여금 밤에 자리잡고 앉아서 '위버' 상표의 치킨 너겟과 과일 칵테일 통조림을 먹기에 앞서(엄마, 불평하는 건 아니에요, 맛있었어요) 뒷마당에서 먹을 수 있는 베리 덤불·버섯·뿌리를 찾게 만들었다.

책 내내 반복적으로 등장하는 한 가지 음식이 있다면 옥수수빵이다. 빌리는 야영 갈 때 이 빵으로 배낭을 채운다. 묵은 빵조각은 낚시꾼들에게 미끼용으로 판다. 부슬부슬한 빵 사이에 솔트포크[31]를 끼워 샌드위치를 만들고, 복숭아 병조림이나 감자튀김이나 신선한 월귤 코블러[32]나 허니버터와 함께 먹는다. 책에 영감을 받은 한편 새미의 죽음

---

31) 돼지고기의 기름진 부위를 소금에 절인 저장식품.
32) 과일에 밀가루 반죽을 얹어 오븐에 구운 일종의 파이.

으로 느낀 죄책감을 씻고 싶었던 나는 새미의 가족을 위해 옥수수빵을 만들기로 결심했다. 옥수수빵 굽기는 책이 그러지 못했던 지점에서 나를 위로하는 데 성공했다. 계란을 깨고 우유를 계량할 즈음에는 거의 정상으로 돌아간 느낌이었다.

다음날 아침에 옥수수빵을 들고 그 가족의 집까지 걸어갔다. 밤새 새미를 애도하고 녀석의 길고 행복한 삶을 곱씹었으니, 어쩌면 낮의 햇빛 속에서는 새미 엄마의 기분이 나아졌을지도 모른다고 기대했다. 하지만 그분이 문을 열고 네모난 옥수수빵이 가득 담긴 쟁반을 들고 서 있는 날 보았을 때, 그 모습이 여전히 얼마나 기진맥진하고 이루 말할 수 없이 슬퍼보였는지 절대 잊지 못할 것이다. 문을 닫기 전 그분이 내 머리를 산만하게 토닥여주자, 나는 자신이 아주 어리고 바보 같다고 느꼈다.

어린 시절의 개들 둘 다를 잃은 지금은 안다. 사랑하는 애완동물을, 특히 오랫동안 함께한 개를 잃은 슬픔은 벗을 잃은 데 대한 애도이며, 더불어 세월이 흘러서 한 시기가 끝났다는 것을 깨닫는 것이기도 하다.

이 사실을 처음 배운 것은 대학교로 떠나기 직전 헨리가 죽은 때였다. 헨리는 미니어처 닥스훈트였고 내가 일곱 살부터 열여덟 살까지 언제나 함께한 벗이었다. 녀석은 내 뒤꿈치를 졸졸 따라다니고 매일 밤 내 베개에 올라와 얼굴 옆에서 자는 작고 걱정 많은 존재였다.

헨리가 크레용 먹기를 얼마나 좋아했는지, 내용물만 먹기 위해 종이 껍질 벗기는 법을 배울 정도였다. 처음에 나는 사라진 크레용들을 두고 동생을 탓했지만, 헨리가 세상에서 제일 아름다운 알록달록한 보석들을 온 마당에 싸기 시작했다. 형광분홍색·초록색·오렌지색·보라색이 점점이 박힌 화려하기 그지없는 똥들이었다. 그 똥들이 얼마나 아름다웠는지, 사탕이 아니니까 먹을 수 없다고 내 제일 친한 친구를 납득시키는 게 이만저만 힘든 게 아니었다. 우리 자매들은 마당을 거닐며 작은 무더기들을 가리키면서 크레용 이름들을 불러주곤 했다. "번트시에나!" "카네이션 핑크!" "스크리밍 그린!" "와일드 워터멜론!" 대학교로 떠나기 일 주일 전 헨리가 죽었다. 녀석은 전혀 아파하지 않았다. 쓰러지거나 거품을 물거나 종양이 생기지도 않았다. 그냥 어느 날 마당에서 놀다가 들어와서 깔개 위에 웅크리더니 가버렸다. 그 모습은 아주 작고 아주 평화로워 보였다.

프라이팬에 구운 옥수수빵과 허니버터

동부 출신인 나로서는 덜 달콤한 남부식 옥수수빵이 처음부터 익숙하진 않았다. 그래도 이 빵은 맛있는데, 특히 달콤한 허니버터와 함께 먹으면 더 그렇다. 혹시 아직 무쇠 프라이팬을 갖고 있지 않다면, 가장자리가 감미로울 정도로 바삭한 이 옥수수빵 하나만을 위해서라도 투자할 가치가 있다.

● 8인분

무염버터 4테이블스푼(½스틱)과 팬에 두르기 위해서 추가로 조금 더

식물성 쇼트닝 ¼컵

곱게 빻은 옥수수가루 1¼컵

중력분 ¾컵

설탕 2테이블스푼

베이킹파우더 2티스푼

베이킹소다 ½티스푼

버터밀크 1컵

우유 ⅓컵

계란 큰 것으로 2개, 풀어둔다

베이컨이나 햄이나 솔트포크 1~2조각(선택사항)

〈**허니버터**〉

꿀 ¼컵

무염버터 5⅓테이블스푼, 실온에 둔다

굵은 소금

오븐을 190도로 예열한다.

길이 잘 든 무쇠팬에 버터와 쇼트닝을 넣고 중강불로 녹인다. 녹은 버터와 쇼트닝을 접시에 붓는다. 남은 기름을 종이 타월로 팬에 골고루 바르되, 특히 옆면에 잘 묻도록 유의한다. 팬을 오븐에 넣어두고 나머지 재료들을 준비한다.

옥수수가루 · 밀가루 · 설탕 · 베이킹파우더 · 베이킹소다를 함께 체로 쳐서 큰 그릇에 내린다. 버터밀크·우유·풀어둔 계란·녹은 버터-쇼트닝 혼합물을 더한다. 섞어서 혼합하되 과도하게 섞지 않도록 주의한다. 반죽에 덩어리가 약간 남아도 괜찮다.

팬을 오븐에서 꺼낸다. 베이컨이나 햄이나 솔트포크가 있다면, 바삭해질 때까지 지진 후 건져내고 기름은 팬에 남긴다. 없으면 버터를 약간 더 넣고 뜨거운 팬에 골고루 바른다. 반죽을 팬에 붓고 가운데를 꼬챙이로 찔러도 묻어나지 않을 때까지 20분 정도 굽는다.

옥수수빵이 오븐에 있는 동안 허니버터를 만든다. 꿀을 말랑말랑해진 버터에 부어 분리되지 않고 섞일 때까지 젓는다. 입맛에 따라 소금으로 간한다. 냉장고에 5~10분 두었다가 뜨거운 옥수수빵에 바른다.

Strega Nona

BLACK PEPPER-PARMESAN PASTA

《스트레가 노나》

기억나는 한 언제나 우리 자매들은 아빠를 '누들'이라고 불렀다. 이 이름은 여러 면에서 아빠에게 어울린다. 하지만 처음 이 이름이 비롯된 것은, 아빠는 저녁 식탁에 뭐가 얼마나 많이 올라오건 어마어마하게 큰 그릇에 담긴 파스타가 없으면 결코 완전한 식사로 여기지 않는다는 사실 때문이었다. 로스트비프·감자·샐러드가 있다 해도 마찬가지였다. 아빠는 자리에 앉기 15분 전에도 아직 부엌에 서서, 얼굴이 수증기에 덮여 순식간에 자잘한 물방울이 번들거리는 채로 마늘을 찧어 볶고 파스타 냄비를 휘저었다.

아빠는 늘 똑같이 가느다란 스파게티 면에 마늘 기름과 버터를 흥건하게 끼얹고는 후추와 고추 간 것을 잔뜩 뿌린 후 짭짤한 파르메산 치즈로 뒤덮었다. 우리가 아빠를 아무리 놀리건, 식탁을 치우기 시작할 즈음이면 그릇은 거의 언제나 바닥나 있었다. 혹시라도 남은 스파게티는 결국 다음날 우리 점심식사가 되었다. 우리는 스파게티를 차가운 채로 우적우적 먹었고, 밝은 노란빛 상자에 들어 있는 유후[33]로 쫄깃해진 파르메산 치즈를 씻어 내렸다.

가끔 엄마가 직접 저녁식사를 만드느라 수고를 하는데도 누들이 국수를 요구할 때면, 엄마는 이 의례에 이의를 제기하곤 했다. 어느 날 밤 아빠는 파스타를 삶다가 잠시 자리를 비워야 했고, 엄마에게 대신 저어달라고 부탁했다. "확실히 제대로 저어야 해, 뎁." 아빠가 말했다. 엄마는 고개를 끄덕였다. "뭉치는 건 당신도 바라지 않을 테니까." 아빠가 말했다. 이 말에 엄마는 휙 돌아서서 폭발했다. "알았어, 빅 앤서니, 알아들었다고." 불편한 정적이 흐른 끝에, 두 분 다 웃음을 터트렸다. 그 웃음은 너무나도 강력했기에 우리 자매들도 주체 못하고 웃어대기 시작했다.

'빅 앤서니'는 토미 드파올라의 꾸준한 인기 시리즈에 등장하는 주술사 할머니 스트레가 노나의 얼뜨기 도제다. 그가 스트레가 노나의 마법 파스타 냄비를 잘못 사용했을 때 칼라브리아 방방곡곡에 파스타 사태가 일어난다. 이 책은 우리 가족 잠자리 책읽기의 대들보 같은 존재였다. 부모님은 이 책을 언니에게, 다음으로 나에게, 다음으로 동생

---

33) 미국에서 1926년부터 출시된 초콜릿 음료.

에게 읽어주었다. 그리고 엄마는 지금까지도 자신의 유치원 학생들에게 읽어준다. 드파올라의 이야기는 그림 형제가 쓴 《마법의 죽 냄비The Magic Porridge Pot》라는 동화에 기초해서 만들어졌다. 하지만 스트레가 노나와 빅 앤서니라는 캐릭터는 모두 드파올라가 지어낸 것이다. 지금까지 열한 편의 스트레가 노나 이야기가 나왔고, 최신작은 2013년에 출간되었다.

창작 동화이기는 해도 《스트레가 노나》 시리즈에는 세대를 따라 전해 내려온 오래된 가족 이야기들이 갖는 민담적 느낌이 있다. 사실 이 이야기들은 너무나 친숙해서, 언젠가 드파올라가 말한 바에 의하면 그에게 자신의 이탈리아인 조부모가 착한 마녀 스트레가 노나 이야기를 해주었다고 말하는 사람들이 많다고 한다. 마치 그가 창조하기 전에도 스트레가 노나가 몇 세기동안 존재했었던 것처럼 말이다. 아마도 이런 친숙한 느낌이 이 시리즈가 1권 출간 이후로 거의 40년이 지나고서도 여전히 이렇게 인기 있는 이유 중 하나일 것이다. 전통 속에는 크나큰 편안함이 존재한다. 내가 고향이 그립거나, 외롭거나, 당황스러운 기분일 때마다 파스타 냄비를 찾는 것은 이렇듯 전통의 편안함을 갈구하기 때문이다. 마늘이 볶이고, 면에서 김이 오르고, 치즈가 갈리고 나면 언제나 기분이 나아진다. 마치 온가족이 나를 둘러싸기라도 한 것처럼, 시끌벅적하고 배고프고 따뜻하다.

후추 파르메산 파스타

● 4인분

가느다란 스파게티 450그램

올리브유 ¼컵

마늘 4쪽, 찧는다

후춧가루 3티스푼

무염버터 2테이블스푼

질 좋은 짭짤한 파르메산 치즈 2컵, 강판에 간다

굵은 소금

고춧가루 1테이블스푼

큰 냄비에 물을 붓고 소금을 듬뿍 넣어 고온에서 끓을 때까지 가열한다. 파
스타를 넣고 알 덴테[34]로 익힌다(가느다란 스파게티는 보통 8분 정도면 되지만,
포장지의 설명을 확인하자).

파스타를 삶는 동안 아주 큰 팬에 기름을 넣고 중불로 가열한 후 마늘을 더
한다. 마늘이 골고루 연한 갈색이 될 때까지 익힌다. 후추 2티스푼을 더하고
향기로운 후추 냄새가 날 때까지 1~2분 더 조리한다.

파스타가 알 덴테로 익으면 삶은 물 1컵을 덜어내고 체에 받친다. 팬에 버

---

34) 푹 익지 않고 중심에 심이 남아 씹히는 맛이 있는 상태.

터를 더하고 녹을 때까지 저어준 후, 따로 둔 파스타 삶은 물을 더해서 끓어

오를 때까지 가열한다. 파스타를 팬에 넣고 치즈 1½컵을 뿌린다. 긴 젓가락

으로 소스가 크림처럼 되어 파스타에 골고루 묻을 때까지 2~3분 격렬하게

뒤적인다(아주 큰 팬이어야 하는데, 없으면 육수용 큰 냄비도 괜찮다).

팬의 내용물을 큰 그릇에 옮겨 담고 맛을 보아가며 소금으로 간한다. 고춧

가루와 남은 후추 1티스푼을 더한다. 남은 파르메산 치즈 ½컵을 고명으로

얹어서 낸다.

"The Legend of Sleepy Hollow"

BUCKWHEAT PANCAKES

《슬리퍼 할로의 전설》

내가 자란 집 근처에는 매년 할로윈 축제때만 되면 집 꾸미기에 지나치게 열광하는 가족이 있었다. 그 가족의 마당 장식은 해마다 점점 더 심해졌고, 재미를 훌쩍 넘어 음울한 진짜 공포로 급격히 달려가는 것 같았다. 내가 일곱 살이 된 해에 그들은 목 없는 기수를 장식했다. 만화에 나올 법한 봉제 말 인형에, 머리가 뜯겨나간 심란할 정도로 사실적인 마네킹이 타고 있었다. 잘린 목은 너무나 진짜 같은 피로 덮여 있었고, 머리는 말의 발치에 눈을 부릅뜨고 얼굴을 찡그린 채 놓여 있었다. 이것에 대한 생각이 밤낮으로 나를 떠나지 않았다.

목 없는 기수가 10월 중순에 등장한 이후, 나는 쉬지 않고 그것에 대해서 떠들었다. 나의 공포를 누그러뜨리기 위해 아빠는 워싱턴 어빙의 《슬리피 할로의 전설》을 읽어주기로 결정했다. 진짜 이야기가 얼마나 바보 같은지 듣고 나면 그렇게까지 겁내지는 않을거라고 생각한 것이다. 그렇지만 이 책을 읽으면서 새로운 공포가 나타났는데, 부모님이 통제하기 훨씬 더 어려운 공포였다.

이 책의 주인공 이카보드 크레인에 대한 어빙의 초반 묘사에 의하면, 그는 늙은 네덜란드계 부인네들에게 "세계는 완전히 한 바퀴 빙 도니까 하루의 태반은 뒤죽박죽 상태라는 놀라운 사실"로 겁주기를 즐긴다. 이것은 충분히 걱정할 일이라는 생각에 나는 아빠에게 그 문장이 무슨 뜻인지 물었다. 언니는 그 답을 안다는 사실에 흥분하며 《심슨 가족》 놀이책 한 권을 꺼내 오더니 어떤 페이지를 가리켰다. 버스 운전사 오토의 입에서 별들까지 솟아오른 말풍선에, 지구는 시속 1000마일로 회전한다고 적혀 있는 장면이었다.

이후 사흘간 나는 메스꺼움과 공포에 사로잡혔고, 어지럽다고 불평하면서 내내 침대에 머물렀다. 엄마는 나를 소아 정신과 의사인 친구에게 보내서 문제가 무엇이냐고 물어보게 했다. 내가 이야기하자 그분은 이런 질문들을 했다. "알았다, 그러니까 회전이 거슬리는 건 세계가 제자리에 언제나 똑같이 있기를 바라서인 거지?" 아니에요, 아주머니. 최고 속도로 거대한 구렁텅이에 떨어지고 싶지 않다고요! 그 말이 그렇게 이해하기 힘들어요?

오랫동안 나는 이 개인적인 천지개벽 경험이 이카보드 크레인을 그렇게도 싫어한 유일한 이유라고 생각했다. 그렇지만 이 소설을 고등학교 때 다시 읽고서, 개인적 감정과 노이로제와는 별개로 이카보드 크레인이 그냥 호감이 안 가는 인물이라는 것을 깨달았다. 그는 겁 많고 기회주의자이며 극도로 이기주의적이다. 사실 그가 너무 야비한 나머지 이야기의 결말에서 그의 운명이 별로 슬프게 느껴지지도 않는다.

그렇긴 해도 이 책을 두 번째로 읽었을 때 이카보드에게 조금은 더 다정해질 이유가 한 가지는 있었다는 사실을 고백한다. 만족할 줄 모르는 혼신의 허기다. 로알드 달의 욕심 많은 오거스터스 굴룹은 초콜릿 연못에 얼굴을 처박고 들이마시다가 거의 죽을 뻔한다. 존 케네디 툴의 게으르고 걸신들린 이그네이셔스 J. 라일리는 핫도그에 사실상 낭만적인 사랑을 품고 있다. 이들에게 (걱정스럽긴 해도) 동질감을 느낀 것과 같은 맥락에서, 나는 먹는 것에 대한 이카보드 크레인의 열렬한 사랑을 이해한다. 이카보드의 머릿속에는 음식과 무관한 생각이 단 하나도 없다. 그가 이웃 농장을 지나갈 때 보이는 것은 가축이 아니라 음식이다.

그는 뛰어다니는 돼지들이 몽땅 뱃속에 푸딩을 채우고 입에는 사과를 문 채 구워지고 있는 모습을 그려 보았다. 비둘기들은 안락한 파이를 침대 삼아 편안히 누워서 파이 크러스트를 이불 삼아 덮고 있었다. 거위들은 거위 육수로 만든 그레이비 속에서 헤엄치고 있었다. 오리들은 편안한 부부들처럼 접시 위에 두 마리씩 안락하게 짝지워져 적절하게도 양파 소스가 곁들여져 있었다. 살찐 돼지들에게서 그는 미래의 윤기 나는 베이컨과 육즙이 풍부하고 맛있는 햄을 보았다. 그에게 보이는 것은 살아 있는 칠면조가 아니라 날개 아래 모래주머니가 끼워지고 조리용 실로 섬세하게 묶인, 짭짤한 소시지들을 목걸이처럼 걸고 있는 모습이었다.

카트리나 반 타셀에 대한 이카보드의 사랑과 열망은 전적으로 그녀의 가족이 풍족하게 먹는다는 사실에 근거한다. 그녀에 대한 그의 갈망은 허기와 너무나 밀접하게 엮여 있어서, 그는 그녀 자체가 음식이라도 되는 것처럼 바라본다. "자고새처럼 통통하고, 그녀 아버지의 복숭아 중 하나인 양 무르익어 녹아내리는 장밋빛 뺨을 하고 있다." 소름 끼치는 묘사다. 하지만 무슨 말인지는 알겠다. 나는 가을날을 묘사하는 부분을 좋아한다. 여기서 이카보드는 메밀밭을 지나가면서 그것이 미래에 팬케이크가 될 것을 상상한다.

이카보드는 느릿느릿 갈 길을 갔다. 풍요로운 음식의 징조에 늘 민감한 그의 눈은 행복한 가을의 보물이 주는 즐거움을 찾아다녔다. 어디를 보든 사과가 어마어마하게 쌓여 있었다. 어떤 것들은 나무에 답답할 정도로 빽빽하게 달려 있었고, 어떤 것들은 시장에 내려고 바구니와 통에 모아 둔 채였다. 압착해서 사이다를 만들기 위해 왕창 쌓아둔 무더기들도 있었다. 더 멀리 광활한 옥수수밭에서 황금빛 옥수수 이삭이 잎을 뚫고 비어져 나오며 케이크와 즉석 푸딩을 약속하는 것이 보였다. 그 아래에 하얗고 둥근 배를 햇빛에 드러낸 채 누워 있는 노란 호박들은 가장 호화로운 파이들이 될 것이었다. 이내 향기로운 메밀밭을 지나치며 그는 벌통의 향기를 들이 마셨다. 그것들을 바라보는 그의 머릿속에, 카트리나 반 타셀이 토실토실하고 작고 섬세한 손으로 버터를 골고루 발라 꿀이나 당밀을 곁들인, 맛있는 슬랩잭 팬케이크에 대한 기대가 아련하게 스며들었다.

메밀은 18세기와 19세기 미국 식단의 주식이었다. 그러나 20세기에 질소 비료의 발명으로 메밀 생산은 엄청난 타격을 받았다. 이 비료들은 밀과 옥수수 재배를 훨씬 용이하게 만들었고, 메밀은 인기를 잃었기 때문이다. 나는 어른이 되고서도 한참 지나 메밀 와플을 내는 식당에서 일하기 전까지 메밀이라는 것을 한 번도 먹어보지 못했다. 그 맛과 식감은 나에게 계시나 다름없었다.

메밀 팬케이크

이 요리법에는 밀가루와 메밀가루를 섞어서 써야 한다(이름과 달리 메밀은 밀과 전혀 별개의 품종이며 사실은 대황·수영·마디풀과 친족 관계이다. 혹시 글루텐 과민증이 있으면 밀가루를 빼고 전부 메밀가루만 써도 된다. 그렇게 만든 팬케이크는 약간 뻑뻑할 수 있지만 그래도 여전히 맛있을 것이다). 요구르트는 메밀의 뻑뻑함을 완화하며 브라운 버터는 견과류의 흙 내음을 줄여준다. 이 팬케이크에 꿀이나 메이플 시럽·버터와 잼·땅콩버터·바나나를 곁들여서 차리면 근사하다. 아니면 생크림과 훈제 연어를 곁들여서 더 든든한 아침 식사로 만들 수도 있다(나는 이 토핑들을 전부 시험해봤는데, 물론 연구 목적에서였다).

● 팬케이크 8~10개 분량

무염버터 5테이블스푼

계란 큰 것으로 2개, 흰자와 노른자를 분리한다

설탕 2테이블스푼

그리스식 요구르트 1컵

물 ¼컵

바닐라 에센스 1티스푼

메밀가루 ¾컵

중력분 ½컵

베이킹소다 4티스푼

굵은 소금 ½티스푼

낼 때 곁들일 취향에 맞는 토핑(앞의 설명을 참고)

버터 3테이블스푼으로 브라운 버터를 만들고 잘 두어서 식힌다.

계란 노른자를 큰 그릇에 담는다. 설탕을 더하고 노른자가 연노란 크림처럼 될 때까지 거품기로 젓는다. 요구르트·물·바닐라·브라운 버터를 더하고 거품기로 저어 잘 섞는다.

다른 그릇에 밀가루·메밀가루·베이킹소다·소금을 넣고 섞는다. 마른 재료들을 진 재료에 붓고 거품기로 저어 섞는다.

중간 크기 그릇에 계란 흰자를 넣고 빳빳한 뿔이 생길 때까지 거품기로 섞는다(거품기 부속을 끼운 전기 믹서로 섞어도 된다). 빳빳해진 흰자를 반죽에 붓고 살살 섞어서 완전히 혼합한다.

오븐을 65도로 예열한다(완성된 팬케이크들을 나머지가 조리되는 동안 따뜻하게 유지하기 위해서다).

남은 버터 2테이블스푼을 중간 크기 프라이팬(무쇠팬이 좋다)에서 중불로 녹이고, 반죽 ¼컵 가량을 팬에 떠 넣는다. 팬케이크에 전체적으로 기포가 생기기 시작할 때까지 3분 정도 조리한 후, 뒤집어서 밑면이 갈색으로 바삭바삭해질 때까지 3분 정도 더 조리한다. 남은 반죽으로 반복하되, 완성된 팬케이크들은 전부 다 구워질 때까지 따뜻한 오븐에 둔다. 좋아하는 토핑을 곁들여 낸다.

Adolescence
&
College Years

To Kill a Mockingbird

BISCUITS with MOLASSES BUTTER

《앵무새 죽이기》

아홉 살이 되던 해에 절친한 친구인 크리스티 · 맥과 나는 크리스티네 동네 변두리의 숲에서 귀신들린 집을 발견했다. 정확히 무엇 때문에 그 집이 귀신들렸다고 생각했는지는 분명치 않다. 하지만 버림받아서 다 허물어진 집이었던 것은 사실이다. 현관 근처는 구덩이처럼 푹 꺼져 있었고, 위층 방들에서는 누렇게 된 레이스 커튼이 깨진 창문으로 들어오는 바람에 펄럭였다. 동네의 다른 집들이 전부 볕이 잘 들고 마당을 따사롭게 잘 가꾼 것과는 너무나 달랐다. 우리는 거기서 틀림없이 뭔가 끔찍한 일이 벌어졌다고 생각했다.

우리는 방과 후 거의 날마다 그 집을 찾아갔다. 혹시 창문 뒤에서 유령이 돌아다니는 것을 볼 수 있을까 나무 뒤에서 쌍안경으로 지켜봤고, 그러다 정말로 용기가 솟구칠 때면 안 보이는 잉크로 쓴 쪽지를 현관에 두고 왔다. 날마다 집에 오면 아빠는 나의 버섯머리를 헝클어트리면서 이렇게 말하곤 했다. "안녕, 스카우트, 오늘은 부 래들리 찾았니?"

그 말이 무슨 뜻인지 비로소 안 것은, 같은 해에 아빠가 자신의 손때 묻은 책 한 권을 내 침대 옆 탁자에 둔 때였다. 하퍼 리의 고전 소설 《앵무새 죽이기》였다. 이 책 속에서 벌어진 사건을 정확히 이해하기엔 내가 다소 어렸을지 모른다. 그렇긴 해도 나는 그 책을 사랑했다. 외면은 짓궂고 난폭하지만 내면은 예민한 스카우트에게 느낀 동질감은 지금까지도 내가 느낀 가장 강렬한 동질감 중 하나로 남았다. 공감능력이 뛰어나고 지극히 도덕적인 젬과는 얼마나 깊은 사랑에 빠졌던지, 내가 느끼는 것만큼 실재하는 존재이기를 바라며 그의 이름을 공책에 끼적인 게 한두 번이 아니었다.

등장인물들과 더불어 나는 남부 음식과도 사랑에 빠졌다. 최소한 남부음식이라는 개념과 말이다. 크래클링 브레드[35]와 스커퍼농[36], 듀베리 타르트, 복숭아 피클, 히커리 열매, 체리술, 버터빈, "독한 술이 가득 든" 레인 케이크가 있었다. 이 중에 아는 것은 거의 없었지만, 하나같이 내가 집에서 먹는 어떤 음식보다도 맛있게 들린다는 것은 알고 있

---

35) 돼지비계로 라드를 만들고 남은 찌꺼기인 크래클링을 넣어 구운 옥수수빵.
36) 포도의 한 품종.

었다. 동부 해안 지방에서 자라면서 내가 먹어본 음식 중 진짜 비스킷에 제일 가까운 것은, 어쩌다 식구들과 차를 타고 나가서 먹는 별미인 맥도널드의 베이컨·계란·치즈를 끼운 비스킷이었다.

이 샌드위치를 얼마나 좋아했던지, 《앵무새 죽이기》를 읽으며 남부에서는 비스킷이 그냥 아침식사용 별미가 아니라 끼니마다 먹는 주식이라는 것을 알기 전까지, 이 비스킷에 뭔가 빠졌을 수도 있다는 생각은 한 번도 떠오르지 않았다. 메이컴 주민들은 법원 청사 잔디밭에 앉아서 비스킷에 시럽과 따뜻한 우유를 곁들여 먹는다. 비스킷을 케일 주스에 찍어먹고, 비스킷에 당밀과 버터를 발라 먹는다. 젬과 스카우트가 저녁식사 전에 배고파하면 요리사인 칼퍼니아는 버터를 듬뿍 바른 뜨거운 비스킷을 들려서 내보냈다. 비스킷은 사실 너무나 흔해빠져서, 어느 부분에서인가 칼퍼니아는 식어빠진 비스킷들을 스카우트의 에나멜가죽 구두의 광을 내는 데 사용하기까지 한다.

이 책을 읽은 후, 책에 나온 52가지 음식 중 최소한 하나라도 만들어 달라고 엄마를 졸랐다(그렇다, 실제로 세어 보았다). 최고는 '비스퀵' 믹스로 만든 비스킷이었는데, 나에게는 그냥 맛있는 정도가 아니었다. 나는 직접 만드는 법을 배워서 허락받을 때마다 해먹었다. 맥도널드를 제외하면, 8년쯤 전 브루클린에서 남부 음식이 폭발적인 인기를 얻기 전에는 이것이 내가 아는 유일한 비스킷이었다. 모든 식당들이 갑자기 자기들의 닭튀김, 새우를 얹은 옥수수죽, 풀드 포크[37]가 최고라고 주장

---

37) 결대로 쭉쭉 찢어지게 익힌 돼지고기.

하며 남부식 컴퍼트 푸드를 내는 것 같았다. 그중 진짜로 어느 곳이 최고인지 밝히는 테스트는 간단했다. 비스킷만 보면 됐다.

2010년 초에 브루클린의 이런 남부식 컴퍼트 푸드 식당 중 한 곳에서 베이킹 담당으로 일하기 시작하면서, 거의 끼니마다 비스킷을 낸다는 것이 현실적으로 무슨 의미인지 깨달았다. 우리는 온종일 한 번에 50개씩 비스킷을 만들었다. 끝이라고는 없었다. 언제나 예비로 거대한 사각 통에 냉동 버터를 썰어 밀가루와 섞어놓고 즉석에서 버터밀크와 혼합할 준비를 해두어야 했다. 비스킷이 떨어진다는 것은 한마디로 선택사항이 아니었다.

어쩌면 난 아직도 비스킷을 못 먹고서 보낸 시간을 벌충하고 있는지도 모른다. 하지만 지난 4년 동안 문자 그대로 수천 개의 비스킷을 구웠고 족히 수백 개는 먹었음에도, 나는 여전히 비스킷에 물리지 않았고 여전히 비스킷을 제일 좋아하는 베이킹 중 하나로 꼽는다. 지금 일하는 곳은 브루클린의 푸줏간 '미트 후크'다. 매주 남는 라드로 만들 만한 것을 찾던 중 비스킷 믹스에 넣는 실험을 시작했는데, 이것은 곧바로 내가 제일 좋아하는 비스킷 제작법이 되었다. 라드는 풍미가 좋고 짭짤하며 버터보다 천천히 녹아서, 내가 지금껏 먹은 어떤 것보다도 폭신하고 가벼운 비스킷을 만들어준다. 여기에 달콤하고 짭짤한 당밀 버터를 곁들이면 특히 맛있다.

당밀 버터를 곁들인 비스킷

푸줏간에 가면 리프 라드[38]를 구할 수 있다(슈퍼마켓 선반에 있는 경화 라드는 사지 말 것). 채식주의자라면 라드를 빼고 버터만 사용해도 괜찮다.

● 비스킷(7.5센티미터 크기) 10~12개 분량

박력분 1컵

베이킹파우더 2테이블스푼

굵은 소금 1½티스푼

베이킹소다 1티스푼

무염버터 8테이블스푼(1스틱)

정제된 리프 라드 ½컵(115그램)

중력분 3컵

버터밀크 1¼~1½컵

계란 1개

크림 1테이블스푼

당밀 버터(요리법은 뒤에 나온다)

그릇에 박력분 · 베이킹파우더 · 소금 · 베이킹소다를 넣고 섞는다. 버터와

---

38) 돼지의 신장을 싸고 있는 지방조직에서 짜낸 고급 지방.

리프 라드를 깍둑썰고(2.5센티미터 정도 크기로 썰되, 너무 정확하게 맞추지 않아도 된다) 밀가루 혼합물과 가볍게 섞는다. 그릇을 냉동고에 넣고 버터와 리프 라드가 완전히 얼 때까지 1시간쯤 둔다.

지방이 굳고 마른 재료들이 얼음처럼 차가워지면, 혼합물을 푸드 프로세서로 옮겨 담고 완두콩만한 지방 덩어리들이 밀가루에 골고루 섞일 때까지 돌린다. 혼합물을 큰 그릇에 옮겨 담고 중력분을 더한다. 가볍게 들썩여서 버터와 라드가 골고루 퍼지게 한다.

버터밀크 1¼컵을 더하고 살살 섞는다. 손으로 쥐었을 때 반죽이 뭉쳐지는지 시험해본다. 안 뭉쳐지면 뭉쳐질 때까지 남은 버터밀크 ¼컵을 한 숟갈씩 더한다.

오븐용 철판에 유산지나 실리콘 베이킹 매트를 깐다. 밀가루를 살짝 뿌린 작업대에 반죽을 놓고 2센티미터 두께로 민다. 원형 커터로 반죽을 7.5센티미터 크기로 찍어내어 유산지를 깐 오븐용 철판에 놓는다. 남은 반죽 조각을 다시 한 번 밀어도 되지만, 이번에 찍어낸 반죽은 앞서의 것만큼 폭신하지 않을 것이다.

오븐을 200도로 예열하는 동안 비스킷을 냉동고에 넣어둔다.

계란과 크림을 같이 풀어서 차가운 비스킷 위에 붓으로 바른다. 금갈빛이 될 때까지 20~25분간 굽는다. 따뜻할 때 당밀 버터를 곁들여서 낸다.

– 참고: 성형한 비스킷을 굽지 않은 채로 냉동해두면 아무때나 금방 만들 수 있는 별미가 된다. 오븐용 철판 위에서 단단하게 얼린 후 지퍼백에 옮겨 담는다. 굽기 직전 계란물을 바르고 얼어 있는 상태로 오븐에 넣는다. 얼렸을 경우 굽는 시간이 5~10분 더 걸린다.

〈당밀 버터〉

● 약 3/4컵 분량

무염버터 8테이블스푼(1스틱), 실온에 둔다

연갈색 설탕 2테이블스푼

조각 소금(말돈 등) 넉넉히

비유황처리 당밀 ¼컵

주걱형 부속을 끼운 전기 믹서 용기에 버터 · 갈색 설탕 · 소금을 넣고 가볍고 폭신해질 때까지 섞는다. 당밀을 더하고 완전히 섞일 때까지 계속 믹서를 돌린다. 비스킷에 발라 먹는다. 램킨[39]에 담고 뚜껑을 덮을 경우 1주일까지 냉장 가능하다.

---

39) 유리나 도자기로 만든 작은 내열 그릇.

Lord of the Flies

PORCHETTA di TESTA

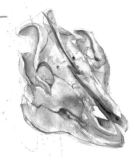

《파리 대왕》

아주 어렸을 때의 일이다. 아마도 일곱 살이던 어느 날 밤, 1963년 제작된 《파리 대왕》 영화가 텔레비전에서 방영되었다. 크리스마스 즈음이었고 나는 엄마 아빠와 나란히 소파에 앉아 있었다. 아빠가 채널을 계속 돌리던 중 우연히 이 영화를 발견하더니 멈췄다. 이어지는 세 시간 동안 나는 돌처럼 꼼짝 못하고 앉아 있었다. 내가 보고 있는 것이 정말이지 공포스러웠지만 너무 부끄러워서 부모님께 말도 못한 것이다.

그날 밤 침대에 누워서 잠을 청하고 있자니, 목에 꼬챙이가 꽂혀 파리로 덮인 돼지 머리의 이미지가 스트레스로 나가떨어진 나의 작은 머리속을 연신 휘저었다. 돼지 머리를 그때 처음 본 건 아니었다. 할아버지의 푸줏간에서도 자주 봤지만, 그것들은 털이 없고 연분홍빛에 눈은 반쯤 감기고 입꼬리는 살짝 올라가 만족스러워 보이는 것이, 영화에 나온 털이 숭숭 나고 눈이 툭 튀어나온 괴물과는 전혀 달랐다. 그날 밤의 나머지와 그 뒤로도 며칠 밤 동안 나는 부모님의 침실 바닥에서 잤다.

몇 년이 흘러 학교 수업 때문에 이 소설을 읽었을 때, 비행기 격추 후 무인도에 발이 묶인 영국 소년 집단에 대한 윌리엄 골딩의 묘사에 새삼스럽게 나는 된통 겁을 먹었다. 소년들은 처음에는 회의를 소집하고 지도자를 선출하고 노동을 분업하면서 자기들이 자란 사회질서의 규칙에 집착한다. 하지만 소설이 진행되면서 이 질서는 곧 무너진다. 지켜보던 독자는 랠프와 함께 "세상이, 이해할 수 있고 법을 준수하는 세상이 사라지고 있다"는 것을 깨닫는다. 골딩이 여섯 살에서 열두 살 사이의 소년이라는 특정한 연령대를 억류시킨 것은, 그들 집단이 사회적 제약을 한결 쉽게 포기하기 때문이다. 이 작은 사회가 얼마나 빨리 혼돈에 빠지는지 보여줌으로써, 골딩은 인간이 문명인으로 태어난다는 생각에 도전한다.

소년들이 처음 섬에 닿았을 때는 영국인다운 예의범절과 습관이 여전히 깊이 스며 있다. 모두 굶주려서 돼지를 죽여야 할 상황에 직면한 잭은 "살아 있는 동물에게 칼을 내리쳐서 살점을 베어 들어가는 것의 극악무도함 때문에, 피를 견딜 수 없기 때문에" 그 일을 완수할 수 없다. 그렇지만 겨우 두 장章 뒤 잭은 돼지의 목을 베고서 "그들이 살아 있는 존재에게 승리했다는 것을, 그들의 의지를 그것에게 관철시켰고 오래오래 만족스럽게 술을 들이키듯 그 생명을 취했다는 사실을 알기에" 자랑스럽게 야영지로 돌아온다.

'어린것들'이 섬에 야수가 숨어 있다고 걱정하기 시작하며 야영지가 공황 상태에 빠지자, 잭은 그들이 죽인 돼지의 머리를 가져가서 야수를 달래는 공물로서 선물하기로 결정한다. 그들이 파리 대왕이라고 부르는 돼지 머리는 혼돈과 무질서, 인간본성의 야만성과 본능적인 잔인성을 대변하게 된다. 이 이미지가 영화와 책 양쪽 모두에서 어찌나 강력한지, '미트 후크'에서 무수한 돼지 머리들을 손질하는 요즘도 번번이 《파리 대왕》이 생각난다.

사실 돼지 머리는 충분한 시간을 들여서 제대로 요리할 생각만 있다면 확실히 맛있다. 무시무시하게 보일진 몰라도, 예상보다 훨씬 간단할 것이다.

포르케타 디 테스타

대부분의 동네 푸줏간에서 돼지 머리를 쉽게 구할 수 있다. 만일 없다 해도 기꺼이 특별 주문을 받아줄 것이다. 이 요리법에 사용하려면, 머리에서 살을 한덩어리로 떼어내고 분비선을 모두 제거해달라고 푸주한에게 부탁하자. 그러면 남은 일은 양념을 하고 구이용으로 실로 묶어 익히는 것뿐이다. 렌틸콩 · 감자 · 채소 스튜 등을 곁들이면 잘 어울린다.

● 8~10인분

돼지머리 한 개의 살을 귀와 혀를 포함해 전부 한덩어리로 떼어내고 모든 분비선을 제거한

다(살덩어리 약 3킬로그램)

굵은 소금 4테이블스푼

회향씨 1테이블스푼과 추가로 1티스푼, 살짝 굽는다

갓 간 후추 2¼티스푼

고춧가루 1½티스푼

로즈메리 2줄기의 잎, 곱게 다진다

타임 2줄기의 잎, 곱게 다진다

마늘 15쪽, 마늘다지기로 으깬다

레몬 2개의 껍질과 레몬즙 1테이블스푼

올리브유 1티스푼과 2테이블스푼, 따로 계량해둔다

먼저 고기를 좀 깨끗하게 만들어야 하는데, 여기에는 껍질에 털이 조금이
라도 남았을 경우 면도날로 미는 것이 포함된다(해보면 재미있다!) 분비선이
완전히 제거되었는지, 콧구멍과 귓구멍의 딱딱한 콜라겐이 잘려나갔는지도
확인한다. 푸주한이 대신 해줬겠지만 확인해서 나쁠 건 없다. 이제 큰 절구
안에 소금 2테이블스푼과 올리브유 2테이블스푼을 제외한 나머지 재료들을
섞고 절굿공이로 찧어서 매끄러운 페이스트로 만든다.
얼굴 고기를 껍질이 아래쪽으로 가게 펼쳐놓는다. 귀를 젖혀서 눈구멍에 쑤
셔 넣어 구멍을 덮고, 잘 매만져서 판판하게 만든다. 양념 페이스트를 고기

에 골고루 바른다. 혀를 코 안쪽에서 판판하게 펴고, 남은 양념이 있다면 전부 문질러 바른다.

턱살부터 시작해서 고기를 롤케이크처럼 만든다. 원통 모양의 고기를 로스트비프를 만들 때처럼 노끈으로 단단히 묶는다. 로스팅용 철망에 올린 후 로스팅용 팬에 담고, 뚜껑을 덮지 않은 채 냉장고에서 하룻밤 재운다. 다음날 고기를 꺼내서 실온에 1시간 반 둔다.

오븐을 230도로 예열한다.

고기 겉면에 남은 소금 2테이블스푼을 바르고 20분간 굽는다.

온도를 120도로 낮추고 로스팅용 팬에 알루미늄 포일을 덮어서 2시간 반 더 조리한다. 포일을 벗기고 남은 올리브유 2테이블스푼을 붓으로 껍질에 바른다. 온도를 160도로 올리고 30분간 더 굽는다(이 과정은 껍질을 바삭하게 만든다). 고기의 중심부 온도는 60도에 도달해야 한다.

고기를 오븐에서 꺼내서 20분간 레스팅한 후 썰어서 낸다.

The Catcher in the Rye

MALTED MILK ICE CREAM

《호밀밭의 파수꾼》

중학교는 완전히 지옥이라고, 특히 8학년 때는 그렇다고 말하는 사람이 나 혼자는 아닌 걸로 안다. 얼마나 지독했던지, 나는 사실 지금도 열한 살에서 열네 살까지를 애틋하게 회고하는 사람은 믿지 않는다. 영어 교사인 미첼 선생님이 나에게《호밀밭의 파수꾼》을 준 것은 8학년 때 모든 여자친구들에게 무자비하게 버림받고 특히 속이 뒤틀리는 날을 보낸 후였다.

나는 양호실의 하얀 종이가 덮인 바퀴 달린 침대 위에서 막 점심을 먹고, 반점이 돋은 얼굴과 멀건 눈에 정신 나간 부스스한 가톨릭학교 여학생 같은 모습으로 교실에 도착했다. 말하자면 〈베이비 원 모어

타임〉의 〈스릴러〉 버전이었다. 오, 내가 얘기 안 했던가? 상처에 소금을 부비는 격으로, 나는 그날 브리트니 스피어스 옷차림을 하고 있었다. 때는 1999년 할로윈이었던 것이다. 미첼 선생님도 딸이 있었고, 중학교라는 참호에서 최소한 20년간 전투를 치르고 있었으니 이런 식의 장면에 익숙할 거라고 확신했다. 수업 후 선생님은 나의 울먹임에 일종의 말없는 공감을 보이며 귀를 기울였는데, 그 생각을 하면 내 목은 아직도 부어오른다. 그러고서 선생님은 샐린저의 책을 내 손에 쥐어주었다.

그 소설은 그때 나에게 필요한 바로 그것이었다. 청소년기가 고통스럽고 혼란스럽고 외롭다는 사실의 증거였다. 나는 고등학교 시절까지도 줄곧 그 책과 홀든에 사로잡혀 있었고, 십대로 산다는 사실에 특별히 압도될 때마다 재차 그 책을 찾아 위로를 구했다. '나는 홀든 콜필드다'라는 펠트천 문구를 다림질로 붙인 고동색 티셔츠를 입었다. 1학년 영어 수업 기말 과제로 더 스미스와 아쥬어 레이의 고통스러울 정도로 구슬픈 노래가 가득한 〈홀든에게 귀 기울이기〉라는 제목의《호밀밭의 파수꾼》사운드트랙을 만들었다.

그렇지만 나이가 들수록 샐린저의 글이 주는 울림은 덜해졌고, 대학생쯤 되자 한 해에 두 번씩《호밀밭의 파수꾼》을 읽던 습관이 수그러졌다. 요전날 밤 8년 만에 다시 그 책을 읽었는데 놀랍게도 거의 견디기 힘들 정도였다. 어느 정도는 내가 어른이 되었다는 단순한 사실 때문일 수 있다. 이제는 더이상《호밀밭의 파수꾼》덕분에 절망에서 벗어난 열세 살 때처럼 이해받지 못해서 우울하거나 비통하거나 완강하지 않은 것이다. 또한 샐린저가 사망한 후 그의 개인적인 삶에 관하여 너무 많이 알게 되다 보니, 그의 소설을 다시는 순수하게 소설로만 읽을 수 없게 된 사실에도 어느 정도 책임이 있을 것이다.

2010년 샐린저가 사망하자 미디어의 광기가 터져 나왔다. 극도로 은밀하던 샐린저의 삶이 낱낱이 세세하게 선정적으로 알려졌고, 전에는 알려지지 않았던 전기적 가십들도 더해졌다. 그중에 그를 돋보이게 만들 만한 것은 전무했다. 이 시기에 나는 샐린저와 소녀들 간의 심란한 관계, 종교적 관습, 작업 습관, 성기능 장애, 편집증에 대해서 알게 되었다. 엄격한 유기농 자연식 식단을 포함해 그의 식습관에 대해서도 알았다.

그에게 버림받은 연인으로 유명한 조이스 메이너드가 쓴 전기《호밀밭 파수꾼을 떠나며At Home in the World》에 의하면, 샐린저는 "음식을 조리하면 모든 천연 영양소를 빼앗긴다"고 믿어서 어떤 음식도 가능한 조리하길 피했고 꼭 조리해야 할 때는 특정한 조리법과 기름만 사용했다. 그는 저온살균처리 유제품, "설탕과 하얀 밀가루처럼 정제된 음식, 심지어 통밀가루 · 꿀 · 메이플 시럽"까지 피했다. 2008년에 나온 샐린저 전기에서 레이철 호그러드 레이프는 샐린저와 메이너드가 아침식사로 "통밀빵과 냉동 완두콩을, 저녁식사로는 빵, 찐 고사리, 얇게 썬 사과, 가끔씩 팝콘을 먹곤 했다. 고기를 먹는다면 거의 익히지 않은 유기농 양고기 다짐육이었다"고 밝힌다. 메이너드는 자신이 샐린저의 아들과 함께 나가서 피자를 먹고 오자 그가 "아들의 몸에서 불순한 음식을 제거"하기 위해 토하게 시켰다고 주장하기도 한다.

샐린저의 음식 문제에 특별히 관심 있는 것은 아니지만, 그의 소설과 연관지어 생각하면 매혹적이다. 그의 작품에는 식이장애를 가진 등장인물들이 가득하기 때문이다. 《프래니와 주이Franny and Zooey》의 프래니는 레인 쿠텔과의 저녁식사 데이트에서 음식을 거부한다. 그녀는 짜증이 난 데이트 상대가 개구리 다리와 달팽이를 들쑤시는 동안 닭고기 샌드위치를 집거나 우유를 홀짝거리지조차 않는다. 그녀는 병자처럼 몸을 떨고, 건드리지 않은 음식을 웨이터가 치우자 화장실로 가다가 기절한다. 집에 온 후 그녀는 음식에 대한 거부를 두고 어머니와 언쟁을 벌인다.

〈바나나피시를 위한 완벽한 날A Perfect Day for Bananafish〉에서 시모어 글래스와 시빌이라는 이름의 어린 소녀는 둘 다 좋아하는 양초 씹기 이야기를 한다. 그러다 시모어는 바나나피시 이야기를 지어내기 시작한다. 바나나피시는 "아주 비극적인 삶을 영위해. 어떤 구멍으로 헤엄쳐 들어가는데," 그가 그녀에게 말한다. "거기에는 바나나가 많아. 들어갈 때는 아주 평범해 보이는 물고기들이거든. 하지만 일단 들어가면 돼지처럼 굴어." 그의 말에 따르면 그들은 바나나를 너무 많이 먹어서 슬프게도 구멍 밖으로 빠져나올 수 없다. 과식의 위험에 대한 이 희한한 이야기를 지어낸 후, 시모어는 자기 호텔 방으로 돌아가서 머리에 총을 쏜다.

그리고 물론 홀든 콜필드가 있다. 그는 열여섯 살 소년답지 않게 "아주 가볍게 먹는 사람"을 자처한다. 아침으로는 보통 오렌지 주스만 먹는데, 그러다 보니 "정말 지독히 깡말랐다." 그는 "다량의 탄수화물을 먹고 체중과 기타 등등을 늘리는"특별한 식이요법을 한 적이 있다고 암시하지만, "실은 한 번도 그런 적이 없었다." 그 후 홀든은 외식할 때 보통 뭘 주문하는지 이야기하는데, 이것은 문학작품 속에서 내가 제일 좋아하는 식사 중 하나이다. "스위스 치즈 샌드위치와 맥아유. 별건 아니에요," 그가 말한다. "하지만 맥아유로 비타민을 적잖이 섭취할 수 있거든요. H. V. 콜필드. 홀든 비타민 콜필드."

샐린저가 그렇게나 두려워한 저온살균 유제품, 정제 설탕, 하얀 밀가루가 가득한 식사임에도, 여전히 건강에 대한 관심이 암암리에 존재한다. 맥아분은 맥아 · 밀가루 · 무당연유를 섞은 것인데 처음에는 건강식품으로 판매되었다. 맥아당은 소화가 용이하니 맥아분이 유아와 중환자의 위에도 수월할 것이라고 여긴 것이다. 고소한 맛과 캐러멜 같은 풍미 덕에 맥아유는 아이스크림에 환상적 동반자가 된다. 더불어 홀든 콜필드 세대에서는 청량음료 판매대의 터줏대감이기도 했다.

맥아유 아이스크림

홀든의 맥아유는 그냥 우유 한 잔에 맥아분을 탄 것이었을 수도 있다. 하지만 나는 그것이 맥아 밀크셰이크였다고 상상하기를 좋아한다. 이 맥아유 아이스크림으로 셰이크를 만들 것인가, 아니면 그냥 그대로 먹을 것인가. 선택은 여러분의 몫이다.

● 약 1리터 분량

우유 1½컵

생크림 1½컵

바닐라빈 2개, 씨를 긁어내고 깍지는 잘 둔다

맥아분 ⅓컵

계란 큰 것으로 3개의 노른자

설탕 ½컵

굵은 소금 ¾티스푼

초콜릿 맥아유 사탕('와퍼' 등) ½컵, 살짝 부순다

싱크대나 아주 큰 그릇에 얼음덩어리와 찬물을 채워서 얼음탕을 준비한다. 금속이나 유리 소재의 큰 그릇을 얼음탕에 올리고 그릇에 고운 체를 걸친다. 크고 바닥이 두꺼운 냄비에 우유·크림·바닐라 씨와 깍지를 한꺼번에 넣고 거품기로 젓는다. 냄비 가장자리에 자잘한 거품이 생기고 액체 표면에서 김이 올라오기 시작할 때까지 중불로 가열한다. 맥아분을 넣고 저은 후 냄비를 불에서 내린다.

큰 그릇에 계란 노른자·설탕·소금을 넣고 연노란빛이 될 때까지 거품기로 섞는다. 여기에 뜨거운 우유 혼합물을 아주 천천히 고르게 붓되, 거품기로 꾸준히 저어서 완전히 섞이게 한다.

이 혼합물을 다시 냄비에 붓고, 꾸준히 저어가면서 온도계의 숫자가 80도에 이를 때까지 10분 정도 가열한다. 얼음탕에 올린 그릇 위의 체로 걸러서 실온이 될 때까지 식히며 거품기로 젓는다. 그릇에 뚜껑을 씌우고 냉장고로 옮긴 후 최소 8시간 동안 냉장한다.

냉장된 베이스를 아이스크림 메이커에 넣고 사용 설명서에 따라 돌린다. 아이스크림이 굳으면 맥아유 사탕 부순 것을 더하고 아이스크림 메이커를 30초 정도 돌려서 골고루 섞는다.

아이스크림을 냉동고에서 한 시간 정도 굳힌 후 낸다.

the Bell Jar

CRAB-STUFFED AVOCADOS

《벨 자》

실비아 플라스는 내 마음에서 특별한 자리를 차지한다. 그녀가 어린 시절을 보낸 집이 내가 자란 집 바로 길 건너편에 있기 때문이다. 어렸을 때 나는 그녀의 침실 창문이라고 상상했던 창을 바라보면서 많은 시간을 보냈다. 벽에 하얀 미늘판을 대고 반짝이는 검은 겉창들을 단 그 소박한 상자 같은 집에 그런 엄청난 지성인이 살았다는 사실이 믿기지 않았다.

4학년 때 엄마가 길 건너 집에 실비아 플라스라는 아주 유명한 작가가 살았다고 우연히 말하기 전까지는 플라스를 몰랐다. 그 무렵 나는 《레드월Redwall》 시리즈와 《황금 나침반Goden Compass》 시리즈에 몰두

했고, 언젠가 작가가 되겠다는 꿈으로 가득 차 있었다. 아주 유명하고 더구나 여성인 작가가 길 건너에서 자랐는데 엄마가 그 얘기를 해줄 생각을 한 번도 못했다니, 정말이지 믿을 수가 없었다.

그때는 물론 구글 이전 시대였고, 버튼 한 번만 누르면 누군가의 삶의 모든 은밀한 부분까지 세세히 접근할 수 있는 세상이 아니었다. 그래서 그날 오후 나는 자전거를 타고 도서관으로 가서 사서에게 실비아 플라스의 책들을 어디서 찾을 수 있는지 물었다. 그녀는 잠시 걱정스럽게 나를 보았지만 한 무더기의 책들이 있는 쪽으로 데려다주었다. 나는 그날 도서관 바닥에 앉아서 몇 시간을 보내며 플라스의 시를 한 줄이라도 이해해보려고 노력했다. 하지만 일단 열 살이 되고 나면 다시는 행복해질 수 없으리라는 희미한 두려움만 가진 채 그곳을 떠났다.

이후 십 년 동안을 길 건너 하얀 집의 창을 응시하고 플라스의 시를 읽으려고 시도하며 보냈다. 하지만 플라스에게 다가갈 수 있다는 사실을 처음 발견한 것은 고등학교 1학년 때 내가 좋아하던 영어 선생님이 《벨 자》를 준 때였다. 플라스가 빅토리아 루카스라는 필명으로 1963년 출간한 이 반자전적 소설에서, 에스터 그린우드라는 젊은 여성은 〈레이디스 데이Ladies' Day〉 잡지사의 인턴으로 근무하기 위해 뉴욕으로 간다.

에스터는 신경쇠약으로 고생한 끝에 결국 뉴욕을 떠나게 된다. 소설은 그녀가 정신병이 악화되어 여러 번 자살을 시도하고, 정신병원에 수용되고, 다양한 의사들에게 (전기충격 용법과 인슐린 주사가 포함된) 치료를 받는 내용으로 이어진다. 독자가 에스터의 악화에 익숙해지게 만드는 플라스의 솜씨가 교묘해서인지, 에스터가 정말로 완전히 정신을 놓았다는 사실을 깨닫기까지는 어느 정도 시간이 필요하다. 이 소설이 암울하다는 사실에는 이견의 여지가 없다. 하지만 (비록 남들은 다르게 이야기하는 걸 듣긴 했어도) 내가 보기에 에스터는 너무나 호감 가는 인물이었다. 또한 그녀의 목소리가 얼마나 독창적인지, 계속 읽을수록 그녀를 응원할 수밖에 없었다.

모든 것이 무너지기 전 뉴욕에 처음 도착한 에스터는 〈레이디스 데이〉의 오찬에 간다. 에스터와 음식의 관계를 보여주는 이 구절은 내가 그녀에게 즉시 반하게 만들었다. 나는 우아한 파티에서 게걸스럽게 먹기를 꺼리지 않는 여자를 좋아한다. 음식을 먹기엔 너무 소심하고 조심스러운 젊은 여성들에 둘러싸여 에스터는 접시를 채우기 시작한다. 그녀는 "식탁에서 부적절한 행동을 하면서 거만하게 군다면", 그리고 자기가 지금 무슨 짓을 하고 있는지 정확히 아는 것처럼 행동한다면, "아무도 당신이 예의 없거나 가정교육이 엉망이라고 생각하지 않을 것이다. 사람들은 당신이 독창적이며 대단히 재기 넘친다고 생각할 것이다"고 믿기에 대담할 수 있다.

에스터는 이런 철학으로 무장하고 대담하게 오찬 음식으로 다가간다. 얇게 저민 닭고기 위에 캐비아를 쌓아올리더니, 이어서 "아보카도 게살 샐러드와 씨름한다." 에스터의 설명에 따르면 아보카도는 그녀가 제일 좋아하는 과일이다. 일요일마다 그녀의 할아버지는 손녀에게 "서류가방 제일 깊이, 때탄 셔츠 여섯 벌과 일요판 신문 만화 섹션 아래 숨겨둔 아보카도 한 개"를 가져다주었다. 그는 아보카도의 우묵한 부분에 포도잼과 프렌치드레싱으로 직접 만든 특별한 심홍색 소스를 채워주며 아보카도를 어떻게 먹는지 가르쳐주었다. 에스터는 아보카도와 게살을 먹으면서 "그 소스에 대한 향수에 잠긴다. 그것과 비교하니 이 게살은 단조로운 맛이었다."

오찬 직후 에스터와 다른 여자들 전원이 식중독 때문에 큰 탈이 난다. 아파서 몽롱해진 에스터는 "아보카도들에 줄줄이 게살과 마요네즈를 채우고 눈부신 햇살 아래에서 사진 찍는"것을 상상한다. "뒤덮인 마요네즈에서 유혹적으로 빠져나온 섬세한 분홍빛 얼룩의 집게다리살과, 이 모든 뒤죽박죽이 담긴 악어 같은 초록색 테두리의 밋밋한 노란색 컵"이 보인다.

게살을 채운 아보카도에는 조잡하지만 근사한 점이 있다. 하지만 에스터가 그날 먹은 음식에 오늘날의 우리들 대부분이 끌릴 것이라고 생각할 수는 없다(넘쳐나는 마요네즈를 생각하면 말이다). 다음의 게살 샐러드는 밝고 신선하며 허브와 갓 짠 레몬즙이 가득하다. 그리고 마요네즈는 보이지 않는다.

게살을 채운 아보카도

● 반으로 가른 아보카도 4쪽 분량

신선한 게살 450그램, 불순물을 제거한다

레몬즙 1개 분량(약 ¼컵)

올리브유 3테이블스푼

곱게 다진 신선한 파슬리 2티스푼

곱게 다진 신선한 딜 2티스푼

곱게 다진 신선한 고수 2티스푼

굵은 소금

갓 간 후추

잘 익은 아보카도 2개, 반으로 가르고 씨를 뺀다

게살·레몬즙·올리브유·허브들을 큰 유리그릇에서 가볍게 섞고, 입맛에 따라 소금과 후추로 간한다. 샐러드를 아보카도 네 쪽에 균등하게 나눠 담아서 낸다.

Rebecca

BLOOD ORANGE MARMALADE

《레베카》

열다섯 살 때 첫사랑에게 차였다. 나보다 거의 세 살 많은 남자애였고, 나는 학교 식당에서 형광 오렌지빛 치즈 소스로 덮인 구운 감자를 먹던 중이었다. 13년이 흘렀지만 그날의 모든 것이 여전히 기억난다. 내가 무엇을 입었고('금발이 더 재미를 본다'고 쓰인 노란색 티셔츠) 누구와 얘기 중이었으며 영어 수업시간에 무엇을 읽었는지(《로미오와 줄리엣Romeo and Juliet》), 그리고 내가 느낀 절망적인 슬픔이 육체를 강타한 나머지 형광 오렌지빛 치즈 소스로 얼마나 심하게 배탈이 났는지 기억한다. 널뛰는 호르몬과 진짜 아픔이 파괴적으로 혼재되어 얼마나 심하게 넋이 나갔던지, 충격을 받았을 때 머리가 세는 것처럼 그날 내 눈빛이 달라졌다고 엄마는 지금까지도 단언한다.

물론 다른 여자애도 있었다. 나보다 연상이고 멋지며, 내가 거울을 볼 때 비치는 앙상한 팔꿈치와 애벌레처럼 굵은 눈썹의 소녀보다 훨씬 더 아름다운 그의 전 여자 친구였다. 몇 주 동안 나는 어찌할 바를 몰라 맴돌았다. 질투와 배신감이 무슨 질병처럼 뱃속을 휘저었다. 성적은 곤두박질 쳤고 친구들은 나에게 진저리를 내기에 이르렀다. 어느 날 학교에서 돌아와 내 침실로 들어갔다가 베개 위에서 책 한 권을 발견했다. 연보라색과 푸른색 표지에 도르르 말린 분홍색 필기체로 이렇게 휘갈겨져 있었다. 《레베카》. 엄마가 그 책을 침대 위에 둔 것은 나의 주의를 절망이 아닌 다른 곳으로 돌리기 위해서였다. 그것을 보자 갑자기 몇 주 동안 책을 집어 들지 않았다는 것을 깨닫고 경악했다. 여섯 살에 독서를 시작한 이래로 가장 오래 책을 안 읽고 지낸 기간이었다. 내가 스스로에게서 얼마나 멀리 가버렸는지 실망스러울 정도였다. 마치 한때 나였던 존재를 기억할 유일한 희망이기라도 한 것처럼, 나는 그 책에 달려들었다.

《레베카》는 거의 언제나 고딕 로맨스 소설로 평가된다. 이 책은 해마다 밸런타인데이 즈음이면 역사상 가장 낭만적인 문학작품을 집계하는 다양한 인터넷 명단에 튀어나온다. 각종 싸구려 야한 책들의 짤막한 정보와 나란히 늘 이 소설의 주인공인 늠름하고 금욕적인 맥심 드 윈터에 대한 소개가 있는데, 그의 어두운 비밀들과 냉정한 태도는 그에게 더 끌리게 만들 뿐이다. 아마 처음 읽었을 때 상심한 상태였기 때문이겠지만, 나에게 《레베카》는 전혀 낭만적인 책이 아니다. 《레베카》는 질투·복수·격노·정체성에 대한 이야기이고, 한 인간이 어떻게 공평하지도 보답받지도 못할 사랑에 휘말릴 수 있는지에 대한 이야기이다. 작중 화자인 20대 초반의 온화한 아가씨는 소설 내내 이름이 없다. 이 사실은 나 자신이 가슴 아픈 정체성 위기를 겪던 중이었기에 한층 사무치고 속상하게 느껴졌다.

대프니 듀 모리에는 늘 《레베카》가 질투에 대한 탐구라고 말했다. 그러나 이 소설이 실제 자기 삶에 일어난 사건들에서 영감을 얻은 것이라는 말은 잘 하지 않았다. 우리의 이름 없는 화자가 신비에 싸인 남편의 첫 아내 레베카에게 절대로 당할 수 없다는 느낌과 싸우는 것과 너무나 흡사하게, 듀 모리에 본인도 자신의 결혼에서 질투심과 무능함에 맞서 싸웠다. 남편 토미 브라우닝은 1932년 듀 모리에와 결혼하기 전 젠 리카도라는 여자와 약혼했다. 리카도는 가무잡잡하고 풍만한 몸매였으며, R이 복잡하게 말린 우아한 필체로 서명한 편지들을 브라우닝에게 보낸 여자이기도 했다. 듀 모리에의 여주인공 레베카 드 윈터의 이름이 "기울어진 큰 R이 다른 글자들을 왜소하게 만들면서 짙고 강하게 두드러지는"것과 꽤나 비슷하다.

《레베카》에는 군침 도는 음식이 넘쳐난다. (드 윈터 영지의) 맨덜리 저택의 아침식사는 외경심을 일으키는데, 그보다 훨씬 못한 것에 익숙한 화자에게는 특히 그렇다. 스크램블 에그와 베이컨·생선·삶은 계란·죽·햄이 있다. 디저트들과 산더미 같은 신선한 과일들은 물론 잼·마멀레이드·꿀 등 토스트와 스콘에 바르는 것들로만 식탁 하나가 꽉 찬다. 간단하고 편안한 음식들이지만, 순전히 그 양만으로도 화자는 건드리지 않은 음식은 어떻게 되는지 걱정하게 된다. 맥심은 이 많은 것들 중 작은 생선 한 조각만 먹었기 때문이다.

이런 식사 장면들은 그냥 눈요기가 아니다. 등장인물들이 무엇을 먹는지, 그것을 어떻게 주문하고 먹고(혹은 안 먹고) 생각하는지는 그들이 누구이며 어떤 입장인지에 관해 많은 것을 이야기한다. 소설의 서두에서 반 호퍼 부인이 라비올리를 "보석 반지들을 낀 통통한 손가락"으로 먹을 때 독자는 그녀가 정확히 어떤 종류의 사람인지 알게 된다. "그녀는 자기 접시를 보다 말고, 혹시 나의 선택이 더 나았을까 하는 우려에 내 접시로 의혹에 찬 시선을 던졌다." 화자의 사회적 위치 역시 음식을 통해서 알게 된다. "내 처지가 열등하고 [반 호퍼 부인에게] 종속되어 있다는 사실을 한참 전에 감지한 웨이터가, 반시간 전 누군가 잘못 썰었다는 이유로 음식 코너로 돌려보낸 햄과 우설 접시를 내 앞에 놓을" 때 말이다.

내가 볼 때 이 소설에서 가장 사무치는 동시에 등장인물의 성격을 잘 보여주는 식사 장면은, 몬테카를로 여행이 끝날 무렵 맥심 드 윈터가 토스트와 마멀레이드 너머로 화자에게 청혼할 때다. 맥심은 주머니에 넣어두었던 손톱 다듬는 줄로 손톱을 다듬으면서 웨이터에게 인사말도 없이 "커피 · 삶은 계란 · 토스트 · 마멀레이드 · 밀감을 가져와." 라고 소리를 지른다. 화자는 같이 맨덜리 저택으로 돌아가자는 모호한 초대에 아마 새 하인이 필요한 모양이라고 오해한다. 그는 그녀에게 쏘아붙인다. "당신한테 결혼해달라고 청하는 거야, 꼬마 바보 같으니." 이 말에 화자가 당황하고 있는데 파리 한 마리가 마멀레이드에 앉는 것이 보인다. 맥심은 조바심을 내며 파리를 털어낸 후 잼을 듬뿍 떠서 토스트에 두껍게 바른다. 이것은 틀림없이 문학 역사상 낭만과는 가장 동떨어진 청혼일 것이다. 맥심의 식사 에티켓은, 어쩌면 인류 역사상 가장 낭만적이지 못한 청혼일 수도 있는 이 장면을 한층 기괴하게 만든다.

실연당한 어린 소녀 입장에서 이 장면은 날 향해 절규하는 것 같았다. 몇 주 동안 나는 혹여 놓친 경고성 조짐이 있었는지 끝없이 곱씹었다. 혹시라도 간과했던 유력한 단서를 하나라도 찾기를 바라는 마음으로, 과거의 모든 대화들을 과도하게 분석했고 보디랭귀지를 기억해내려고 애썼다. 나에게 달아나라고 말하는 존재를, 마멀레이드 속의 파리를 말이다. 우리의 이름 없는 화자의 말은 옳다. 첫사랑은 "열병이다. 그리고 시인들이야 뭐랬건 짐이기도 하다." 고맙게도 나와 우리의 화자 둘 다에게 "두 번 일어날 수는 없다, 첫사랑의 열병은." 나는 그 이후로 수천 번 사랑받았고 상처받았다. 하지만 어떤 것도 첫 번째만큼 쓰라리지는 않았다.

블러드오렌지 마멀레이드

여러분이 파리 때문에 마멀레이드에 정 떨어지지는 않았기를 바란다. 이 요리법은 블러드오렌지로 만들지만, 혹시 제철이 아니라면 구할 수 있는 아무 오렌지로나 만들면 된다.

● 2컵 분량

블러드오렌지 3개

물 4컵

설탕 2컵

갓 짠 레몬즙 2½테이블스푼

갓 간 레몬 껍질 1테이블스푼

작고 예리한 칼로 블러드오렌지의 껍질과 중과피를 제거한다. 중과피는 버리고 껍질은 0.3센티미터 두께로 채 썬다. 껍질을 벗긴 오렌지를 동그랗고 얇게 저며서 채 썬 껍질과 함께 바닥이 두꺼운 냄비에 담는다. 잠기도록 물을 붓고, 껍질이 부드러워질 수 있도록 실온에서 하룻밤 혹은 최소 8시간 둔다.

껍질이 충분히 불면 냄비를 불에 올린다. 혼합물을 가끔 저어주면서 중강불에 끓을 때까지 둔다. 불을 중불로 줄이고, 껍질이 부드러워지고 국물이 충분히 졸아들 때까지 1시간 반 가량 끓인다.

설탕을 더하고 거품기로 저어 섞은 뒤, 혼합물이 100도에 이를 때까지 계속 조리한다(템퍼링 온도계나 튀김용 온도계가 없다면, 이 과정을 시작하기 전 접시 하나를 냉장고에 넣어 완전히 차갑게 만든다. 잼이 충분히 걸쭉해졌다고 생각되면 소량을 차가운 접시에 담고 5분간 기다려서 테스트한다. 마멀레이드가 굳어 껍질 같은 것이 생기면 다 된 것이다. 아니면 계속 끓인다).

마멀레이드가 적정 온도에 도달하면 레몬즙과 껍질을 넣고 저어준다. 혼합물을 소독한 1컵들이 병조림용 병 2개에 담는다. 병을 설명서에 따라 처리한다. 처리과정을 거치지 않은 병에 마멀레이드를 담아서 냉장고에 두어도 2달까지는 저장 가능하다.

Les Misérables

BLACK RYE BREAD

《레 미제라블》

사람들이 《레 미제라블》 이야기를 할 때 빅토르 위고의 1862년작 소설에 대해서일 경우는 드물다. 부끄럽지만 나는 열다섯 살 이전엔 그런 책이 있는지조차 몰랐다. 하지만 동명의 뮤지컬에 대해서는 어린 시절의 절친한 친구인 줄리아 덕분에 제법 잘 알고 있었다. 그 애 부모님이 해마다 딸을 뉴욕으로 데려가서 그 뮤지컬을 보여주었기 때문이었다.

줄리아는 지극히 소녀다운 소녀였다. 꽃무늬 전원풍 침구와 레이스 침대보로 꾸며진 줄리아의 침실에 나는 완전히 매료되었다. 우리 자매가 함께 쓰는 침실과 비슷한 데라곤 하나도 없었다. 침실 한구석 내 자리는 '밥 시티' 만화가게에서 사다가 언니의 치아 교정장치용 왁스로 벽에 붙인 빈티지 야구카드 복제품들로 가득했다. 줄리아의 침실 한가운데 장식은 귀중품이었다. 돔형 유리 오르골에 가득찬 광섬유 꽃들은 심해 아메바 같은 빛을 뿜었고, 돔의 큼직한 철제 손잡이를 돌리면 〈구름 위의 성〉 멜로디에 맞추어 천천히 살랑거렸다. 나는 그 물건을 혐오했고, 욕망했고, 또 필요로 했다. 그것은 나를 고문했다.

몇 년 후 고모가 내 열다섯 살 생일 선물로 아름답게 장정된 《레 미제라블》을 주었고, 나는 그것이 뮤지컬일 뿐 아니라 어마어마하고 아주 심각해 보이는 책이기도 하다는 사실을 처음으로 알았다. 그 책은 결코 꽃이 가득한 줄리아의 유리 돔이나 거기서 흘러나오는 예쁜 노래에 영감을 주었을 것처럼 보이지 않았다. 나는 그 책을 일주일 반 걸려 독파했다. 늦게까지 깨어 있으면서 학교에서 내준 독서 과제는 내팽개치고 마리우스가 결국 어떻게 되는지 알아냈다. 나는 장 발장을 그의 모든 변신과 실책 내내 사랑했고, 모든 소녀들이 삐죽삐죽한 볼펜 글씨로 자기가 반한 사람의 머리글자를 쓰는 학교 화장실 칸막이에 그의 이름을 끄적이고 하트를 치기에 이르렀다. 이 사실을 자백하자니 지금까지도 얼굴이 화끈거린다.

이 책을 사랑함에도 불구하고 아직 뮤지컬이나 영화를 보진 않았다. 이런 각색물들이 늘 줄리아의 소녀다움을 너무 많이 연상시키기 때문일 수도 있고, 내가 뮤지컬을 대체로 싫어하기 때문일 수도 있다(이 또한 줄리아 때문일지 모른다). 이유야 뭐든 어느 쪽 각색물도 나를 흥분시키지 못한다. 그렇지만 텔레비전에서 끝없이 반복되는 예고편과 지하철마다 붙은 포스터 세례는 정말이지 책을 다시 읽고 싶은 열망을 불러일으켰다. 그리고 이 결심은 2013년엔 빵을 덜 먹자는 새해 결심을 즉각 좌절시켰다.

《레 미제라블》의 음식들에 대한 어떤 논의든(아니면 사실《레 미제라블》에 대한 어떤 논의든) 빵 얘기를 빼놓고는 불완전할 것이다. 이 소설의 전체 줄거리를 발동시키는 것은, 굶주린 식구들에게 먹일 빵 한 덩어리를 훔쳤다는 이유로 장 발장이 19년간 투옥되는 일이다. 프랑스혁명은 이 소설 전체에 걸쳐 조용히 존재한다(어떤 부분에서는 별로 조용하지 않지만). 소설의 상당 부분은 1815년을 무대로 하는데, 마리 앙투아네트가 먹을 빵이 없다는 농민들의 말에 '케이크를 먹지 그래'라고 말했다고 전해진 지 딱 15년 후다. 소설 전체에 걸쳐 인물들의 신분은, 그리고 그들 상황의 지독함은 먹을 빵이 있는지 없는지, 그리고 더 자주는 어떤 종류의 빵을 먹는지와 연관되어 묘사된다.

독자가 감옥에서 막 풀려난 장 발장을 처음 만날 때, 그는 출옥수라는 이유로 모든 여관과 가정에서 거부당하고 굶주린 채 디뉴의 거리를 헤매고 있다. 그는 결국 미리엘 주교의 집으로 보내지는데, 거기서 그가 대접받는 것은 내가 제일 좋아하는 문학 속 식사들 중 하나이다. "양고기 한 점, 무화과, 신선한 치즈, 호밀빵 한 덩어리"에 오래된 모브Mauves산 와인 한 병. 이 식사의 아름다움은 소박함에 있는데, 장 발장의 절망적인 허기가 몇 페이지씩 묘사된 것을 읽은 후라 특히 만족스럽다.

호밀 흑빵은《레 미제라블》이 쓰일 당시 프랑스 전역에 널리 퍼져 있었다. 하층과 중산층 모두에게 주식이었고, 장 발장이 19년간 생활했던 감옥에서도 제공된 음식이었다. 그러나 이 호밀 흑빵은 장 발장이 감옥에서 먹던 것과는 전혀 다르다. 달콤쌉쌀하고 복잡한 맛이 나며, 믿을 수 없을 만큼 맛있다.

호밀 흑빵

이 빵에 크림치즈와 훈제연어, 꿀과 버터, 아몬드 버터 등을 얹으면 맛있다. 물론 양고기 한 점, 무화과, 신선한 치즈를 곁들여도 좋다.

● 빵 1덩어리 분량

따뜻한 물 1⅓컵(40도 정도)

드라이 이스트 2¼티스푼(1봉지)

진갈색 설탕 1티스푼

무가당 코코아 가루 2테이블스푼

인스턴트 에스프레소 가루 2테이블스푼

비유황처리 당밀 ¼컵

무염버터 3테이블스푼

캐러웨이 씨 2테이블스푼과 토핑용으로 조금 더

고운 바다소금 2테이블스푼

강력분 3¼컵

호밀가루 1⅓컵

표면에 바를 올리브유

위에 뿌릴 조각 소금(말돈 등)

따뜻한 물, 이스트, 갈색 설탕을 반죽용 부속을 끼운 전기 믹서 용기에 넣고 전원을 켜지 않은 채 섞는다. 10분 내로 이스트에 거품이 일어야 한다. 아니면 이스트가 불량품이니 버리고 다시 시작한다.

그사이 코코아 가루 · 에스프레소 가루 · 당밀 · 버터 · 캐러웨이 씨 · 소금을 작은 소스팬 안에 섞고, 중불에서 꾸준히 저어주며 버터가 녹고 재료들이 잘 섞일 때까지 가열한다. 당밀 혼합물을 불에서 내리고 너무 뜨겁지 않도록 1분 정도 식힌 후, 믹서 용기의 이스트 혼합물에 더한다.

다른 그릇에서 밀가루와 호밀가루를 섞고, 믹서를 중속으로 작동시킨 채 당밀-이스트 혼합물에 천천히 더한다. 모든 것이 잘 섞이고 나면, 반죽이 용기 옆면에 들러붙지 않고 반죽용 부속 주위에 뭉칠 때까지 5분 정도 돌린다. 반죽을 엄지손가락으로 누르면 탄력이 느껴져야 한다. 너무 빽빽하면 물을 더 넣고 질척하면 밀가루를 더 넣어 점도가 적당해지게 한다. 반죽을 공 모양으로 성형하고, 기름을 바른 그릇에 반죽이 아물린 부분이 밑으로 가도록 담는다. 행주로 헐겁게 덮고 따뜻한 곳에서 2시간 동안 부풀린다.

2시간 후 부풀어오른 반죽을 주먹으로 부드럽게 눌러서 가스를 빼고, 밀가루를 뿌린 작업대 위로 꺼낸다. 반죽을 원하는 모양으로 성형하여 더치오븐(아니면 뭐든 바닥이 두껍고 오븐에 넣을 수 있는 뚜껑 있는 접시나 냄비)에 담는다. 크기가 두 배로 될 때까지 1~2시간 더 부풀린다.

오븐을 200도로 예열한다.

빵에 올리브유를 붓으로 바르고 캐러웨이 씨와 조각 소금을 뿌린다. 오븐이 적정 온도가 되면 더치오븐 뚜껑을 덮은 채 20분간 굽는다. 20분 후 뚜껑을 열고 온도를 180도로 낮춘다. 빵을 톡 쳤을 때 속이 빈 것 같은 소리가 날 때까지 20~25분 더 굽는다. 식힘망에서 식힌 후 썬다.

Great Expectations

PORK PIE

《위대한 유산》

《위대한 유산》의 돼지고기 파이는 불운하게도 언제나 미스 해비셤의 부패한 '신부 케이크'에 사람들의 관심을 빼앗긴다. 《위대한 유산》을 이야기하면서 벌레가 들끓는 미스 해비셤의 결혼식 케이크가 아닌 다른 음식 이야기를 하기는 힘든데, 나 역시 이런 분위기에서 자유롭지 못하다. 나는 고등학교 때 이 책을 읽은 이래 미스 해비셤에게 완전히 사로잡혔고, 그 케이크를 본래의 모습 그대로 다시 만들어보려고 시도해왔다. 그렇지만 소설의 줄거리를 견인하는 점에서 보면, 신부 케이크는 몰래 슬쩍한 돼지고기 파이의 반도 중요하지 않다. 아무래도 이 파이에 경의를 표할 때가 되었다는 생각이 든다.

독자가 처음 핍을 만날 때 그는 겨우 여섯 살이고, 교회 묘지에 앉아서 "삶이라는 만인의 투쟁에서 너무나 빨리 노력하기를 그만둔" 아버지·어머니·형제자매 다섯의 무덤을 찬찬히 보고 있다. 아벨 맥위치라는 이름의 탈주범이 숨어들었을 때, 핍은 묘비를 보며 식구들이 어떻게 생겼을까 상상해보고 있었다. "온통 거친 회색 옷을 입고 다리에 커다란 족쇄를 찬 무시무시한 남자"가 핍의 턱을 움켜쥐었다. 맥위치는 "흠뻑 젖고 진흙투성이인데다 돌에 맞아 절뚝거렸다. 뾰족한 돌에 베이고, 쐐기풀에 찔리고, 들장미 때문에 피부가 찢어졌다." 그리고 무엇보다도 굶주렸다. 그는 음식과 다리의 족쇄를 자를 줄칼을 가져오지 않으면 핍의 심장과 간을 찢어발기겠다고, 아니면 더 끔찍하게도 그의 '통통한 볼'을 먹어버리겠다고 위협한다. 핍은 다음날 둘 다 가져오겠다고 약속한다. 그러고는 누나의 집으로 달려가지만, 거기서 기다리고 있는 것은 더 심한 공포다.

핍의 누나 조 가저리 부인은 '크고 앙상한' 악마 같은 모습으로, "검은 머리카락과 눈, (그리고) 얼마나 시뻘건지 (핍이 보기에) 이따금 비누 대신 육두구 가는 도구로 씻어도 되지 않을까 싶은 피부"를 갖고 있었다. 가저리 부인이 남편과 핍을 먹이는 것은 애정 어린 행동이 아니다. 오히려 얼마나 자주 앞치마를 둘러야 하는지 들먹이면서 그들을 비난하는 것이다. 그녀는 빵을 '철저하게' 썰고 버터를 '빠르고 교묘하게' 바른다. 누나에게서 음식을 훔친다는 생각에 핍이 완전히 겁에 질린 것도 무리가 아니다.

그래도 그는 맥위치와의 약속을 지킨다. "내 작은 창문 밖의 크고 검은 벨벳 장막이 회색으로" 변하자마자 아래층으로 몰래 내려가서 식품 저장실로 들어간다. 맥위치에게 약속한 것은 뭐든 구할 수 있는 '음식 쪼가리'였지만, 핍은 "빵 조금, 치즈 조금, 민스미트[40] 반 병(간밤에 남겨둔 빵조각과 함께 손수건으로 싸서 주머니에 넣었다), 돌로 만든 병에서 브랜디도 좀 따르고… 살점이 아주 조금 붙어 있는 뼈다귀 하나랑 속이 꽉 찬 아름다운 동그란 돼지고기 파이"를 훔친다. 파이는 높은 선반 위에 있다. "뚜껑을 덮은 토기에 담겨 너무나도 주의깊게 한구석에 치워져있다." 그는 "바로 먹을 건 아니었기를, 한동안은 발각되지 않기를 바라며" 파이를 챙긴다.

다음날 새벽 늪지를 헤쳐 무덤으로 가는 내내 핍은 '문들과 도랑들과 제방들'이 날카롭게 외친다고 상상한다. "남의 돼지고기 파이를 가진 소년이다! 막아라!" 핍은 음식과 브랜디를 맥위치에게 주고, 게걸스럽게 먹어치우는 그를 연민의 마음으로 지켜본다. "그의 처량함에 연민을 느꼈기에, 파이가 점점 사라지는 것을 바라보다 말고 (핍은) 대담하게 말했다. '맛있게 잡수셔서 기뻐요.'"

맥위치에 대한 핍의 친절과 너그러움은 두 사람 모두의 인생행로를 바꾼다. 맥위치는 양을 키우는 농부이자 축산업자로 성공을 거두게 되고, 자기가 번 돈을 몽땅 핍에게 보낸다. 핍을 교육받은 신사로, 마침내 에스텔라의 연인이 되기에 걸맞도록 만든 것은 미스 해비셤이 아니라 맥위치다. 그리고 이 모든 것이, 대단할 것 없는 그 돼지고기 파이 덕분이다.

---

40) 삶은 고기 · 말린 과일 · 향신료 · 술 등을 섞어서 만드는 저장식품.

돼지고기 파이

영국의 돼지고기 파이에는 길고 자랑스러운 역사가 있다. 보통 꼬마오이 피클, 홀그레인 머스터드, 치즈 한 쪽, 맛있는 에일을 곁들여서 차갑게 먹는다. 리프 라드는 푸주한에게 구할 수 있고, 아니면 대신 식물성 쇼트닝을 써도 된다(슈퍼마켓 선반에 있는 경화 라드는 사지 말 것).

● 8~10인분

〈도우〉

정제된 리프 라드 ½컵, 깍둑썰어서 냉동한다

무염버터 8테이블스푼(1스틱), 깍둑썰어서 냉동한다

박력분 4½컵

굵은 소금 ¾티스푼

얼음처럼 차가운 물 1컵

계란 큰 것으로 1개

크림 1티스푼

〈필링〉

신선한 돼지족 450그램

돼지 뼈 200그램

양파 2개, 4등분한다

당근 2개, 2등분한다

셀러리 2줄기, 2등분한다

월계수잎 1장

통후추 1티스푼

물 3리터

뼈를 제거한 돼지 목심 900그램, 1센티미터로 깍둑썬다

껍질을 제거한 삼겹살 200그램, 1센티미터로 깍둑썬다

저염 통베이컨 200그램, 1센티미터로 깍둑썬다

굵은 소금 1½티스푼 그리고 입맛에 따라 조금 더

갓 간 후추 ½티스푼

강판에 간 세이지 ½티스푼

갓 간 육두구 ½티스푼

절임용 분홍 소금[41](선택사항)

도우 만들기

냉동 상태의 라드와 버터·박력분·소금을 푸드 프로세서 용기 안에서 섞고 가동하여 완두콩만한 덩어리 형태로 만든다. 이 덩어리들을 큰 그릇에 옮겨 담고 얼음처럼 차가운 물을 넣어 반죽이 뭉쳐질 때까지 섞는다(1컵 전부 필요하지 않을 수도 있다). 반죽을 뭉치되 과도하게 치대지 않도록 주의한다. 반죽의 ⅔를 떼어내 동그랗고 납작하게 펴서 주방용 랩으로 덮는다. 남

---

41) 육류를 염지할 때 쓰는 아질산염이 섞인 소금.

문학을 홀린 음식들

은 ⅓의 반죽도 똑같이 한다. 원형 반죽 두 장을 최소 2시간 동안 냉장한다.

필링 만들기

돼지족 · 돼지 뼈 · 양파 · 당근 · 셀러리 · 월계수잎 · 통후추를 크고 바닥이 두꺼운 곰솥에 담고 잠기도록 물을 붓는다. 중불에 올려서 끓으면 불을 중약불로 낮추고 1시간 반 동안 끓인다.

1시간 반 후 더 작은 냄비에 고운 체를 걸치고 국물을 붓는다. 조리된 재료들을 버리고 국물은 중강불로 다시 끓인다. 2컵으로 졸아들 때까지 30분 정도 끓인다. 그릇에 면보를 두 겹으로 걸치고 졸아든 육수를 거른다. 조금 식힌 후 그릇에 뚜껑을 덮고 냉장고에 넣어서 완전히 식힌다.

큰 그릇 안에서 돼지 목심 · 삼겹살 · 베이컨 · 소금 · 후추 · 세이지 · 육두구 · 절임용 분홍 소금(사용하면 고기의 분홍빛을 유지하는데 도움이 된다)을 가볍게 섞는다.

파이 조립하기

오븐을 180도로 예열한다.

냉장고에서 더 큰 반죽을 꺼내서 밀가루를 넉넉히 뿌린 작업대에 펼친다. 1센티미터 두께로 동그랗게 민다. 바닥이 분리되는 20센티미터 크기 파이 틀의 바닥과 옆면에 반죽을 깐다. 바닥용 크러스트에 고기와 향신료로 만든 필링을 채운다.

더 작은 반죽을 1센티미터 두께로 밀고 중앙에 4센티미터 크기로 동그란 구멍을 낸다. 뚜껑용 크러스트를 필링 위에 올리고, 뚜껑과 바닥 크러스트의 가장자리를 맞물려 주름을 잡아서 완전히 봉한다.

계란과 크림을 잘 섞어서 붓으로 크러스트에 바른다. 30분 동안 굽는다. 오븐 온도를 160도로 낮추고 1시간 반 더 굽는다.

파이를 식힘망 위에서 15분간 식힌다. 파이가 살짝 식으면 냉장했던 돼지족 육수를 다시 데워서 액체로 만든다(냉장고에서 젤 상태로 굳었을 것이다). 터키 배스터[42]로 뚜껑 크러스트에 구멍을 내고 파이에 육수를 채우기 시작한다. 파이 사이사이에 육수가 잘 스며들도록 톡톡 치고 흔들어준다. 육수를 전부 채우고 나면 파이를 실온까지 식힌 후 냉장고로 옮겨서 최소 4시간 동안 둔다. 육수가 젤 상태가 되길 바란다면 하룻밤 두는 게 좋다. 썰어서 차가운 상태로 낸다.

---

42) 칠면조를 구울 때 아랫부분의 육즙을 고기에 발라주는 등 소량의 뜨거운 액체를 정확히 주입할 때 사용하는 주방도구.

Moby-Dick

CLAM CHOWDER

《모비딕》

1970년대 초, 아빠의 부모님은 낸터킷 섬의 나무가 줄줄이 늘어선 허시 가에 있는 집 한 채를 샀다. 근처의 집들 대부분과 마찬가지로 그곳도 한때 선장의 집이었으며 특히 유명한 포경선 선장의 소유였다고 한다. 조부모님은 그곳을 여관으로 바꿔 '그레이 구스'라고 불렀고, 그들이 가장 행복했던 시절의 많은 시간을 거기서 보냈다. 아빠는 매년 여름을 그곳에서 보내며 청소부로 일하고 온갖 잡다한 일거리들을 맡아 했다.

그 시절에도 낸터킷 섬에는 이미 대단한 부자들이 많이 살았는데 여름철이면 더욱 그랬다. 하지만 아무도 대놓고 이야기하거나 과시하지 않는, 점잖빼는 옛 뉴잉글랜드식 부유함이었다. 할아버지는 그 여관을 고등학교 교장 월급으로 살 수 있었는데, 오늘날에는 절대 불가능할 것이다. 1980년에 할머니가 돌아가시자 할아버지는 여관을 거저나 다름없는 값에 팔았다. 흥정을 하기에는 너무 상심한 상태였고, 두분의 삶과 너무도 많이 얽혀 있는 곳에서 혼자 살지 않으려 필사적이었던 것이다.

할아버지가 그레이 구스를 팔아버렸다는 사실에도 불구하고, 내가 어렸을 때 우리는 여전히 여름마다 낸터킷으로 갔다. 해마다 같은 오두막을 빌리고는, 게를 잡고 패들볼[43]을 하고 차가운 검은 바다에서 헤엄치며 많은 날을 보냈다. 밤이 되면 아빠는 우리 자매들에게 《모비딕》을 읽어주었다. 그는 에이허브 선장이 사실 허시 가에서 살던 늙은 포경선 선장이었다고 말했다. 아빠는 항상 이 휴가 때 제일 행복해했다. 아빠는 부모님의 영혼을 그 섬에서 가장 뚜렷이 느끼는 것 같다.

내가 열 살인가 열한 살 때 낸터킷에 가는 것이 중단되었다. 섬은 아빠가 더이상 알아보기 힘들 지경으로 변했고, 우리가 늘 빌리던 오두막은 팔려서 헐려버렸다. 마치 책의 한 장이 끝난 것 같은 느낌이었다.

대학 입학을 앞둔 여름에 나로 하여금 아빠의 낡은 《모비딕》을 집어 들게 만든 것은 그 장소와 시간에 대한 향수와 갈망이었다. 침대 머리맡에 귀를 기울이며 보낸 그 모든 여름날 덕에, 내가 그 책의 얼마나 많은 부분을 아직 외우고 있는지를 깨닫고 깜짝 놀랐다. 허먼 멜빌은 거의 언제나 낸터킷과 결부된다. 게다가 멜빌이 《모비딕》에서 그곳

---

43) 라켓에 고무줄로 매달린 공을 치면서 노는 1인용 게임.

의 영혼을 얼마나 생생히 잡아냈는지, 출간 시점인 1851년까지 한 번도 그 섬에 발을 들인 적이 없었다는 사실이 거의 믿기지 않을 정도다.

멜빌은 낸터킷에 실제로 가보진 못했지만, 그래도 동부 해안지대와 고래잡이의 삶에 대해서는 개인적 경험을 통해 설득력 있는 책을 쓸 수 있을 만큼 충분히 알고 있었다. 멜빌의 바다 생활은 그가 스무 살이던 1839년 여름, 뉴욕에서 리버풀로 항해하는 배의 풋내기 선원에서 시작되었다. 1841년에는 '어커시넷'이라는 포경선에 합류해서 그 배의 선원들과 함께 18개월 동안 항해한 후, 마키저즈 제도에서 배를 떠나 타이피족 원주민들과 함께 3주 동안 살았다. 그는 어커시넷 이후에도 다른 포경선 두 척의 선원이었고, 반란에 가담한 죄로 한동안 감옥에서 보내기도 했다.

나의 세계관에 입각한다면, 멜빌이 포경선 항해에 나섰다가 배를 떠나고 반란에 참가한 것이 어느 정도는 항해 중의 식사 상태 때문은 아니었는지 생각할 수밖에 없다. 포경선의 음식은 종종 거의 못 먹을 정도였다. 식사는 곰팡이 핀 딱딱한 비스킷에 벌레가 들끓는 당밀, 너무 짜게 절인 말고기 육포가 보통이었고 변화가 거의 없었다. 어커시넷을 버린 멜빌이 타이피족과 함께 지내며 너무나 행복해한 것은 놀랄 일이 아니다. 그들은 신선한 과일, 새끼돼지 구이, 심지어 날 생선을 뼈와 눈알까지 전부 통째로 먹어치웠다.

《모비딕》의 서장에서 이슈메일은 피쿼드 호에 승선하여 항해에 나서기에 앞서, 마지막 밤을 낸터킷의 '트라이 포츠' 여관에서 바다로의 여정을 준비하며 보낸다. 바다에서 불가피하게 그를 기다리고 있을 음식의 황무지를 앞두고 마지막으로 맛있는 식사를 즐기는 것은 이 준비의 일부로 보인다. 바다에서는 "3년 이상 기간의 모든 식사가 나무통에 턱하니 들어앉아 있다. 차림표를 바꾸는 것은 불가능하다."

여관 주인인 허시 부인이 내온 차우더가 얼마나 맛있었는지, 그는 그 장의 나머지를 이것에 대해 이야기하며 보낸다. 그 차우더는 "개암보다 별로 크지 않은 자잘하고 촉촉한 조개들에 항해용 비스킷 빻은 것과 잘게 썬 솔트포크를 섞어서 만들었다. 버터로 한층 풍부한 맛을 내고 후추와 소금을 넉넉히 넣어 간했다." '하드택'이라고도 부르는 항해용 비스킷은 생크림을 쉽게 구할 수 없던 시절 국물을 걸쭉하게 만드는 데 사용되었다. 항해용 비스킷 가루만 빼면 이 차우더는 내가 자라면서 뉴잉글랜드에서 먹은 수프 그대로다. (나는 뉴욕 친구들에게 맨해튼 출신인 멜빌조차도 명백히 뉴잉글랜드식 클램 차우더의 팬임을 상기시키곤 한다.[44])

클램 차우더

우리 아빠의 차우더는 고향집에 있을 때 내가 가장 기대하는 것 중 하나인데, 해산물이 가장 신선하고 옥수수가 유독 맛있는 여름철에 특히 그렇다. 아빠는 보통 링기사라는 매콤한 포르투갈식 소시지를 사용하지만 그 소시

---

44) 클램 차우더는 지방에 따라 조금씩 차이가 있어서 가벼운 반목의 원인이 된다. 맨해튼식은 토마토를 넣은 붉은 수프고 뉴잉글랜드식은 크림을 넣은 하얀 수프다.

지는 구하기 힘들다. 그러니 여기서는 솔트포크를 고수하고 마지막에 타바
스코 소스를 듬뿍 더하기로 한다.

● 6인분

바지락 3킬로그램

소금 ¼컵

무염버터 1티스푼

솔트포크 혹은 베이컨 120그램, 1센티미터 크기로 썬다

양파 큰 것으로 1개, 깍둑썬다

셀러리 2줄기, 깍둑썬다

중력분 2테이블스푼

단옥수수 2개, 알맹이를 뜯어낸다

포슬포슬한 감자(아이다호나 러셋 등) 중간 크기로 4개, 박박 문질러 씻은 후 깍둑썬다

월계수잎 1장

타임 4줄기의 잎

생크림 1컵

타바스코 소스

굵은 소금

갓 간 후추

낼 때 곁들일 굴 크래커[45]

차우더를 만들기 전날 밤(아니면 최소 4시간 전) 큰 냄비에 조개를 담고 완전히 잠기도록 물을 붓는다. 소금을 더하고 냄비 뚜껑을 덮어 냉장고에 넣는다. 냄비가 너무 커서 냉장고에 안 들어갈 경우, 조개를 실온에서 아주 차가운 소금물에 4시간 재워두면 된다. 이 과정은 조개가 껍질 안에 품고 있던 모래를 뱉도록 만들어서 차우더가 모래투성이가 되지 않게 해준다.

다음날 혹은 4시간 후 조개를 꺼내 차가운 새 물로 씻는다. 모래나 소금이 한 알도 남지 않도록 냄비를 헹군 후 다시 조개를 담고 새 물 4컵을 더한다. 중불로 가열해서 조개가 막 벌어지기 시작할 때까지 9~10분 정도 끓인다.

조개가 벌어지자마자 껍질에서 살을 떼어내되, 냄비에 받쳐놓고 작업해서 조금이라도 흘러나온 즙은 전부 국물로 돌아가게 한다. 껍질을 버리고 조갯살은 잘 둔다.

조개를 끓인 국물을 커피 필터나 면보 두 겹에 받쳐 다른 그릇으로 거른다. 조개 육수가 5컵 정도 나올 것이다.

냄비를 다시 헹구고 약불로 가열해서 버터를 녹인다. 솔트포크를 더해서 기름이 전부 빠져나오고 고기가 약간 바삭바삭해질 때까지 7분 정도 조리한다. 깍둑썰기한 양파와 셀러리를 더하고 양파가 투명해질 때까지 5분 정도 조리한다.

밀가루를 넣고 저어주면서, 밀가루가 살짝 구워져 비스킷처럼 향기로운 냄새가 날 때까지 1~2분 동안 조리한다. 조개 육수를 조금씩 부으면서 전부 섞일 때까지 잘 저어준다. 옥수수 알맹이·감자·월계수잎·타임을 더하고

---

45) 아주 작고 동그란 짭짤한 크래커. 보통 수프와 같이 먹으며 굴은 들어 있지 않다.

문학을 홀린 음식들

감자에 포크가 쉽게 들어갈 때까지 10~12분 끓인다.

조개와 크림을 더하고 잘 저어준다. 입맛에 따라 타바스코 · 굵은 소금 · 후추로 간한다. 굴 크래커를 곁들여서 낸다.

Down & Out in Paris & London

RiB-EYE STEAK

《파리와 런던의 따라지 인생》

뉴욕대학교 학생 신분으로 식당에서 일하기 시작했을 때 나의 두 가지 생활 즉, 영어와 라틴어를 공부하는 생활과 음식을 만들고 차리는 생활은 완전히 별개일 거라고 생각했다. 주방에서 그렇게 많은 시간을 동료들과 문학 이야기를 하며 보내리라고는 전혀 예상하지 못했다. 주방은 육체적인 장소다. 다지고, 땀 흘리고, 맛보고, 꼬챙이로 찌르고, 서로 부딪히는 그 모든 행위들은 자연스럽게 온갖 무의미하고 외설적인 잡담을 끌어낸다. 그렇지만 그 모든 고약한 농담과 허세 사이사이, 고요하고 사색적인 순간이 찾아올 때면 우리는 책에 관해 이야기했다.

몇 년 동안 주방에서 이야기한 책들 중 가장 자주 언급된 것은 조지 오웰의《파리와 런던의 따라지 인생》이었다. 고등학교 때《1984년》과 《동물 농장Animal farm》을 읽긴 했지만 양쪽 다 내 인생을 바꿀 만한 책은 아니었다. 그러나 내가 좋아하는 요리사 중 하나인 모건이《파리와 런던의 따라지 인생》이야말로 자신이 처음 요리사로서 주방에 발을 들이기로 결심한 계기라고 말했을 때, 나는 결국 그 책을 읽기로 결정했다.

누군가 이 책 때문에 주방 일을 추구하게 되었다는 것을 나는 아직도 이해할 수 없다(초라한 보수를 받으면서 등골 빠지게 18시간 노동을 하는 나날에 대한 오웰의 설명은 가끔 견디기 어려울 정도다). 하지만 주방일에 익숙한 사람이 이 책을 사랑하게 되는 이유는 분명히 알겠다. 분주한 저녁식사 시간의 광적인 흥분, 14시간 근무 후 출입구에서 서늘한 밤공기 속으로 나오는 느낌, 주방에서 그럴 성싶지 않은 사람들 사이에 존재하는 동지애, 저녁식사 근무를 마치고 한잔 할 때의 만족감, 이 모든 것들에 대한 오웰의 묘사는 너무나 정확하다. 오웰은 젊고 굶주렸으며, 내가 몇 년간 함께 일한 너무나 많은 사람들과 똑같이 생활의 방편으로 요리를 하면서도 그 일을 사랑했다.

요리를 처음 시작했을 때 가장 놀란 것 중 하나가, 요리 한 접시를 만들기 위해 만지고 모양을 잡고 맛보는 데 들어가는 품의 양이었다. 아무리 청결한 주방에서도 장갑을 끼고 일하는 요리사와 일해본 적은 한 번도 없다. 요리사들은 맛보기 숟갈을 소스에 여러 번 담근다. 맨손으로 야채를 배열하고, 엄지손가락을 사용해 접시에 소스로 깔끔하게 점을 찍는다. 이 일은 아주 내밀한 작업이다. 오웰이 일하던 주방들과 그가 함께 일한 요리사들은 지독히도 더러웠다. 그런 환경에서 이런 수작업들을 한다고 생각하면 속이 한층 뒤틀리지만, 그렇다 해도 기본적인 정서는 동일하다. "음식이 근사해 보이려면 지저분한 처리가 필요하다…. 다시 말하자면, 음식에 공을 들일수록 더 많은 땀과 침방울을 함께 먹을 수밖에 없다."

스테이크는 보통 메뉴 중 제일 비싼 요리인데, 오웰에 따르면 가장 많이 찔러보는 요리들 중 하나이기도 하다. 그가 경험한 바에 따르면, 스테이크를 내기 전 검사받으려고 주방장에게 가져가면 주방장은 "그것을 포크로 다루지 않는다. 손가락으로 집어서 철썩 내려놓고, 엄지손가락으로 접시를 한 바퀴 문지른 후 핥아서 그레이비 맛을 본다." 주방장은 웨이터가 가지러 오기 직전에 "그날 아침 수백 번씩 핥은 통통한 분홍빛 손가락들로" 스테이크를 마지막으로 찔러보기를 즐긴다.

조리대에서 육류 담당 요리사의 역할은 높이 평가되며 보통 주방장이나 수석 요리사의 몫이다. 가정집 주방에서도 같은 규칙이 적용된다고 생각한다. 제일 거창하고 무섭고 중요한 업무로 여겨지기에, 제일 숙련된 요리사가 고기를 다룬다. 푸줏간에서 일하며 고기 요리를 극도로 겁내는 사람이 많다는 것을 알게 되었다. 동료들과 나는 고객들이 산 고기 포장지에 매직펜으로 단계별 지시사항을 써주고, 스테이크감을 양념해주고, 양이 충분하며 맛도 있을 것이라고 확신시키느라 상당한 시간을 보낸다.

크기 때문인지 뼈 때문인지 가격 때문인지는 확실치 않지만, 고객들이 가장 요리하기 겁내는 스테이크는 뼈가 포함된 립아이이다. 마침 이

것은 내가 제일 좋아하는 부위이기도 하다. 나의 도움으로 독자들이 립아이에 대한 두려움을 버리기를 바란다. 그릴을 갖출 필요도 없다. 필요한 도구라고는 길이 잘 든 무쇠 프라이팬과 고기용 온도계가 전부다.

립아이 스테이크

● 2인분

4센티미터 두께로 썬 뼈가 있는 립아이 스테이크 1개(700그램)

굵은 소금

갓 간 후추

발연점이 높고 독특한 풍미가 없는 기름(포도씨유 등) 2테이블스푼

무염버터 1테이블스푼

스테이크감을 종이 타월로 톡톡 쳐서 물기를 제거한 후, 조리에 앞서 30~45분 동안 실온에 꺼내둔다. 조리하기 10분 전 스테이크감 양면에 소금과 후추를 듬뿍 쳐서 간한다.

무쇠 프라이팬을 중강불에 올리고 기름을 두른 뒤 연기가 나기 시작할 때까지 가열한다. 스테이크감을 넣고 양면이 근사하게 그을릴 때까지 6~8분씩 지진다. (립아이 스테이크에 내가 추천하는) 미디엄 직전 상태로 스테이크를 조리하려면 내부 온도가 60도 정도가 되어야 한다. 스테이크를 레스팅하는

동안 3도 정도 상승할 것이다. 스테이크를 도마로 옮긴 후 윗면에 버터를 얹어 녹이고 포일로 덮는다. 스테이크를 10분 정도 재운 후 결 반대 방향으로 썰어서 낸다.

Pride & Prejudice

WHiTE GARLiC SOUP

《오만과 편견》

"제일 좋아하는 책이 뭐예요?"는 내가 제일 두려워하는 질문 중 하나이다. 답이 없거나 늘 바뀌거나 상대가 절대로 못 들어봤을 책이어서가 아니라, 단지 내 답이 사람들을 늘 약간 실망시키는 것 같기 때문이다. 내가 제일 좋아하는 책은《오만과 편견》이다. 고등학교 1학년 이래로 이 책을 족히 50번은 읽었는데 그때마다 늘 새롭게 좋은 점을 발견했다. 그렇지만 왠지 몰라도 이 소설이 제일 좋아하는 책이라고 말하는 건, 마치 제일 좋아하는 화가가 앤디 워홀이라거나 제일 좋아하는 영화가《야행Adventures in Babysitting》이라고 말하는 것같이 빤한 느낌이다. (아니라고? 나만 그런가?)

열여섯 살에 처음 《오만과 편견》을 읽었을 때 제인 오스틴의 한결같은 영향력과 인기에 대해서는 조금도 몰랐다. 내가 확실히 알았던 것은, 출간된 지 이백 년 가까이 지난 책인데 미국인이고 십대인 내가 읽어도 이해될 뿐 아니라 폭소를 터트리게 된다는 사실이었다. 이런 느낌이 오스틴을 비범하게 만드는 핵심적 이유라고 나는 생각한다. 오스틴의 재치와 유머, 인간적 상황에 대한 묘사가 여전히 공감적이고 적절하며 나아가 문화를 초월한다는 것을 보여주기 때문이다.

　　패니 버니 · 샬럿 레녹스 · 일라이자 헤이우드 같은 동시대 작가들도 비슷하게 사회 풍자와 가정 코미디 소설을 썼지만 중도 탈락했다. 그들과 달리 오스틴이 누구나 아는 작가로 남아 있는 데에는 많은 이유가 있다. 완전히 현실적이면서도 눈을 뗄 수 없는 이야기를 지나치게 복잡한 세부 사항의 부담 없이도 쓸 수 있는 능력이야말로 오스틴의 대단한 저력 중 하나다.

　　독자로서 나는 오스틴의 소설에 세부 사항이 부족하다고는 한 번도 느끼지 못했다. 오스틴의 등장인물들과 배경들을 너무나 명확하게 상상할 수 있기 때문이다. 그러나 실제로 돌아가서 구체적 사항들을 찾아본다면 발견되는 것은 모호한 윤곽뿐이다. 엘리자베스 베넷의 얼굴이나 제인이 네더필드 저택 무도회에서 입은 드레스에 대한 장황한 묘사는 존재하지 않는다. 다아시의 정확한 키도, 펨벌리 저택의 서재가 실제로 어떻게 아름다운지도 절대 알 수 없다. 그럼에도 우리 머릿속에는 이 모든 것들이 너무나 명확하게 보인다. 오스틴은 우리가 이런 세부 사항들을 직접 구축하도록, 우리 자신의 삶의 요소들을 소설의 범위 내에서 상상하도록 허용한다. 바로 이 점이 오스틴의 책들에 사람들이 그렇게도 공감과 친밀감을 느끼는 한 가지 이유일 것이다.

이런 구체성의 부족은 음식에 있어서도 마찬가지다. 오스틴의 소설들은 음식과 식사 장면으로 가득하지만 그것들에 대하여 구체적으로 알려주는 일은 드물다.《오만과 편견》의 등장인물들은 끝없이 아침식사를 하기 위해 자리에 앉고, 저녁식사가 얼마나 훌륭했는지 논평하고, 점심식사를 두고 티격태격하고, 저녁식사 후에 카드놀이를 한다. 하지만 그들은 무엇을 먹고 있는가? 편지글에서 오스틴은 바닷가재와 아스파라거스 · 치즈케이크 · 사과 타르트 · 갈비 · 라이스 푸딩 · 완두콩 수프 · 스펀지케이크 등 자신이 먹는 음식에 대해 연신 이야기한다. 하지만《오만과 편견》에서는 그저 "저녁식사는 매우 근사했다."라고 말할 뿐이다.

내가《오만과 편견》을 아무리 사랑한다 해도 음식 묘사가 부족한 것은 견디기 힘들다. 특히 한 장면은 몇 년씩 나를 미치게 만들어서, 도서관에 갈 때마다 섭정 시대 요리책들을 찾아보게 했다. 그 장면에서 빙리는 여동생에게 네더필드 저택에서 무도회를 열기로 결정했으며 "니콜스가 화이트 수프를 흡족하게 만드는 대로" 초대장을 발송하겠다고 말한다. 이건 무슨 뜻이지?! 왜 시간을 정하면서 지극히 지루해 보이는 수프 만들기를 들먹이지? 묘하게도 내가 답을 찾은 것은, 오스틴의《엠마Emma》에 나오는 잉글랜드 전통 방식으로 절인 햄 요리법 때문에 읽은 제인 그릭슨의《잉글랜드 음식English Food》에서였다.

화이트 수프에는 중세 잉글랜드와 프랑스까지 거슬러 올라가는 오랜 역사가 있다고 한다. 이 나라들에서 화이트 수프는 가장 부유한 가정에서만 먹을 수 있었다. 이 수프가 귀족적이고 세련된 프랑스에서 기원했다는 사실을 고려하면, 빙리가 말하려는 것은 프랑스인 요리사를 고용할 만큼 부유한 미스터 다아시, 프랑스 요리를 선호하는 미스터 허스트 등 까다로운 손님들을 초대하자면 최고라야 한다는 것이다. 빙리의 평범한 영국인 요리사 니콜스가 이 신사들에게 좋은 인상을 주려면 대단히 노력해야 할 것이다. 그렇기 때문에 그녀가 임무를 수행할 준비가 되었다고 느끼게 되면 무도회를 열겠다는 것이다. 사소한 이야기이고, 분명 플롯에서 중요한 부분은 아니다. 그러나 이런 작은 장면들에 대한 더 깊은 이해는 오스틴이 쓴 세계에 대한 우리의 이해를 진전시킨다. 나에게는 이 사실이 중요하다.

가끔 포타주 아 라 블랑potage à la blanc이나 수프 아 라 렌soupe à la reine이라고도 불리는 화이트 수프의 요리법은 집집마다 다양하다. 그렇지만 기본 재료는 보통 송아지고기 육수·크림·아몬드이고 가끔 빵가루·리크·계란 노른자·쌀 등이 들어간다. 존 팔리의 1783년 저서 《런던의 요리법The Art of London cookery》에는 이런 요리법이 나온다.

송아지 도가니 1개를 큼직한 가금류 1마리, 비계가 적은 베이컨 450그램과 함께 물 5.5리터에 넣는다. 쌀 200그램, 안초비 2개, 통후추 약간, 단맛이 나는 허브 한 다발, 양파 두세 개, 그리고 셀러리 서너 개도 썰어서 같이 넣는다. 한꺼번에 뭉근히 끓이다가 수프에서 원하는 만큼 진한 맛이 나면 체로 받쳐 깨끗한 토기 냄비에 담는다. 밤새 그대로 두었다가 다음날 거품을 걷고 전부 볶음용 팬에 붓는다. 곱게 빻은 요르단산 아몬드 200그램을 넣고 살짝 끓인 후 고운 헝겊을 대고 거른다. 크림 0.5리터, 계란 노른자를 넣고 뜨겁게 데운다.

나는 이 요리법에 도전했고, 구할 수 있는 다른 화이트 수프 요리법들도 전부 시도했다. 유감이지만 전부 하나같이 끔찍했다고 말할 수밖에 없다. 식감은 괴상했고, 아몬드는 좀 지나치게 달았으며, 송아지고기 육수는 너무 젤리 같았다.

화이트 수프가 실제로 무엇인지 알아내기 전까지 어떤 것일까 상상하며 몇 년을 보냈다. 어쩌면 콜리플라워나 파스닙, 감자와 리크가 들어간 수프, 아니면 생선 차우더라고 생각했다. 실제 화이트 수프가 내 입에 전혀 안 맞았던 것은 이 모든 가능성들을 전부 상상해보았기 때문일 공산이 크다. 그러니 오스틴의 책들을 읽을 때 흔히 요구되듯 상상력으로 여백을 메우는 전통에 따라서, 아몬드와 송아지고기를 섞어서 만드는 진짜 화이트 수프 대신 크림이 듬뿍 든 화이트 갈릭 수프를 만들었다. 이 수프는 세련된 것과는 거리가 멀지만 맛 하나만은 확실해서, 먹고 나면 무도회에서 아무도 당신에게 키스하기를 원하지 않을 위험을 무릅쓸 가치가 있다.

화이트 갈릭 수프

● 6인분

껍질을 깐 마늘 20쪽

우유 2컵

올리브유 2테이블스푼

껍질을 까지 않은 마늘 4쪽

무염버터 2테이블스푼

양파 작은 것으로 1개, 대충 다진다

타임 5줄기의 잎

닭 육수 4컵

생크림 1컵

굵은 소금

갓 간 후추

파르메산 치즈 ⅓컵, 강판에 간다

수프를 만들기 전날 밤(아니면 최소 4시간 전) 껍질을 깐 마늘을 그릇에 담고, 마늘이 잠기도록 우유를 붓는다. 뚜껑을 덮고 냉장고에 넣는다. 이 과정은 마늘의 쓰고 아린 맛을 빼는데 도움이 될 것이다. 마늘을 밤새 담가둔 후 우유는 버리고 마늘은 남겨둔다.

오븐을 180도로 예열한다.

올리브유와 껍질을 까지 않은 마늘을 더치오븐 안에서 섞는다. 뚜껑을 덮고 진한 금갈빛이 될 때까지 30~45분 동안 오븐에서 굽는다. 마늘이 구워지면 살짝 눌러서 껍질을 벗긴다.

큰 곰솥에서 중약불로 버터를 녹인다. 양파와 타임을 더하고 양파가 투명해질 때까지 8분 정도 조리한다. 닭 육수 · 크림 · 구운 마늘 · 우유에 담가둔 생마늘을 솥에 더하고 불을 중불로 올린다. 혼합물이 살짝 끓기 시작하면 불을 다시 낮추고 5분간 끓인다.

수프를 불에서 내리고 ⅓ 정도를 블렌더에 옮겨 담는다.

수프를 몇 번에 걸쳐서 아주 매끄러워질 때까지 간다. 고운 체로 거르고 입맛에 따라 소금과 후추로 간한다. 파르메산 치즈를 올려서 낸다.

the Silence of the Lambs

CROSTINI with FAVA BEAN and CHICKEN LIVER MOUSSES

《양들의 침묵》

문학 속의 요리법이 머릿속에 떠오를 때 가끔씩은 자문하게 된다. "너무 멀리 가는 거 아냐?" 이 요리법도 그런 것 중 하나일 수 있고, 포르케타 디 테스타도 마찬가지다. 그렇지만 어쩔 수 없다. 봄이 와서 슈가스냅[46]의 아놀드 슈워제네거 버전처럼 보이는 잠두가 시장에 보일 때마다 토머스 해리스의 《한니발 렉터》 시리즈 생각이 나지 않을 도리가 없다. 고등학교 때의 나만큼 이 책들에 집착한 사람이 또 있을까? (없다고? 나한테 친구가 딱 한 명뿐이었던 게 그래서였나?)

---

46) 꼬투리째 먹는 완두콩의 일종.

이 책들을 읽어보았건 아니건, 확신하건대 누구든 한니발 렉터에 대해서 한두 가지는 알 것이다. 소설 속 등장인물 중 렉터 박사만큼 우리의 문화의식에 지속적인 영향력과 존재감을 미친 경우는 드물다. 해리스의 1981년작 소설 《레드 드래곤Red Dragon》에 처음으로 나타나고 32년 후, 그는 2013년 5월 처음 방송된 NBC의 텔레비전 드라마 〈한니발Hannibal〉에 주연으로 등장했다.

해리스의 소설들이 거둔 성공은 상당 부분 연쇄살인범에 대한 미국인의 매료 때문이다. 당시로는 새로운 현상이었지만 지난 30년간 이는 계속 심화되기만 했다. 첼시 케인의 〈그레천 로웰〉 시리즈와 로베르토 볼라뇨의 《2666》부터 텔레비전의 〈덱스터Dexter〉〈크리미널 마인드Criminal Minds〉〈멘탈리스트The Mentalist〉까지, 책과 텔레비전은 연쇄살인마들로 가득하다. 해리스가 1970년대 후반에 연구했던 범죄 프로파일러들은 이젠 우리 모두 잘 아는 사실을 밝혀냈다. 연쇄 살인범들은 무시무시하게 생겼거나 딱 봐도 미친 사람 같지 않다. 사실 대부분은 매력적이고 언변이 좋으며 때로는 외모까지 근사하다. 그들은 법학도나 간호사, 심지어 뛰어난 정신과 의사일 수도 있다.

《양들의 침묵》을 각색한 1991년작 영화에서 한니발 렉터 역은 앤서니 홉킨스가 맡았다. 그의 연기는 소시오패스에 대한 미국인의 음울한 매료에 부합되면서, 렉터라는 등장인물의 문화적 저력을 확고하게 하는 데에 기여했다. 이 영화는 오스카 작품상을 탄 최초의 공포영화였고, 더불어 작품상·남우주연상·여우주연상·감독상·각본상 등 5대 주요 부문에서 모두 오스카상을 받은 세 번째 영화이기도 하다.

홉킨스 덕에 "나는 그의 간에 잠두 약간과 근사한 키안티를 곁들여서 먹었다"는 "당신의 눈동자에 건배" 못지않게 친숙한 대사가 되었다. 이 인용구가 기억에 남는 것은 홉킨스의 말 뒤로 무시무시하게 빨아먹는 소리가 들리기 때문만이 아니라, 야만성과 세련됨의 으스스한 혼재 때문이기도 하다. 렉터가 이야기하는 것은 식인에 대해서지만, 그가 택한 와인과 곁들임 요리의 짝짓기는 더할 나위없이 완벽하다. 간과 잠두는 고전적인 조합이고, 키안티(책에서는 아마로네지만)는 두 가지 음식을 완벽하게 보완한다. 해리스는 이 대사를 되는 대로 던진 게 아니었다. 그는 음식에 대해 박식하다. "탁월한 식탁으로 유명하며 미식 잡지에 수많은 기사를 기고한" 렉터 박사도 마찬가지다.

해리스의 에이전트는 언젠가 그에 대해 이렇게 말했다. "그는 요리를 사랑합니다. 르 코르동 블루[47] 시험을 본 적도 있죠. 그가 부엌에서 식사를 준비하며 행복해하는 모습을 보는 건 정말 재미있답니다." 아마 그의 요리 솜씨는 가장 역겨운 식사 장면까지 왠지 매력적으로 만들 수 있는 이유일 것이다. 렉터 박사는 뇌를 그냥 먹지 않는다. 그는 "양념한 밀가루를 살짝 뿌린 후 신선한 브리오슈 빵가루를 입힌다." 그는 "뜨거운 브라운 버터에 샬롯을 더하고, 향기로운 냄새가 피어오르는 순간 다진 케이퍼 열매를 넣는다." 그런 뒤 "신선한 블랙 트러플을 갈아서 소스에 넣고, 레몬즙을 짜서 이 모든 것을 마무리한다." 지금 읽고 있는 것이 무엇에 대한 내용인지 거의 까먹을 지경이다. 거의.

---

47) 1895년 프랑스에서 설립된 저명한 요리학교로, 여러 나라에 분교가 있다.

내가 자랄 때 우리 식구는 간을 꽤 많이 먹었다. 하지만 신선한 잠두를 처음 맛본 것은 민망할 정도로 나이가 들어서였다. 그때까지 내가 본 잠두는 이미 껍질을 벗겨 데치고 구깃구깃한 봉지에 쑤셔 넣어 냉동식품 코너에 놓인 것이 전부였는데, 그나마 아빠가 싫어한 탓에 우리집에서는 구경도 못했다. 신선한 잠두를 처음 다뤄본 것은 식당 주방에서 일하던 때였다. 주방장은 잠두를 그날 밤 메뉴에 특별 요리로 넣었지만, 잠두가 배달되어 온 것은 영업 시작이 20분밖에 남지 않았을 때다. 첫 주문이 들어오면 데쳐서 낼 수 있도록 전원이 최대한 빨리 깍지를 까기 시작하라는 말이 떨어졌다.

요리사 전원이 모여서 식탁을 둘러싸고 웅크린 채, 손가락을 데고 베이면서 벌새처럼 움직였다. 나는 잠두에 압도된 나머지 날것을 깍지채로 하나 입에 넣어봤다가 즉시 뱉었다. 요리사들은 인정사정없이 나를 비웃었다. 하지만 영업이 끝난 후 그중 한 명이 완성된 결과물을 한 숟갈 가득 건네주었다. 잠두를 데친 후 레몬·마늘·에스펠레테 고추와 함께 무스로 만들었는데, 내가 지금껏 본 것 중에 가장 밝은 녹색이었다.

잠두와 닭 간 무스를 올린 크로스티니

● 크로스티니 16~20개 분량

바게트 1개

잠두 무스(요리법은 뒤에 나온다)

닭 간 무스(요리법은 뒤에 나온다)

위에 뿌릴 올리브유 그리고/혹은 포트와인

바게트를 약 2.5센티미터 두께로 썰고 오븐 토스터나 브로일러에 토스트한다. 크로스티니에 잠두 무스 그리고/혹은 차갑게 한 닭 간 무스를 약간 올린다. 원한다면 올리브유나 포트와인을 뿌린다.

〈잠두 무스〉

● 약 1½컵 분량

신선한 잠두 700그램

올리브유 ½컵

갓 간 파르메산 치즈 ⅓컵

레몬 ½개의 즙

강판에 간 신선한 레몬 껍질 1테이블스푼

마늘 1쪽, 다진다

굵은 소금 ½티스푼

잠두는 깍지를 벗겨서 잘 둔다. 1컵 정도가 될 것이다.

중간 크기 냄비에 물을 담아 강불로 끓인다. 얼음탕(큰 그릇에 얼음 덩어리들과 찬물을 담는다)을 준비한다. 잠두를 말랑말랑해지고 외피가 벗겨지기 시작할 때까지 5~7분 정도 삶는다. 물에서 건져 즉시 얼음탕에 넣는다(이렇게 하면 계속 익는 것을 막아 잠두의 아름다운 빛깔을 보존할 수 있다).

잠두의 외피를 벗겨서 버린다. 잠두와 나머지 재료들을 블렌더에 넣고 아주 매끄러워질 때까지 간다.

〈닭 간 무스〉

● 약 3컵 분량

무염버터 2테이블스푼

정제한 닭기름 2테이블스푼(혹은 무염버터 약간 더)

양파 작은 것으로 2개, 저민다

타임 2줄기

통후추 1티스푼

강판에 간 계피 가루 ¼티스푼

팔각 1조각

월계수잎 ½장

닭 간 450그램

절임용 분홍 소금 ⅛티스푼(선택사항)

루비 포트와인 ⅓컵

크림치즈 1컵, 실온에 둔다

셰리 식초 2테이블스푼

설탕 1테이블스푼

버터 1테이블스푼과 닭기름 1테이블스푼을 바닥이 두꺼운 냄비에 중불로 가열한다. 양파와 타임을 더해서 양파가 금갈빛이 될 때까지 조리한다.

통후추·계피·팔각·월계수잎을 함께 향신료용 그라인더로 곱게 간다(계피는 이미 갈려 있지만, 그라인더에 넣으면 재료들이 골고루 갈리는 데 도움이 된다). 향신료들을 양파에 더하고 양파가 말랑말랑하게 캐러멜화될 때까지 조리한다.

그사이 닭 간에서 흰색이나 녹색 섬유질을 전부 제거한다(이 섬유질은 먹어도 안전하지만 제거하면 완성된 무스의 식감이 좋아질 것이다).

양파가 다 조리되면 남아 있는 버터와 닭기름 1티스푼씩을 더하고 불을 중강불로 높인다. 간과 분홍 소금(사용할 경우 간이 회색으로 변하는 것을 막아줄 것이다)을 더한다. 꾸준히 젓고 들썩여주면서, 아직 분홍빛이지만 건드리면 단단하게 될 정도로 5~7분간 조리한다. 내부 온도는 70도 정도가 되어야 한다. (간을 너무 익히면 보통 모래알 같은 매력적이지 못한 식감이 된다. 하지만 그런 경우 크림치즈와 블렌더에 돌리거나 체에 내리면 단점을 숨기는데 도움이 될 것이다.)

타임을 건져내고 조리된 간과 양파를 그릇에 옮겨 담는다. 팬에 포트와인을 붓고 바닥에 눌어붙은 것을 벅벅 긁어가며 1분 정도 졸인다. 졸아든 포트와인을 간에 붓고 크림치즈를 더한다.

간과 크림치즈를 몇 번에 나눠서 강력한 블렌더로 아주 매끄러워질 때까지 간다. 간 혼합물 퓌레를 고운 체에 내려서 그릇에 담는다. 셰리 식초와 설탕을 더하고 맛을 보아가며 소금도 더한다. 무스가 식으면 풍미가 변한다는 것을 염두에 두고, 소금을 적당하다고 느껴지는 것보다 약간 더 넣는다. 셰리 식초·설탕·후추 역시 마음대로 더 넣어도 된다.

무스를 200그램들이 병 세 개에 나눠 담고 그 위에 정제한 닭 지방(혹은 올리브유)을 얇게 한 겹 올린 후 뚜껑을 닫는다(이렇게 하면 간의 신선함이 유지된다). 무스는 냉장고에서 10일정도 보존 가능하다.

Middlesex

OLIVE OIL YOGURT CAKE

《미들섹스》

고향 동네의 그리스 식당에서 계란 레몬 수프 컵 너머로 제프리 유제니디스의《미들섹스》를 권한 사람은 다름 아닌 (우리가 '파파'라고 부르는) 시모어 할아버지였다. 할아버지가 그 식당에서 식사하기를 원한 것도 틀림없이 그 책 때문일 것이다. 보통은 아침을 먹으러 '자니스 런처네트'로 갔기 때문이다. 그 식당 벽에는 엄마와 쌍둥이 이모의 학급 사진이 걸려 있었고, 할아버지는 호밀 토스트를 곁들인 파스트라미 스크램블을 먹을 수 있었다.

브루클린에서 고향으로 간 것은 할아버지의 팔순을 축하하기 위해서였다. 몇 달 전 막 블로그를 시작한 참이었다. 파파는 내가 블로그에

써야 할 책들에 대한 아이디어들을 잔뜩 갖고계셨지만, 그날 그분이 가장 얘기하고 싶어하던 책은 며칠 전에 다 읽은 《미들섹스》였다. 할아버지와 대화할 때마다 그분의 상냥함·지성·열린 마음에 감명받았지만 그날은 언제까지나 내 마음에 남을 것이다. 여든 살 먹은 남성이자 보스턴의 가장 거친 동네 중 하나에서 살아온 전직 푸주한인 할아버지가 성 정체성과 양성인들의 투쟁에 대해 열변을 토한 것이다.

나는 아침식사를 끝내자마자 서점에 가서 그 책을 샀다. 그러고는 내려놓을 수가 없어서 겨우 며칠 만에 다 읽었다. 할아버지가 옳았다. 아름답게 쓰인 흥미로운 이야기라는 점에서뿐 아니라 음식이야기가 가득하다는 점에서도 그렇다. 칼 스테퍼니데스는 1960년에 그리스계 미국인 1세대인 어머니와 아버지의 딸로 태어난다. 스테퍼니데스 가족은 원래 치즈버거와 밀크셰이크 같은 전형적인 미국 음식을 내는 식당을 운영했고 결국엔 '헤라클레스 핫도그'라는 핫도그 가판 체인점을 연다. 그렇지만 정작 스테퍼니데스 가에서는 표준적인 미국 음식이 허용되지 않는다. ("남편이 자신보다 핫도그를 더 사랑한다고" 느끼는) 칼의 어머니 테시가 기름은 소화에 나쁘다고 믿기 때문이다. 그 대신 그녀는 그리스 전통 음식만 먹기를 고집한다.

칼의 할머니 데스데모나는 그리스식 식단이 가진 장점의 살아 있는 증거다. 그녀는 91세이지만 "55세 같은 동맥"을 가졌고 노화의 징후를 전혀 보이지 않는다. 그녀의 완벽한 건강에 감명받은 독일 의사 뮐러 박사는, 지중해식 식단에 대한 의학 저널 기고문을 위해 진행하는 장수 연구에 참여해달라고 그녀에게 부탁한다. 뮐러 박사는 요리에 있어서 자신의 독일 전통을 평가절하한다. 그는 브라트부어스트[48] · 자우어브라텐[49] · 쾨니히스버거 클로프제[50]를 포기하고, 대신 "토마토소스를 듬뿍 끼얹은 가지 · 오이 드레싱과 생선알 스프레드 · 필라피[51] · 건포도 · 무화과" 같은 그리스 음식을 선택한다. 그 음식들이 "생기를 주고, 동맥을 깨끗하게 하고, 피부를 매끄럽게 하는 놀라운 약"으로서 힘을 가졌다고 믿기 때문이다.

밀러 박사는 데스데모나에게 어릴 때 요구르트와 올리브를 얼마나 많이 먹었는지 묻고, 그녀와 함께 다른 문화권의 평균 수명을 보여주는 통계 도표들을 들여다본다. "폴란드인처럼 키엘바사[52]에 살해되거나, 벨기에인처럼 감자튀김으로 그렇게 되거나, 영국인처럼 푸딩 때문에 사라지거나, 스페인인처럼 초리소[53]로 인해 삶을 멈추고 차가워지거나 등등, 문화권마다 특징들이 있다." 작별인사를 할 날만 차분히 기다리던 데스데모나에게는 퍽이나 실망스럽게도, 그리스인들의 생명선은 계속되고 또 계속된다.

지중해식 식단이 할머니의 육체에 미친 영향을 알게 된 칼은 그것이 자신의 육체에는 얼마나 영향을 줄지 추측하기 시작한다. 이 시점에 칼은 열두 살이고 아직 여자아이로 살고 있다. 그해 여름에 그녀는

---

48) 독일식 소시지.
49) 식초, 허브, 각종 양념을 섞은 절임액에 재워둔 고기를 조린 요리.
50) 화이트소스를 끼얹은 독일식 미트볼.
51) 그리스식 쌀요리.
52) 폴란드식 소시지.
53) 스페인식 소시지.

주위의 모든 소녀들이 가슴이 커지고 '착해진' 반면 자신은 변하지 않은 채로 남았다는 사실을 막 깨달은 참이었다. 그녀는 할머니를 본인의 의지에 반하여 살아 있게 만드는 지중해식 식단이 자신의 고통스럽게 느린 성적 성숙에도 책임이 있는 게 분명하다는 결론을 내린다. 자신의 육체적 변화를 막는 것은 어머니가 오만가지 음식에 뿌리는 올리브유가 틀림없다고 생각한다. 아니면 아침식사 때마다 먹는 요구르트가 가슴의 성장을 막고 있거나.

독자들은 처음부터 칼의 느린 성장의 원인이 올리브유와 요구르트가 아니라는 것을 안다. 유제니디스는 진짜 범인이 '5알파환원효소결핍증후군'이라고 말해 버린다. 두 의사와 칼의 부모가 출생 시 생식기에 근거해서 칼을 여자아이로 잘못 확인하게 만든 질환이다. 그런 희귀 질환에 대한 이야기는 대부분의 독자들이 공감하기 힘들 것이라고 생각할 수도 있다. 그러나 유제니디스의 천재적 스토리텔링은 우리가 《미들섹스》에서 칼의 이야기와 그의 투쟁에 다가갈 수 있게 한다. 어떤 독자들은 자신의 육체에 일어나는(그리고 일어나지 않는) 변화들에 혼란스러워하면서, 스스로 괴물 같고 외롭고 뒤처졌다고 느끼는 서투른 십대 초반의 소녀 칼리오페에 더 공감할 것이다. 어떤 사람들은 한 여성과 사랑에 빠지면서 자신이 그녀에게 충분할지 아니면 너무 과할지 궁금해 하는 41세의 남성 칼에 더 공감할 것이다. 우리는 대개 불완전하고 불안정한 등장인물에 공감하기 마련이다. 다시 말해 비극 속에서 유머를 찾으려고 노력하며, 무엇보다도 사랑받기를 바라는 등장인물 말이다.

올리브유 요구르트 케이크

● 8인분

그리스식 플레인 요구르트 1½컵

올리브유 ⅔컵

계란 큰 것으로 3개

설탕 1¼컵

바닐라 에센스 ¾티스푼

오렌지 작은 것으로 1개의 즙과 껍질

중력분 2½컵

베이킹파우더 2½티스푼

베이킹소다 ¾티스푼

굵은 소금 ½티스푼

생 아몬드 ¼컵, 굵게 다진다

오븐을 180도로 예열한다. 바닥이 분리되는 23센티미터 크기 틀에 기름을 바른다. 동그랗게 자른 유산지를 바닥에 깔고, 유산지 위에도 기름을 바른다. 큰 그릇에 요구르트·올리브유·계란·설탕·바닐라·오렌지 즙과 껍질을 넣고 섞는다. 다른 그릇에 밀가루·베이킹파우더·베이킹소다·소금을 넣고 섞는다. 마른 재료들을 진 재료들에 더하고 섞어서 매끄러운 반죽 형태로 만든다. 반죽을 준비된 틀에 붓고 윗면에 아몬드를 흩뿌린다.

가운데 부분을 이쑤시개로 찔러도 묻어나지 않을 때까지 45분 정도 굽는다.
내기 전에 살짝 식히거나, 아니면 완전히 식혀서 차갑게 먹는다.

Brideshead Revisited

BLiNiS with CAViAR

《다시 찾은 브라이즈헤드》

몇 년 전 크리스마스를 맞아 집에 갔을 때의 일이다. 부모님과 나는 텔레비전에서 볼만한 것을 찾으려고 애쓰고 있었다. 자매들은 《뉴욕의 진짜 가정주부들The Real Housewives of New York》을 보기 위해 오래전에 위층으로 사라졌고, 우리는 뭐든 마음대로 고를 수 있었다. 아빠가 1981년 판 《다시 찾은 브라이즈헤드》의 비디오 박스세트를 꺼내왔다. 그러더니 결혼 첫해에 이 11부작 미니시리즈의 방영을 한 주 내내 얼마나 기다리곤 했는지에 대해 엄마와 추억담을 나누기 시작했다. 아빠는 방영 시간을 맞추려고 보조 강사 일이 끝나자마자 집으로 달려왔다. 엄마가 언니를 임신했음을 안 것은 이 미니시리즈가 방영되는 중이었는데, 마치메인 경의 분별 있고 견식 있는 정부 카라에게 어찌나 반했던지 다음 딸은 카라라고 이름 짓기로 결심했다고 한다(앤디 언니의 이름은 이미 정해져 있었다).

이 모든 이야기를 듣고 난 후, 나는 책을 읽기 전에 절대 영상화된 버전을 보지 않는다는 나만의 규칙을 깨기로 마지못해 결정했다. 처음에는 이 드라마가 미심쩍어 보였다. 오프닝은 온통 시끄러운 포성과 탁한 1980년대의 컬러로 가득했다. 하지만 제레미 아이언스의 목소리에 금세 끌려들면서 나는 중독되고 말았다. 그날 밤 나는 아빠의 낡은 책을 집어 들었고, 집에 있던 나머지 시간동안 낮에는 책을 읽고 밤에는 부모님과 미니시리즈를 시청하며 보냈다.

드라마가 소설만큼 담아내지 못한 게 있다면 식사 장면에 대한 에벌린 워의 아름다운 묘사다. 내가 제일 좋아하는 장면은 찰스 라이더가 렉스 모트램과 저녁식사를 할 때 등장한다. 그들은 "수영풀 수프, 화이트 와인 소스로 간단히 요리한 가자미, 프레스로 누른 오리 요리, 레몬 수플레", 그리고 "블리니를 곁들인 캐비어"를 먹는다. 블리니에서는 "크림과 뜨거운 버터가 어우러져 넘쳐서 구슬 같은 캐비아 알갱이 사이사이로 흘러내리며 하얀빛과 황금빛으로 뒤덮는다." 그들은 오리 프레스 소리를 배경으로 행복하게 식사한다. "뼈가 아스러지고, 피와 골수가 뚝뚝 떨어지고, 얇게 저민 가슴살에 숟가락으로 육즙을 끼얹는" 소리다.

크리스마스가 지나고 섣달그믐 저녁식사 근무에 간신히 맞추어 브루클린으로 돌아갔다. 그러고는 설날 브런치 근무가 이어졌는데, 이날은 나의 생일이기도 하다. 베이킹 일을 하면서 생일에 절대로 못 쉬는데 익숙해졌다. 설날은 한 해 동안 브런치가 가장 성황인 날들 중 하나이기 때문이다(새해 결심 따위 지옥에나 가라지. 숙취에는 비스킷이 필요하다). 그래서 생일 내내 묵묵히 근무를 했고, 끈끈하고 경련이 이는 손가락들로 브리오슈 반죽을 밀고 또 밀면서 처량하다는 생각을 아주 조금 했다.

사람이 들어갈 수 있는 거대한 냉장고를 두 시간에 걸쳐 속속들이 청소하고 나자 마침내 퇴근 시간이 왔다. 얼마나 기진맥진했는지, 나오면서 가방이 아침에 집을 나서던 때보다 꽤 무겁다는 사실을 눈치채지 못했다. 지하철에 타서 책을 꺼내려고 배낭을 열었다. 그 속에는 식당에서 전날 밤 내놓은 섣달그믐 특별 메뉴의 여분인 거대한 샴페인 병과 자그마한 캐비아 통조림이 들어있었다. 샴페인 병에는 '생일 축하합니다'라고 휘갈겨 쓰고 요리사 전원이 서명한 주문표가 붙어 있었다. 나는 G노선 전차에서 그야말로 오열함으로써 옆자리에 앉은 여자를 공포와 혼란으로 몰아넣었다. 완전히 기진맥진한 육체와 순수하고 완전한 기쁨이 섞일 때, 나는 가끔 이런 증세를 일으킨다.

나는 그전에 한 번도 진짜 캐비아를 먹어보지 못했다. 집으로 질주하다가 얼음이 언 현관 계단에서 넘어져 머리가 깨질 뻔했다. 부츠를 벗어던졌다. 도저히 참지 못해서 코트바람으로 부엌에 맨발로 선 채 작은 숟갈로 캐비아를 두 술 퍼먹으며 그 짭짤하고 뽀드득한 맛에 발가락을 꼼지락거렸다. 그러고 나서야 마침내 캐비아에 걸맞는 예우를

문학을 홀린 음식들

표하기로 결정했다. 렉스 모트램이 먹던 그 블리니… 크림과 뜨거운 버터가 어우러지고 다진 양파가 반짝이던 장면은 여전히 내 머릿속에 있었다. 나는 즉시 섞고 부치는 작업에 착수했다. 자신이 행운아라고, 지쳤다고, 그리고 사랑받는다고 느끼면서.

캐비아를 곁들인 블리니

● 3~4다스 분량

드라이 이스트 2¼티스푼(1봉지)

따뜻한 물 ½컵(40도 정도)

중력분 ¾컵

메밀가루 ¼컵

굵은 소금 ½티스푼

계란 큰 것으로 2개, 흰자와 노른자를 분리한다(흰자는 사용할 준비가 될 때까지 냉장고에 둔다)

버터밀크 ½컵

무염버터 2테이블스푼을 녹인 후 식힌 것과 부칠 때 사용할 것 조금 더

설탕 ½티스푼

고명으로 올릴 캐비아 · 생크림 · 다진 적양파 · 다진 딜

작은 그릇 안에 따뜻한 물을 담아 이스트를 녹이고 거품이 일 때까지 10분

정도 잘 둔다.

중력분 · 메밀가루 · 소금을 한꺼번에 체로 쳐서 작은 그릇에 담는다.

큰 그릇에 계란 노른자 · 버터밀크 · 녹인 버터 · 설탕을 넣고 잘 풀어준다.

이스트-물 혼합물을 계란-버터밀크 혼합물에 섞는다. 진 혼합물을 체에 친 마른 혼합물에 서서히 붓고, 잘 저어서 매끄럽게 만든다. 뚜껑을 덮고 따뜻한 곳에 1시간 동안 둔다.

50분쯤 후 차가운 계란 흰자를 빳빳한 뿔이 생길 때까지 거품 낸 다음 반죽에 살살 붓는다.

중강불에 올린 중간 크기 프라이팬에 버터를 약간 녹인다. 크기를 균일하게 맞출 수 있도록 1테이블스푼 용량의 국자로 반죽을 프라이팬에 떠 넣는다. 양면을 금갈빛이 되도록 부치고 따뜻할 때 캐비어 · 생크림 · 다진 적양파 · 딜을 올려서 낸다.

문학을 홀린 음식들

the Corrections

CHOCOLATE CUPCAKES *with* PEPPERMINT BUTTERCREAM FROSTING

《인생 수정》

대학교 2학년 때 수업 전 아침마다 웨스트빌리지의 한 카페에서 바리스타로 일했다. 개점 근무는 대부분 엘리스와 함께였다. 엘리스는 20대 중반이었고 그 전 해에 미네소타에서 뉴욕으로 막 이주한 참이었으며, 넙적하고 상냥한 얼굴과 건실한 종아리를 갖고 있었다. 그녀의 곁에 있으면 마치 그날 이루어져야 할 세상만사가 다 되기라도 한 것처럼 안전하고 평온한 기분이 되었다. 매일 아침 거대한 커피포트에서 마지막 김이 빠져나오며 쏴 소리가 나면, 그녀는 신파조로 바닥에 무릎 꿇고 고개를 뒤로 젖히고 양손을 공중으로 쳐들며 목이 쉰 듯한 웃음소리와 함께 커피의 신들에게 감사를 표한 후 우리 몫으로 각각 한

잔씩을 따랐다. 나는 그녀를 무지무지 좋아했다.

이 도시의 많은 카페들과 마찬가지로, 우리는 머핀과 스콘 등 페이스트리를 상업적인 거대 제과점에서 들여왔다. 그것들은 완전히 똑같은 크기와 모양과 맛을 대량으로 찍어낸 것들이다. 아침마다 빵들이 가게의 금속 쇠살대 안에 위태롭게 채워놓은 거대한 갈색 상자 속에서 우리를 기다리고 있었는데, 늘 우리가 들어 올리자마자 보도로 쏟아져 나올 것만 같았다. 유일하게 엘리스가 쾌활함과 거리가 먼 때라면, 페이스트리를 고리버들 바구니에 정돈하는 일을 맡는 아침이었다. 엘리스는 상자의 테이프를 뜨거운 밀랍이라도 되는 양 뜯어냈고, 스콘들이 부두 인형이라도 되는 양 품목표를 쑤셔 넣었다. 분명 공격적인 행동이었지만, 나는 한번도 왜 그러는지 물어볼 만큼 대담하지 못했다.

마침내 어느 한가한 날, 우리는 일과 학교 수업 외에 무엇을 하는지, 그리고 궁극적으로 무엇을 하고 싶은지에 대해 이야기하게 되었다. 엘리스는 뉴욕으로 온 것은 집에서 만든 페이스트리를 도시 곳곳의 가게들에 팔려는 희망 때문이었다고 말했다. 그렇지만 면허국과 거의 1년 동안 싸우면서 저축한 돈이 줄어드는 것을 보고 있어야 했다. 나로서는 아직도 전혀 이해가 안 가는 이유들 때문에, 엘리스가 로어이스트사이드 아파트에서 만든 어떤 것도 대중 판매 허가를 받지 못했던 것이다.

엘리스에게 베이킹을 가르친 사람은 1950년대에 독일에서 미네소타 주로 이민 온 할머니였다. 엘리스는 할머니를 "그 외에는 온통 암울한 중서부 식생활에서 요리의 유일한 희망"으로 지칭했다. 그날 밤 나는 이 문구를 열광하며 일기에 적고 외웠다. 그녀는 내가 한 번도 상상

못한 음식들의 이야기를 들려줬다. 젤로 프레첼 샐러드, 화이트소스를 끼얹은 비프칩[54], 버터스카치 푸딩과 롤빵으로 만든 스티키 번[55], 시티 치킨 등인데, 마지막은 절대 닭고기가 아니고 깍둑썬 돼지고기를 꼬치에 꿰어서 지진 것이다. 할머니의 페이스트리는 엘리스가 먹는 것 중 유일하게 깡통이나 박스에서 나오지 않은 음식이었다. 그 빵들은 손으로 반죽하고 가스를 빼고 밀어서 만들어졌으며, 그 사실은 엘리스에게 큰 의미가 있었다.

다음날 엘리스는 직접 만든 페이스트리를 한 상자 가져왔다. 우리는 개점 직전의 고요한 시간에 카운터에 앉아서 김이 무럭무럭 나는 블랙커피와 함께 전부 하나씩 먹었다. 반죽을 여러 번 접어서 부슬부슬한 손바닥 크기의 삼각형으로 만든 통통한 쿠헨[56]이 있었고, 훈제향 물씬한 소시지 간 것을 묵직하게 채운 손바닥 크기의 짭짤한 파이가 있었다(엘리스는 영국식 단어인 '페이스티'라는 말을 사용했다). 이스트 반죽으로 만든 1달러 은화만한 꽈배기는 꿀이 뚝뚝 떨어졌고 향신료에 잰 호두가 송송 박혀 있었다. 사워크림 아이싱을 듬뿍 바른 통통하고 바삭바삭한 도넛도 있었다. 상자 안에는 책도 한 권 있었다. 조너선 프랜즌의 《인생 수정》이었다. "이걸 읽어봐." 그녀는 도넛을 주의깊게 씹으면서 말했다. "내가 뭘 먹고 자랐는지에 대한 이야기가 거짓말이 아니라

---

54) 아주 얇은 육포.
55) 이스트로 부풀린 반죽을 돌돌 말아서 틀에 빼곡하게 배열해 구운 후 끈적한 시럽을 뿌린 빵.
56) 원래 케이크를 뜻하는 독일어 단어지만 다른 언어권에서는 다양한 케이크·페이스트리·디저트를 가리키는 말로 사용된다.

는 사실을 증명해줄 거야." 그녀는 귀퉁이가 접힌 페이지를 펼치더니 동그라미 친 문장을 가리켰다. "남방개, 완두콩, 깍뚝썬 체더치즈에 걸쭉한 마요네즈 소스를 끼얹은" 샐러드가 묘사되고 있었다. 갑자기 내 손에 있는 맛있는 쿠헨이 한층 고맙게 느껴졌다.

중서부에서 오래 체류하며 식사를 해본 적이 한 번도 없는 사람으로서, 엘리스와 조너선 프랜즌의 이야기가 과장이 아니라고 단언할 수는 없다. 하지만 《인생 수정》이 음식에 철저히 홀린 소설이라는 데에는 의심의 여지가 없다. 불만 가득한 램버트 가의 아내 이니드 램버트는 그녀에게 가능한 유일한 방법으로 권력을 행사한다. 바로 남편과 아이들에게 차려주는 식사를 통해서다. 어느 날 아침 남편이 일하러 가면서 작별인사를 잊자 그녀는 모든 분노와 비통을 저녁식사에 쏟아 부었고, 그를 위해 너무나 끔찍해서 '복수의 만찬'이라고 부를 식사를 만든다. "철분이 풍부한 간엽"에 "기름을 빨아들인 부슬부슬한 갈색 밀가루"를 뿌린 것, 녹슨 빛깔의 베이컨, "뭔가 구릿빛 액체가 배어 나오는" 삶은 비트 잎, "혈장이나 물집 속 액체 비슷한 투명한 노란 물이 생긴" 으깬 루타바가[57]로 구성된 식사다.

이렇듯 악의적인 음식 환경은 램버트 가의 아이들 하나하나에게, 어린 시절과 성인기의 삶 둘 다에 각각 다른 영향을 미친다. 게리 램버트는 어릴 때 늘 자기 몫의 야채를 전부 먹는다. 심지어 "추운 아침의 젖은 개똥 같은 식감과 온도를 가진" 으깬 루타바가까지 더 달라고 청한

---

57) 양배추와 순무를 이종교배한 근채류, 스웨덴 순무라고도 한다.

다. 그가 그 음식들을 먹는 건 마음에 들어서가 아니라 어머니의 비위 맞추기를 생존 수단으로 여기기 때문이다. 밤이 되면 이니드는 그를 침대에 눕히면서 '잘 먹는 아이'라고 부르며 알랑거리고, 앞으로도 그러겠다고 약속하게 만든다.

성인이 된 게리는 자신에게 요구된다고 생각되는 삶을 이룩한다. 결혼을 하고 아이들을 갖고 아름다운 집에서 살지만, 그의 삶은 붕괴 직전이다. 게리에게는 본인이 세인트주드에서 자랄 때 그랬듯이 식구들이 식사 때 모여 앉는 것이 중요하다. 그렇지만 (요리하기를 거부하며 게리와 음식의 관계가 불건전하다고 비난하는) 아내 캐럴라인은 이렇게 묻는다. "나한테는 중요하지 않아. 그리고 우리 아들들한테도 아니지. 그런데도 당신을 위해 우리가 요리해야 한다고?" 그는 처음에는 가족 만찬을 위해서 장기인 모듬 그릴 요리를 준비하며 큰 즐거움을 얻는다. 하지만 이는 결국 게리의 인생에서 끔찍할 정도로 잘못된 모든 것을 대변하게 된다. 바로 그 모든 반복들이다. "영원한 굽기, 그 빌어먹을 굽기."

램버트 가의 막내 드니즈는 '복수의 만찬'이 벌어졌을 때 이니드의 자궁 속에 있었다. 그렇지만 그녀 역시 성장 과정에서 남들 못지않게 혐오스러운 만찬들을 겪을 만큼 겪었다고 말해도 무방할 것이다. 성인이 된 드니즈는 대학을 그만두고 전문 요리사의 등골 빠지고 불안정한 세계로 뛰어든다. 그녀는 필라델피아의 음식 현장에서 꽤나 빨리 스타 요리사의 반열에 오르지만, 주당 80시간씩의 노동과 끝없이 이어지는 문제적이고 파괴적인 관계들로 비싼 대가를 치른다. 요식업의 세계는 변덕스럽고 예측불가능하다. 드니즈는 경쟁자들에게, 사업 파트너에게, 요식업의 구조 자체에 농락당할 것을 계속 우려한다.

드니즈가 요리하는 음식들은 근사할 뿐 아니라, 프랜즌 본인이 음식에 해박하다는 분명한 증거이기도 하다. 그러나 무엇인가 빠져 있다. 드니즈의 재능은 명백함에도, 그녀의 동력이 음식과 요리에 대한 사랑이라는 느낌은 희박하다. 그녀의 동기는 오히려 무언가에서 최고가 되어야 한다는 강박적인 필요성에 있는 것으로 보인다.

램버트 가의 모든 아이들 중 요리를 두고 이니드와 제일 큰 문제를 일으키는 것은 칩인데, 그것을 그녀가 개인적 공격으로 받아들이는 것은 불가피한 일이다. 게리와 달리 칩은 그날 밤 튀긴 간과 으깬 루타바가가 맛있는 척할 수 없었다. 아버지는 아들을 격려하며 그를 위해 루타바가의 대부분을 먹어주었고, 아들에게 마지막 한 입만 먹으면 에스키모 파이[58]를 주겠다고 약속한다. 그는 노력한다. 하지만 삼킬 수가 없었다. 한 입 더 먹기까지 식탁에 다섯 시간 동안 앉아 있어야 했는데, 잠자리에 들 시간이 한참 지난 무렵이었다.

성인으로 처음 등장할 때 칩은 명문대에서 종신 재직 교수로 일하고 있다. 그는 삶을 제대로 살고 있는 것처럼 보인다. 훌륭한 저작들을 펴냈고 사학자와 사귀고 있으며, 학생들을 위해 매달 호화로운 만찬을 열어서 "바닷가재나 양 갈비나 노간주나무 열매를 곁들인 송아지고기, 초콜릿 퐁뒤 같은 복고풍의 익살스러운 디저트들"을 대접한다. 칩은 멜리사라는 매력적인 신입생의 숱한 접근을 거절하는데, 그러다 어

---

58) 미국 최초의 초콜릿 입힌 바닐라 아이스크림 바.

문학을 홀린 음식들

느 날 밤 자기 집 문간에서 컵케이크 접시를 들고 있는 그녀와 마주친다. 그는 저녁식사로 브로콜리 라베와 에이컨 스쿼시[59]를 곁들인 해덕 대구 요리를 막 만들기 시작한 참이다. 그러나 카운터에 놓여 있는 페퍼민트 버터크림 아이싱 컵케이크들은 그를 계속 도발한다. 그는 결국 저항을 포기한다.

멜리사에게 일단 컵케이크로 농락당하고 나자 칩은 그녀의 접근에 무력해진다. 컵케이크 사건 거의 직후 그는 멜리사와 관계를 갖기 시작한다. 이 일은 재앙으로 끝나고, 그는 곤욕과 수치 속에 대학을 떠나야 한다. 칩은 간을 먹으면 주겠다고 약속된 에스키모 파이를 절대 받지 못한 소년이었다. 그가 컵케이크에 무릎 꿇게 된 것은 어떤 면에서는 아주 적절해 보인다. 이토록 멋진(혹은 어쩌면 이토록 **나쁜**) 컵케이크라면 다시 만들 가치가 있다.

페퍼민트 버터크림 프로스팅을 올린 초콜릿 컵케이크

● 2다스 분량

무가당 코코아 가루 1컵, 체에 친다
인스턴트 에스프레소 가루 1티스푼

---

59) 도토리 모양의 서양 호박.

끓는 물 2컵

중력분 3컵

베이킹소다 2티스푼

굵은 소금 ¾티스푼

베이킹파우더 ½티스푼

무염버터 1컵(2스틱), 실온에 둔다

설탕 2½컵

계란 큰 것으로 4개, 실온에 둔다

바닐라 에센스 1½티스푼

페퍼민트 버터크림 프로스팅(요리법은 뒤에 나온다)

중간 크기의 볼에 코코아가루 · 에스프레소 가루 · 끓는 물을 섞고, 식을 때까지 20분 정도 잘 둔다.

오븐을 180도로 예열한다. 컵케이크 틀 12개에 유산지를 깐다.

다른 그릇에서 밀가루 · 베이킹소다 · 소금 · 베이킹파우더를 섞어서 잘 둔다.

주걱형 부속을 끼운 전기 믹서 용기에 버터를 담고 매끄러워질 때까지 믹서를 돌린다. 설탕을 더하고 가볍고 폭신해질 때까지 3분 정도 돌린다. 계란과 바닐라를 더하고 용기의 옆면을 이따금 긁어내리면서 잘 섞일 때까지 돌린다.

밀가루 혼합물과 코코아 가루 혼합물을 버터와 설탕에 번갈아 더하면서 모든 것이 잘 섞이고 매끄러워질 때까지 믹서를 돌리되, 시작과 끝은 밀가루로 한다(지나치게 돌리지 않도록 유의한다).

반죽을 컵케이크 틀에 용량의 ⅔씩 붓는다.

가운데 부분을 이쑤시개로 찔러도 묻어나지 않을 때까지 20분 정도 굽는다. 컵케이크를 틀에서 식힘망 위로 꺼내고, 프로스팅을 올리기에 앞서 완전히 식힌다.

〈페퍼민트 버터크림 프로스팅〉

● 약 4컵 분량

무염버터 1컵(2스틱), 실온에 둔다

굵은 소금 ¼티스푼

슈거파우더 5컵, 체에 친다

바닐라 에센스 1티스푼

페퍼민트 에센스 1티스푼

생크림 3~5테이블스푼

주걱형 부속을 끼운 전기 믹서 용기에 버터와 소금을 넣고 중속으로 매끄러워질 때까지 1분 정도 돌린다. 믹서를 작동시킨 채 슈거파우더를 서서히 더해서 완전히 섞이게 하되, 더할 때마다 옆면을 확실히 긁어내린다. 저속으로 낮추고 바닐라와 페퍼민트 에센스, 크림 3테이블스푼을 더한다. 프로스팅이 너무 뻑뻑한 느낌이면 생크림을 1~2스푼 더한다. 믹서를 고속으로 높이고 근사하게 부풀어오를 때까지 꼬박 1분 동안 돌린다. 프로스팅을 짤주머니에 옮겨 담고 다 식은 컵케이크 위에 올린다.

the Aeneid

HONEY-POPPY SEED CAKE

《아이네이스》

    내가 뉴욕대학교에서 영문학을 전공하던 무렵, 외국어 수업은 불평 많은 필수과목이었다. 이 고충을 해결하고 쉽게 A학점을 받을 희망으로, 대부분의 학생들은 이미 고등학교 내내 배운 언어의 초급반 강좌를 들었다. 그렇지만 교수들은 이런 책략을 잘 알고 있었기에, 초급반 강좌는 실제로는 절대 초급 수준이 아니었다. 이것이 의미하는 바는, 내가 1학년 첫 주부터 이미 '초급반' 이탈리아어 수업에서 낙제를 향해 가고 있다는 사실이었다.

    스페인어로 바꾸려고 했더니 같은 일이 벌어졌고, 그래서 마지못해 다시 라틴어로 갔다. 내가 7학년 이래로 쭉 배운 언어였다. 뉴욕대학교

학생은 4만 명이었고, 대학교 라틴어 수업에는 고등학교 라틴어 수업보다 많은 아이들이 있으리라고 기대했다. 그렇지만 라틴어 수업 첫날에 교실로 들어가자 나를 쳐다보는 것은 겨우 여섯 명이었다.

필수과목이라서 듣기 시작한 수업이 내가 가장 고대하는 수업 중 하나로 바뀌었다. 그 작은 집단과 담당 교수는 내게 일종의 가족이 되었다. 몇 학기만 들으면 되었음에도 나는 결국 대학교 4년 내내 라틴어를 공부했다. 베르길리우스의 《아이네이스》를 번역하기 시작했을 때 나는 1학년이었고, 고등학교 3학년 이래로 사귀던 남자와 막 이별한 참이었다. 힘든 이별이었다. 그 무렵 그는 나의 제일 소중한 친구였으며, 3년 가까이 흘렀지만 여전히 고향과는 너무도 느낌이 다른 도시에서 가장 큰 위안을 주는 존재였다. 우리는 2주 내내 만나거나 이야기를 나누지 않고서 그냥 감정을 가라앉혔다. 그러는 사이 《아이네이스》는 나에게 치료약 노릇을 했다. 두뇌의 능력을 번역에 쏟는 것은, 나의 머리가 외로움과 슬픔 사이에서 방황하는 것을 멈추게 만들 유일한 방법이었다.

아이네이스에 대한 디도의 비극적인 사랑에 눈물을 쏟기 위해 꼭 이별을 겪을 필요는 없다. 그렇지만 도움이 된 것은 확실하다. 나는 4권을 번역하는 내내 만신창이 상태였다. 도서관 개인 열람실에서 보기 흉할 정도로 울부짖으면서 울었고, 오래 깨어 있으면서 더 많은 번역을 해낼 수 있도록 '레드불'을 들이켰다. 그러다 새벽 두 시에 침대로 쓰러질 무렵이면 머리카락이 부스스한 해그리드처럼 보였지만, 왠지 마음이 정화되는 느낌이었다.

디도가 아이네이스를 발견했을 때, 그녀가 남편으로 여기던 남자는 밤의 장막하에서 그녀를 영원히 떠날 항해를 위해 배를 준비하고 있다. 그녀는 (당연히) 분노에 빠진다. 나라면 그런 말을 해야 했다고 영원히 혼자 생각만 했을 것이다. 그와 달리 디도는 "너무나 철저히 충격받고 파괴된" 느낌에 휩싸인 가운데에도 완벽하고 통렬한 웅변을 토한다. 아이네이스에 대한 그녀의 고별사는 내가 그때까지 읽은 가장 강력하고 서늘한 글 중 하나였다.

바라나니, 기도하나니, 만일 신들에게 아직 조금의 힘이라도 있다면,
바다 한복판에서 암초에 난파되어 당신 몫의 고통을
그 찌꺼기까지 들이키기를, 디도의 이름을 계속해서 외치면서
그러면 세상 멀리 있어도 시커먼 횃불을 들고 나는 그대를 추적할 터이니
그러면 얼음 같은 죽음이 내 육신을 그 숨결로부터 갈라놓겠지
그러면 내 혼이 그대에게 몰래 다가가리라, 세상 끝까지!
그대는 죗값을 치르리라, 수치심도 없는 무자비한 자여—
그리고 나는 거기 귀를 기울일 터이니, 그렇다, 소식이 내게 닿으리라
내 아무리 깊은 죽음의 그림자 속에 있을지라도!

아이네이스가 배를 타고 멀어지자 디도는 더이상 삶을 견딜 수 없다고 결심한다. 그녀는 동생 안나에게 아이네이스가 남긴 것들을 모두 태울 수 있도록 장작더미를 쌓아달라고 부탁하고, "그가 다시 나와 사랑에 빠지게 만들든지 아니면 그에 대한 나의 사랑을 없애기"위해 마실리의 여사제를 만나러 가겠다고 말한다. 이 여사제는 디도의 말에

따르면 "나무 위에서 황금 사과들을 지키며 있도록 했고, 잠 오는 양귀비 씨가 든 꿀이 뚝뚝 떨어지는 음식을 용에게 배불리 먹였다." 또한 "자신이 좋아하는 사람들의 마음을 해방하고" "싫어하는 사람들에게는 쓰라린 고통을 안기는" 힘을 가졌다. 그렇지만 사실 디도의 계획은 이것이 아니었다. 대신 그녀는 "광란 속에 치솟은 장작더미 위로 기어올라간다, 그러고는 칼을 뽑는다." 그녀는 "핏발선 눈을 희번덕거리고 떨리는 뺨은 얼룩진 채" 아이네이스를 마지막으로 한 번 저주하더니, 칼 위로 몸을 던지며 장작더미의 불꽃 속으로 사라진다.

디도의 비극적인 죽음으로부터 겨우 두 장 후, 똑같이 꿀을 채우고 양귀비 씨를 박은 케이크가 다시 등장한다. 아이네이스를 지하세계로 이끄는 여사제가 경비견 케르베로스에게 "꿀과 마약성 씨앗을 넣어서 잠이 오는 빵조각"을 던져줄 때다. "그러자 굶주림에 거품을 문 세 개의 턱이 활짝 벌어져 그것을 잡아챈다." 약을 넣은 케이크는 개를 거의 즉석에서 휘어잡는다. 녀석은 드러누워서 움직이지 않으며 아이네이스와 일행이 지하 세계로 들어가는 것을 허용한다. 디도는 아이네이스가 처음으로 보는 귀신 중 하나이다. 그는 그녀에게 다가가 흐느끼며 용서를 구한다. 그러나 침묵조차 웅변적인 이별의 여왕 디도는 "돌아선다. 그녀의 표정은 그의 계속되는 애걸에도 더이상 움직이지 않는다. 마치 부싯돌이나 파로스 섬의 대리석으로 깎아놓기라도 한 것처럼." 그녀는 아이네이스가 서 있는 곳을 떠나고, 그의 얼굴에서 눈물이 흘러내린다.

이 모든 비극의 한가운데에서도 "꿀이 흐르고 잠 오는 양귀비 씨가

든" 케이크를 잊기는 쉽지 않다. 디도와 달리 나는 사랑했던 남자가 그 어떤 고통이라도 겪는 것은 절대 원하지 않았다. 내가 원한 것은 기분 전환이 전부였기에, 돌연 접이식 식탁을 조용히 펼쳤다. 나는 그 공허한 몇 주 동안 꿀과 양귀비 씨를 넣은 여러 종류의 케이크들을 여러 다스 만들었다. 그것들로부터 디도의 강인함을 어느 정도 얻거나, 아니면 최소한 잠을 좀 잘 수 있기를 바란 것이다. 사실 너무 많은 종류들을 굽다 보니 내《아이네이스》책등에는 아직도 양귀비 씨들이 깊이 박혀 있고, 열 페이지는 꿀이 묻은 지문들로 들러붙어서 이젠 펼쳐지지 않는다.

꿀과 양귀비 씨를 넣은 케이크

나에게 많은 사랑을 받은 이 책의 뒤쪽 페이지에 직접 써두었던 이 요리법은, 내가 시도해본 케이크 요리법 중 제일 좋아하는 것이기도 하다. 이 케이크는 밀도가 높고 꿀이 엄청나게 들어간다. 양귀비 씨는 적당한 바삭함을 주고, 레몬은 뱃속 가득한 나른한 무감각으로부터 깨어나기에 딱 적당한 상큼함을 준다.

● 케이크 3개 분량

박력분 3½컵
베이킹파우더 1티스푼

문학을 홀린 음식들

베이킹소다 1티스푼

굵은 소금 ½티스푼

버터 1컵(2스틱), 실온에 둔다

설탕 1½컵

꿀 1컵

계란 큰 것으로 3개, 실온에 둔다

따뜻하지만 뜨겁지는 않은 얼 그레이 홍차 1컵

갓 짠 레몬즙 ¼컵

갓 간 레몬 껍질 2티스푼

바닐라 에센스 1½티스푼

양귀비 씨 ¼컵

오븐을 180도로 예열한다. 23센티미터 크기 식빵 틀에 유산지를 깐다. 유산
지와 틀의 옆면에 기름을 바르고 밀가루를 뿌린 후 여분의 가루를 털어낸다.
중간 크기의 그릇에서 박력분·베이킹파우더·베이킹소다·소금을 섞어
잘 둔다.

주걱형 부속을 끼운 전기 믹서 용기에 버터를 담고 매끄러워질 때까지 믹
서를 돌린다. 설탕과 꿀을 더하고 가볍고 폭신해질 때까지 3분 정도 돌린다.
믹서를 저속으로 놓고 계란을 한 번에 한 개씩 더하되 매번 잘 섞어준다.

홍차·레몬즙·레몬 껍질·바닐라를 넣고 잘 섞일 때까지 믹서를 돌린다.
마른 재료들을 천천히 더하고, 용기의 옆면을 긁어내리면서 모든 것이 잘
섞이고 반죽이 매끄러워질 때까지 믹서를 돌린다(지나치게 돌리지 않도록 유

의한다).

양귀비 씨를 반죽에 넣고 주걱으로 골고루 섞이도록 저어준다. 반죽을 식빵 틀 세 개에 균일하게 나눠 담는다.

식빵 틀들을 오븐용 철판에 얹고, 케이크의 가운데 부분을 손가락으로 가볍게 누르면 탄력이 느껴지고 이쑤시개로 찔러도 거의 묻어나지 않을 때까지 (끈끈한 케이크라서 완전히 깨끗하지는 않을 것이다) 45~60분간 굽는다.

케이크를 20분 동안 식힌 후 꺼내서 식힘망에 놓는다. 시간을 두고 완전히 식힌 후 낸다.

Mrs. Dalloway

CHOCOLATE ÉCLAIRS

《댈러웨이 부인》

나와 버지니아 울프 사이의 복잡한 관계는 대학 시절 수강한 현대 작가들에 대한 못 견디게 지루한 수업까지 거슬러 올라간다. 어쩌면 강의실의 숨 막히는 형광등과 사무실 느낌의 골진 천정이나, 교수의 단조롭고 감흥 없는 열변이나, '질문을 하려고' 손을 들고선 실제로는 자기 삶의 요령부득인 일화를 얘기하려고 하던 수많은 학생들이 문제였을 것이다. 그러나 내가 하고 싶은 말은 따로 있다. 이유가 뭐건 나는 그냥 버지니아와 잘 어울리지 못했다.

교수는 울프를 설명하면서 '별세계의'와 '천상의'라는 단어들을 즐겨 사용했다. 그 말들을 얼마나 자주 사용했는지, 사실 그 수업에서 유일하게 재미난 부분이 그 단어들이 반복될 때마다 우리가 단체로 눈을 희번덕거리던 것이었다. 결국 어느 날 한 학생이 이 천상의 별세계란 것의 예를 들어달라고 청하자, 교수는 일말의 주저도 없이 말했다. "그녀의 소설 중 어느 것에도 음식이라고는 거의 나오지 않는 걸 눈치 못 챘나요?"

그 교수가 우리에게 가르치는 책들을 한 권도 안 읽은 게 아닐까 의심하기 시작한 것은 이 시점에서였다. 그는 너무나도 끔찍이, 끔찍이도 틀렸다. 왜냐하면 사실 그녀의 음식 장면들이야말로, 친애하는 버지니아에 대한 나의 모든 짜증과 불만에도 불구하고 그녀의 소설들을 내내 읽은 주요 이유들 중 하나였기 때문이다. 《파도The Waves》에는 야채를 잔뜩 곁들인 네빌의 근사한 오리구이, 버터가 골고루 스며든 버나드의 크럼펫, 빵가루와 부드러운 브레드 소스를 곁들인 꿩고기, "톡 쏘는 특이한 맛의" 방울다다기양배추가 있다. 《등대로To the Lighthouse》에는 뵈프 앙 도브boeuf en daube가 있다. 모든 문학 속 음식들의 성배인 (혹은 일곱 개쯤 되는 성배 중의 하나인) "올리브와 기름과 육즙"이 향기로우며 진하고 부드러운 고기스튜인데, 내가 문학 속 식사 장면들에 대한 글을 쓴다고 말하면 대부분의 사람들이 제일 먼저 언급하는 네 가지 음식 중 하나이다. 나머지는 미스 해비셤의 신부 케이크, 《중력의 무지개Garvity's Rainbow》의 바나나 아침식사, 《마틸다Matilda》에서 브루스 보그트로터의 초콜릿 케이크이다.

버지니아 울프와 음식과 관련해서 사람들이 좋아하는 또 다른 것은 《자기만의 방A Room of One's Own》의 인용구다. "잘 먹지 못하면 잘 생각하고 잘 사랑하고 잘 자지 못한다." 이 인용구는 베개에 수놓이고, 깨끗한 하얀 캔버스에 그려지고, 요리 노트에 양각된 모습으로 엣시[60]의 오만 군데에 존재한다. 수공예업자들은 이 인용구가 음식에 대한 버지니아 울프의 애정을 보여준다고 생각하는 것 같다. 그렇지만 본래 문맥상 이 말이 가리키는 것은 가상의 옥스브리지 대학교의 여성들인데, 그들은 잘 먹지 못하며 따라서 잘 생각하거나 잘 사랑하거나 잘 자지 못한다.

그들의 저녁식사는 멀건 그레이비 수프, 쇠고기와 야채와 감자의 "따분한 삼위일체"로 이루어져 있다. 울프는 이것을 "진흙투성이 시장의 소 엉덩이"라고 묘사하는데, 같은 학교에서 남학생들에게 나오는 식사인 크림 바른 가자미, 각종 샐러드와 소스를 곁들인 자고새, 즙이 풍부한 햇감자, 너무 맛있기에 "푸딩이라고 불러서 쌀과 타피오카를 연상시키면 모욕이 될" 디저트와 냉혹한 대조를 이룬다.

중요한 것은, 식사에 대한 울프의 생각을 인용구 하나로는 절대 담아낼 수 없다는 것이다. 그 인용구 뒤에, 그 주위에, 그 다음에 언제나 더 많은 것이 존재한다. 이는 어느 정도 울프 본인과 음식 사이의 관계가 대단히 힘들었다는 사실 때문이다. 울프는 우울증과 정신병 발작을 겪은 오랜 기간 먹기를 거부했고, 거의 평생동안 거식증 혹은 그 비슷한 것과 싸웠다. 그녀의 남편 레너드는 저서 《다시 시작하다: 1911년부터 1918년의 자서전Beginning Again: An Autobiography of the Years 1911-

---

60) 핸드메이드 제품이 주로 거래되는 전자상거래 사이트.

1918》에 그녀의 "음식에 대한 희한하고 다소 비합리적인 태도"에 대해서 길게 언급하며, "이렇듯 고통스러운 음식 문제"라는 말을 썼다.

그는 종종 겨우 한 끼를 먹이려고 구슬리느라 그녀 옆에 몇 시간씩 앉아 있어야 했다. 알아서 먹게 놔두면 굶어죽을까 우려했기 때문이다. 어떤 학자들은 울프의 식이 장애를 어릴 때 오빠에게 당한 성추행의 반작용으로 추론한다. 매들린 무어를 비롯해 다른 학자들은 거식증이 "울프의 금욕적인 습관 중 하나이고, 페미니스트의 정치적 저항에 있어 마지막 수단으로서 채택되었다"는 이론을 제시한다. 레너드 울프 본인은 그냥 "뚱뚱해지는 것에 대한 (무척 불필요한) 공포"가 아니었을까 생각한다.

울프의 일기에서 음식이 거론된 모든 부분 중 나에게 가장 시사적이었던 것은 1918년 10월 7일자다. 이날 그녀는 식당에서 주위의 낯선 사람들이 식사하는 것을 보며 느낀 혐오에 관해 이야기한다. 그들이 먹는 모습을 지켜보는 것은 "인간 본성의 밑바닥"을 응시하는 것이자, "아직 인간의 형태로 찍혀 나오지 못한 육체"를 보는 것으로 묘사된다. 울프는 "먹고 마시는 행위가 품위를 떨어뜨리는 것인지, 아니면 식당에서 점심 먹는 사람들이 천성적으로 품위가 없는 것인지" 궁금해 한다.

음식에 대한 울프의 태도는 육체의 기괴함에 초점을 맞추면서 덕성과 식사를 결합시킨다는 점에서 빅토리아 시대적이다. 이런 태도가 가장 명쾌하게 드러나는 것이 《댈러웨이 부인Mrs. Dalloway》에서 미스 킬먼의 성격 묘사다. 그녀는 역사 교사이자 육체의 세속적인 문제들을 맹렬히 비난하는 독실한 광신자이지만, "음식이야말로 그녀가 살아가는 이유"라는 사실을 발견한다. 다과 시간에 그녀의 학생 엘리자베스 댈러웨이는 제공되는 음식에 대한 미스 킬먼의 꼴사나운 탐욕을 불가피하게 목격한다. 다과 시간에 "맹렬히 먹고 또 먹던"미스 킬먼은 어느 순간 한 아이가 그녀가 눈독들이던 분홍빛 당의를 입힌 케이크를 집자 역정을 낸다. 늘 피해자를 자처하는 사람으로서, 미스 킬먼은 이를 자기 삶의 유일한 행복에 대한 공격으로 본다. 바로 음식이 주는 즐거움이다.

사랑하는 엘리자베스에게 그녀 어머니의 파티에 나가는 대신 자기와 함께 있자고 강요하기 위하여, 미스 킬먼은 수동 공격적으로 "마지막으로 남은 5센티미터 크기의 초콜릿 에클레어를 만지작거리며"엘리자베스에게 이렇게 말한다. "다 먹으려면 아직 멀었는데." 엘리자베스가 가고 싶어 안달 낸다는 사실이 분명해지자, 미스 킬먼은 에클레어를 너무나도 느리게 입으로 가져가 잔 바닥에 남은 차와 함께 삼킨다. 이 점심식사 후 그녀는 엘리자베스에게 공격과 거부를 당했다고 확신하며 의기소침해지는데, 독자인 우리 입장에서는 그녀가 그런 느낌을 받은 데 대해 엘리자베스를 비난하기는 힘들다. 단지 당의를 입힌 케이크와 초콜릿 에클레어 접시를 그녀의 앞에 놓는 것으로, 울프는 미스 킬먼의 성격에 대해서 많은 것을 이야기할 수 있었다. 그리고 우리는 사람들이 먹는 것을 지켜볼 때 울프 본인이 느끼는 혐오를 추론할 수 있다.

심리학적 · 문맥적 분석과는 별개로 나는 미스 킬먼을 이해한다. 솔직히 어떤 아이가 나의 티파티에서 마지막으로 남은 분홍빛 당의 케이크를 집었을 때 화를 내지 않을 것이라고는 말하지 못하겠다. 그리고 수업 시간에 이 장면을 읽은 직후 친구 에밀리와 내가 곧장 '파스티체리아 로코코'로 가서 크고 통통한 초콜릿 에클레어 두 개를 산 적이 없다고 말한다면 거짓말일 것이다.

초콜릿 에클레어

화려한 프랑스어 이름 때문에, 집에서 초콜릿 에클레어를 만든다는 생각이 처음에는 겁날 수 있다. 하지만 사실 에클레어는 쉽다. 즉석 파트 아 슈pâte à choux(다시 말하지만 프랑스어에 겁내지 말자), 진한 바닐라 페이스트리 크림, 템퍼링된 질 좋은 초콜릿이면 준비 완료다.

● 에클레어 12개 분량

〈페이스트리 크림〉

우유 1컵

생크림 1컵

바닐라빈 2개, 씨를 긁어내고 깍지는 잘 둔다

계란 큰 것으로 6개의 노른자

설탕 ⅔컵

굵은 소금

문학을 홀린 음식들

옥수수전분 ¼컵

차가운 무염버터 1테이블스푼

〈파트 아 슈〉

물 1컵

무염버터 8테이블스푼(1스틱)

설탕 1테이블스푼

굵은 소금 ¼티스푼

중력분 1컵

계란 큰 것으로 4개, 가볍게 풀어둔다

계란 큰 것으로 1개, 물 1½티스푼과 함께 풀어서 계란물을 만든다

〈초콜릿 글레이즈〉

세미스위트 초콜릿 ½컵, 굵게 다진다

생크림 ½컵

페이스트리 크림 만들기

아주 큰 그릇에 얼음덩어리와 찬물을 채워서 얼음탕을 준비한다. 유리나 금속 소재의 큰 그릇을 얼음탕에 얹고 고운 체를 그릇에 걸친다.

우유 · 크림 · 바닐라 씨와 깍지를 중간 크기의 바닥이 두꺼운 소스팬에서 섞고 중불로 끓인다. 혼합물이 끓어오르면 불에서 내리고 15~20분 잘 둬서 향이 배게 한다.

큰 그릇에 계란 노른자·설탕·소금을 넣고 가볍고 엷은 빛깔이 될 때까지 거품기로 섞는다. 옥수수전분을 넣고 매끄러워질 때까지 섞는다.

우유-크림 혼합물 ¼컵을 노른자-옥수수전분 혼합물로 서서히 떨어뜨리되, 거품기로 꾸준히 저어서 노른자가 덩어리지지 않게 한다. 남아 있는 뜨거운 우유와 크림으로 반복한다. 바닐라 깍지를 건져내고 혼합물을 소스팬에 도로 담는다.

중불에서 꾸준히 저어주며 혼합물이 70도가 될 때까지 조리한다. 혼합물 표면으로 큰 거품이 올라와 천천히 터지면서 걸쭉해질 것이다.

페이스트리 크림을 얼음탕에 둔 그릇에 걸쳐둔 고운 체를 통해서 내린다. 차가운 버터를 넣고 거품기로 젓는다. 혼합물이 실온으로 식을 때까지 거품기로 젓는다. 주방용 랩을 씌우되, 페이스트리 크림과 밀착시켜서 표면에 껍질이 생기지 않도록 한다. 냉장고에서 2시간 동안 재워서 차갑게 한다.

파트 아 슈 만들기

오븐을 200도로 예열한다. 오븐용 철판 두 장에 유산지를 깐다.

크고 바닥이 두꺼운 소스팬에 물·버터·설탕·소금을 넣고 버터가 녹고 물이 끓을 때까지 중불로 가열한다.

밀가루를 한꺼번에 전부 더하고 나무 숟가락을 사용해서 액체와 골고루 섞는다. 혼합물은 아주 뻑뻑할 것이다. 중불에서 계속 저어주며 반죽에서 윤기가 사라질 때까지 가열한다. 반죽이 한층 뻑뻑해지면서 묽은 빵 반죽 비슷한 느낌이 될 것이다. 이렇게 되기까지 4분 정도 계속 저어주어야 한다.

반죽을 주걱형 부속을 끼운 전기 믹서 용기에 옮겨 담는다. 중속으로 1분 동안 돌린다.

1분 후 풀어놓은 계란 4개를 반죽에 서서히 더하면서, 골고루 섞이고 반죽이 다시 윤기 있고 매끄러워질 때까지 믹서를 돌린다. 주걱형 부속을 반죽에서 뺄 때 반죽이 용기로 천천히 리본처럼 늘어져야 한다.

2.5센티미터 원형 깍지를 끼운 짤주머니에 반죽을 채운다. 유산지를 깐 오븐용 철판에 최소한 5센티미터씩 간격을 두면서 타원형(길이 13센티미터, 너비 2.5센티미터 정도)으로 짠다. 10~12개가 나올 것이다.

에클레어 윗면에 붓으로 계란물을 부드럽게 바른다. 그 후 계란물에 담근 포크로 에클레어 표면 전체에 가볍게 금을 긋는다. 이렇게 하면 에클레어가 균일하게 부푸는 데 도움이 된다.

15분간 구운 후 온도를 160도로 낮춰서 전체적으로 금갈빛이 될 때까지 25~30분 더 굽는다. 오븐을 끄고 에클레어를 오븐 속에서 10분 동안 식힌 후, 꺼내서 오븐용 철판에 올린 채 더 식힌다.

초콜릿 글레이즈 만들기

초콜릿을 큰 유리그릇에 담아서 잘 둔다. 작은 소스팬에 크림을 담고 중약불로 끓기 직전까지 가열한다. 표면에서 김이 올라오고 가장자리에 자잘한 거품들이 생기기 시작해야 한다. 뜨거운 크림을 초콜릿에 붓고 30초 동안 두었다가 거품기로 저어서 매끄럽게 만든다.

에클레어 조립

에클레어 껍질과 페이스트리 크림이 식은 후, 긴 꼬챙이로 에클레어 한쪽

끝을 찌르고 돌려서 페이스트리 크림이 들어갈 공간을 만든다. 꼬챙이가 다른 쪽으로 뚫고 나가지 않도록 주의한다.

슈크림용 깍지를 끼운 짤주머니에 페이스트리 크림을 채우고, 에클레어에 가득 짜 넣되 에클레어가 터지지 않도록 한다. 에클레어 윗면을 초콜릿 글레이즈에 담근 후 유산지를 깐 오븐용 철판에 얹는다. 남은 에클레어들로 반복한다. 식어서 굳도록 1~2시간 잘 둔다.

Anna Karenina

OYSTERS and CUCUMBER MIGNONETTE

《안나 카레니나》

대학교 신입생 시절에 미국 문학 수업을 들었다. 거대한 계단식 강의실에서 졸리고 숙취에 시달리는 애들 250명과 함께 하는 강의였다. 그 시절을 돌이켜보면 이런 대강당 수업에는 반드시 눈에 띄는 학생이 있었다. 꼭 제일 똑똑한 것은 아니지만 제일 쿨한 것은 분명한 애 말이다. 이 수업에서 그 사람은 루디였다. 혈색 나쁜 피부와 요정 같은 골격의 소녀로, 검게 염색한 헝클어진 고수머리가 머리에서 웃자란 화초처럼 솟아 있었다.

루디는 '소브래니 블랙 러시안' 담배를 피웠다. 귀 뒤에 늘 한 개비를 꽂아둬서 황금빛 끄트머리가 고수머리를 뚫고 반짝였다. 그녀는 수업 첫날 자기소개를 하면서 따분해하는 목소리로, 이 강의는 필수과목이라서 듣는 것이고 실제 전공 분야는 레프 톨스토이의 도덕성 저작에 초점을 맞춘 러시아 문학이라고 선언했다. 무슨 소리인지 하나도 몰랐지만 "난 영어와 라틴어를 공부해"라고 말하는 것보다 훨씬 더 쿨하게 들렸다. 날씨가 아무리 추워도 루디는 너저분한 검은 민소매 티셔츠를 입고 오른팔의 문신을 드러냈다. 놀라울 정도로 사실적인 톨스토이 초상화가 진회색과 검은색으로 짙게 새겨져 있고, 그 밑에는 학기 내내 뜻을 알아내려고 애쓴 타이프라이터 인쇄체의 인용문이 있었다. 그것은 다음과 같았다. "갓 구운 빵을 훔치지 말게나."

당시 나는 러시아 문학에 뿌리 깊은 혐오를 품고 있었다. 고등학교 초반에 《죄와 벌Crime and Punishment》《이반 일리치의 죽음The Death of Ivan Ilyich》, 비슷한 제목에 똑같이 우울한 《이반 데니소비치의 하루One Day in the Life of Ivan Denisovich》를 공부하던 음울한 시절에서 비롯한 혐오였다. 나는 이 책들을 읽은 후 몇 주 동안이나 뱃속에 잿빛 공허를 안은 채 서성였고, 다시는 어떤 러시아 문학도 읽지 않겠다고 맹세했다. 하지만 루디의 문신이 머리에서 떠나지 않았다. 무슨 뜻인지 알고 싶어서 미칠 지경이었다. 강좌의 다른 학생들도 그랬던 것 같다. 왜냐하면 결국 수업 마지막 날에 한 무리의 학생들이 용기를 끌어모아 물어보았기 때문이다. 루디는 보일 듯 말듯 눈을 굴리더니 말했다. "복잡해.《안나 카레니나》에 나오는 말이야." 그러더니 가방을 챙겨 느긋하게 걸어 나갔다.

지금 루디를 생각해보면 호감이 가지는 않는다. 그러나 내가 러시아

문학을 홀린 음식들

문학에 내렸던 자체 금지를 해제해준 것에 대해서는 진심으로 감사한다. 그날 수업이 끝나자마자 나는 《안나 카레니나》를 한 권 사서 맹렬히 달려들었다. 루디의 문신 출처를 찾으려는 생각뿐이었지만, 얼마나 몰입했는지 단 두 주도 안 되어서 다 읽었다. 내가 이 책을 사랑했던 것은 아름답게 쓰였고 비극적이며 웅장하기 때문만이 아니다. 음식과 식사가 나오는 장면마다 부여된 깊은 상징주의 때문이기도 했다. 아마 가장 유명한 것은 루디의 팔에 적힌 인용구일 것이다.

소설 초반에서 톨스토이는 두 명의 주요 등장인물인 콘스탄틴 레빈과 스테판 오블론스키가 식당에서 무엇을 어떻게 먹는지 보여줌으로써 독자가 그들의 품성을 엿볼 수 있게 한다. 오블론스키가 주문을 도맡는 것은 그가 대식가라는 사실뿐 아니라 고급 식당에서 식사하는 데 익숙하다는 사실도 명쾌하게 보여준다. 그는 "굴 두 다스, 아니, 그걸론 충분치가 않아, 세 다스와 야채 수프… 다음으로 걸쭉한 소스를 곁들인 넙치, 그 다음은 로스트비프, 하지만 상태가 좋은지 확인하게나. 그래, 거세 수탉도 좀 주고 마지막으로 과일 조림도 약간." 그러고는 뒤늦게 샤블리 한 병과 파르메산 치즈 약간을 덧붙인다.

지주 겸 농부로 소박한 삶을 살아가는 레빈은 오블론스키와 웨이터가 대화를 주고받는 동안 마음이 편치 않다. 그는 "이 식당에서 오가는 손님들의 혼란 한복판에서, 남녀가 함께 식사하는 별실들에 둘러싸여 있는 것은 성미에 안 맞는다고 느꼈다. 청동 기물·거울·가스등·타타르인 웨이터, 이 모든 것들이 그에게는 불쾌하게 느껴졌다." 그렇지만 그보다 더 강한 느낌도 있다. 그런 낭비에 한몫함으로써 "그의 영혼에 자리한 정서가 더럽혀질 것이" 두렵다.

그는 오블론스키에게 사실 자기가 좋아하는 것은 소박한 양배추 수프인 시shchi나 단순한 메밀죽인 카샤kasha라고 말한다. 그러고는 자기 몫의 굴을 마지못해 먹으며 대신 치즈나 흰빵이면 좋겠다고 생각한다. 더 양껏 먹지 않아서 오블론스키가 실망했다는 것을 눈치챈 레빈은 이렇게 설명한다. "시골에서는 다시 일을 시작하기 위해서 식사를 서두르네. 하지만 여기서 자네와 나는 포만감을 느끼지 않으면서 가능한 오랫동안 먹으려고 안간힘을 다하지. 굴은 그래서 먹는 거야."

레빈과 달리 오블론스키는 굴을 탐식하는데, 이는 그의 만족할 줄 모르는 성욕을 암시한다. 그는 "진줏빛 껍질에서 가볍게 흔들리는 굴을 은제 포크로 뜯어내어 하나씩 차례로 삼킨다." 그의 눈은 만족으로 "촉촉하고 번들거린다." 그는 레빈에게 말한다. "문명의 목적은 모든 것을 향락으로 바꿔놓는 것일세." 이 말에 레빈은 이렇게 응수한다. "만일 문명의 목적이 그거라면 나는 야만을 선호할 수밖에." 레빈은 이후 불륜이 화제에 오르자 비슷한 방식으로 답한다. 그는 (오입쟁이로 유명한) 오블론스키에게 간통은 만찬에서 양껏 먹은 후 빵집에서 빵 한 덩이를 훔치는 것이나 마찬가지라고 말한다. 오블론스키는 대답한다. "빵 냄새가 가끔 너무 좋아서 유혹에 저항하질 못해." 그러고서 묻는다. "어떻게 해야 하지?" 레빈은 간단히 대답한다. "갓 구운 빵을 훔치지 말게나."

레빈에게 음식과 도덕은 밀접한 관계가 있고, 레프 톨스토이에게도 마찬가지다. 톨스토이는 《안나 카레니나》를 집필한 1870년대에 큰 영적 변화를 경험했다. 이는 그를 엄격한 채식주의자로 만든 것을 필두로 그에게 큰 영향을 미쳤다. 톨스토이는 에세이 몇 편에서 자신의 '육식' 포기에 대해 열정적으로 썼다. 19세기 러시아 도살장의 참상을 자세히 묘사했고, 동물을 죽이고 먹는 것이 농부들과 푸주한들의 영혼에 끼치는 영향에 대해서 이야기했다. 톨스토이는 육식이 다른 생물에게 고통을 주기에 비도덕적일 뿐 아니라, "자기와 마찬가지로 살아 있는 생물들에 대한 공감과 연민" 능력을 억압함으로써 인간의 영적 깨우침의 길을 가로막는다는 점에서도 비도덕적이라고 믿었다.

채소 수프, 걸쭉한 소스를 뿌린 넙치, 로스트비프, 거세 닭 등 오블론스키와 레빈의 만찬에서 재현해볼 만한 모든 음식 중 굴에 집중하기로 결정했다. 굴이 채식주의 세계에서 가지는 복잡한 도덕적 위치 때문이다. 굴을 먹는 채식주의자들을 나는 몇 명이나 알고 있는데, 그들의 주장에 따르면 굴은 고통을 느낄 수 없고 운동성이 없다는 점에서 생물학적으로 식물과 다를 바 없다고 한다. 또한 굴 양식은 환경에 거의 아무런 영향을 주지 않고 사실 수질에 이로울 수 있다고도 한다. 다른 채식주의자들은 이런 입장이 터무니없으며, 굴은 살아 있는 생명체이니 소비하지 말아야 한다고 주장한다. 흥미로운 논쟁이고, 톨스토이의 관점을 이에 적용할 수 있기를 진심으로 바란다. 그래도 지금은 오블론스키를, 먹는 것이 "삶의 즐거움들 중 하나"인 사람을 떠올리자. 그리고 이 굴들을 즐기자.

굴과 오이 미뇨네트

● 소스를 곁들인 굴 3다스 분량

샴페인 식초 1컵

설탕 2티스푼

굵은 소금 ¼티스푼

다진 샬롯 1컵

껍질을 벗기고 곱게 다진 온실재배 오이[61] 1컵

굵게 간 후추 1½티스푼

굴 36개, 껍질을 깐다

큼직한 비반응성 그릇 안에 거품기로 샴페인 식초·설탕·소금을 완전히 녹을 때까지 젓는다. 다진 샬롯·오이·후추를 더하고 잘 섞는다. 숟갈로 굴에 끼얹고 맛있게 먹는다.

---

61) 노지재배 오이보다 껍질이 얇고 씨가 적으며 단맛이 강하다.

Adulthood

the Bluest Eye

CONCORD GRAPE SORBET

《가장 푸른 눈》

기분 같아서는 내가 브루클린으로 이사 온 날이 까마득한 옛날 인 것 같다. 7월 중 제일 무덥고 비가 많이 오는 무렵이었다. 심한 습기로 인해 새로 얻은 아파트 욕실 천정에 검은 곰팡이가 스펀지로 찍은 양 불길하게 펴져나가며 기승을 부렸다. 부엌 바닥은 아무리 애써 닦아도 지워지지 않는 정체불명의 푸른 물질 때문에 발이 들러붙었다. 눌어붙은 설탕 같은 등판을 한 바퀴벌레가, 그것도 떼거리로 배수관 속에 빈둥거리고 벽을 타고 종종걸음쳤다. (엄마 아빠, 이런 얘긴 한 번도 안 해서 죄송해요.)

첫날밤에 지축이 흔들릴 정도의 뇌우가 퍼부었다. 누군가를 끌어안게 만드는 종류가 아니라, 진짜로 겁에 질리게 만드는 그런 뇌우였다. 냉동 피자와 와인 한 병을 샀지만, 가스가 아직 안 들어와서 오븐을 쓸 수 없으며 와인 따개는 예전 아파트에 놓고 왔다는 게 생각났다. 할 수 없이 인근 조제식품점에서 꿀에 적신 도넛을 사왔다. 그러고는 침실 바닥의 회청색 양탄자 위에 앉아서 진이 빠지도록 울었다.

다음날 아침 일찍 침대에서 빠져나온 즉시 집 안을 북북 문지르고, 긁어내고, 표백하기 시작했다. 세제 냄새를 빼려고 부엌 창문을 열었을 때, 섬세한 녹색 덩굴이 우리 건물의 벽돌담을 구불구불 기어 올라와 비상계단을 휘감고 있는 것을 처음으로 알아차렸다. 열매가 맺히기는 너무 일렀음에도, 나는 그 식물이 콩코드 포도 덩굴이라는 것을 즉시 알아보았다.

내가 자란 동네에는 한쪽 면이 콩코드 포도덩굴로 뒤덮인 집이 있었다. 친구들과 나는 그 포도를 먹으면서 상쾌한 가을 오후를 보내곤 했다. 포도는 모조품과 정말이지 비슷한 맛이 나는 유일한 과일이다. 바로 그것이 어릴 때 포도를 그렇게나 좋아한 이유 중 하나였다. 포도는 웰치스 포도 젤리와 보라색 바주카 검 비슷한 맛이 났다. 포도를 먹을 때면 늘 해선 안 되는 일을 하는 것 같은 기분이 되었다(이웃집 마당에서 훔쳐 먹었다는 점을 고려하면, 그 기분은 아마 사실이었을 것이다).

아마 대학교 때 토니 모리슨 소설들의 음식 이미지에 대한 논문을 쓰면서 다섯 달을 보냈기 때문일 것이다. 포도를 먹을 때마다 그녀에 대해서 생각하지 않을 도리가 없다. 그 누구도 모리슨처럼 농작물을 섹시하게 만들 수는 없다. 그녀의 초목들은 엉덩이를 살랑거리고, 그녀의 과일들은 부풀어올라 꽃을 피우며, 그녀의 베리들에는 즙이 넘쳐흐른다. 포도는 그녀의 소설 거의 전부에 등장한다. 《빌러브드Beloved》에는 가너 씨의 포도나무가 있어서 "너무 작고 딱딱하며 식초처럼 시기도 한" 포도가 난다. 《솔로몬의 노래Song of Solomon》에서는 필레이트가 포도로 와인을 만들고, 남은 포도는 여자들이 버터 바른 따끈한 빵과 함께 먹는다. 《낙원Paradise》에서는 무성한 포도덩굴이 성모자상을 옭죄고, 《재즈Jazz》에서 트리즌 강은 야생 포도로 덮인 언덕에 둘러싸여 있다.

그렇지만 포도와 관련된 모리슨의 구절들 중 내가 제일 좋아하는 것은, 《가장 푸른 눈》에서 콜리와 달렌이 서로를 쫓아 포도밭을 누비면서 머스카딘 포도를 던지다가 누울 때 등장한다. 그때 그들의 입에는 "머스카딘 포도의 맛이 가득하다. 그들은 비가 올 듯 솔잎이 바스락거리는 소리에 귀를 기울인다."

이 구절에서 포도는 가능성과 약속으로 무르익었고, 신맛이 나더라도 결국 달콤함에 이르리라는 것을 상기시킬 뿐이다. 몇 주 전 시장에서 콩코드 포도가 보이기 시작하자 곧장 이 책과, 지금은 너무나 오래전처럼 느껴지는 외롭고 향수병에 시달리던 시절이 생각났다. 그때 나에게 창밖의 포도는 여름 열기로부터의 휴식이었을 뿐 아니라, 나의 아파트가 결국 내 집처럼 느껴질 때가 오리라는 전조이기도 했다.

이제 비상계단의 포도는 사라진 지 오래다. 어느 날 정신 나간 집주인이 벌이 꼬일 것이라고 확신하며 전지가위를 들고 나타난 것이다(그래서 난 또다시 울었다). 하지만 시장에서 포도가 보일 때의 흥분은 사라지지 않았다. 아래의 셔벗은 포도의 달콤한 사향 풍미를 즐기는 완벽한 방법이다. 레몬은 포도의 달콤함을 경감시키고, 와인은 포도의 풍미를 어린 시절의 포도맛 아이스바보다 좀더 어른스럽게 만든다. 그냥 먹거나, 칵테일에 넣거나, 올리브유 케이크를 적셔 먹으면 완벽하다.

콩코드 포도 셔벗

옥수수시럽은 셔벗에 얼음 결정이 형성되는 것을 방지한다. 결정이 신경 쓰이지 않는다면 순한 꿀 6테이블스푼을 대신 사용할 수 있다.

● 약 1리터 분량

콩코드 포도 1킬로그램, 알만 따내서 씨를 뺀다(압착기 혹은 씨 빼는 도구를 쓰거나 칼을 사용해 손수 뺄 수도 있다)
옥수수시럽 ½컵
드라이한 레드 와인 ¼컵
레몬 큰 것으로 ⅓개의 즙

포도를 푸드 프로세서에 넣고 매끄러운 펄프가 될 때까지 간다. 펄프를 면보로 싸서 그릇을 받쳐놓고 즙을 전부 짜낸다. 옥수수시럽 · 레드 와인 · 레몬즙을 포도즙에 넣고 거품기로 젓는다. 액체를 작은 소스팬에 옮겨 담고 혼합물이 막 끓어오르기 시작할 때까지 5분 정도 중불로 가열한다. 완전히 식힌 후 아이스크림 메이커에 넣고 설명서에 따라 돌린다.

A Confederacy of Dunces

JELLY DONUTS

《바보들의 결탁》

어린 시절 우리 자매들은 예배 중에 지겨워지면 신도석 앞에 꽂혀 있는 뭉툭한 연필로 기도문 카드에 뭔가 끼적여서 주고받곤 했다. 그 중 40퍼센트는 낙서, 지어낸 단어, 희한한 '만약에' 시나리오 등 완전히 헛소리였다. 나머지 60퍼센트는 서로에게 그냥 이렇게 묻는 데 썼다. "지금 이 순간 뭐든 마음대로 먹을 수 있다면 어떤 걸로 할래?"

우리는 위장 깊은 곳으로부터 답했다. 문자 그대로 배의 반응에 귀를 기울여서 성실하게 답을 적고 기도문 카드를 다시 넘겼다. 우리의 갈망은 처음에는 시시각각 달라져서 닭튀김부터 '사워 패치 키즈'⁶²⁾까지 종횡무진 오락가락했고, 시간이 지나 타이즈가 점점 더 따끔거리고 위장이 더 크게 우르릉거릴수록 점점 더 일관성을 잃어갔다. 그렇지만 게임은 결국 지겨워졌다. 떠올릴 수 있는 음식이 다 떨어져서가 아니라, 우리 모두가 결국엔 제일 좋아하는 음식들에 정착했기 때문이다. 그것들을 우리는 '무인도 음식'이라고 불렀다. 내 것은 언제나 체더치즈를 곁들인 매시드 포테이토였고, 젬마는 언제나 아주 바삭바삭한 프렌치프라이라고 말했으며, 앤디 언니는 언제나, 정말이지 언제나 따끈한 젤리 도넛을 원했다.

도넛은 예나 지금이나 내가 제일 좋아하는 음식 중 하나다. 성장기에는 보통 케이크 도넛을 선택했다. 이스트 도넛은 사실 맛을 잘 몰랐거나 아니면 안에 든 필링 맛밖에 몰랐다. 특히 젤리가 든 것은 언제나 제일 별로였다. 질척한 가운데 부분은 당혹스러웠고, 젤리는 너무 단데다 걱정될 정도로 빨갛게 느껴졌다. 어른이 되기 전에는 내 견해가 여러 모로 틀렸다는 것을 깨닫지 못했다. 가장 심각한 잘못은 '던킨 도넛'의 젤리 도넛에만 도전했다는 사실이었다. 몇 년 전 하누카 즈음, 친구가 나를 자기가 자란 브루클린의 버러 공원 근처로 데려가서 '속 쓰림 없는 도넛'의 본진인 '바이스 코셔 베이커리'에 데려다 주었다. 내가 이제껏 먹은 최고의 수프가니오트sufganiyot[63]였다.

바이스에서는 하누카 기간이면 약 4만 개의 도넛이 판매된다. 충격적인 수량인데, 그곳의 골동품 '호바트' 믹서와 한 번에 두 개씩 속을

---

62) 1985년 무렵부터 판매되어온 부드럽고 새콤한 사탕.
63) 유대교 명절인 하누카에 먹는 도넛으로 젤리나 커스터드를 채운다.

채우는 도구를 보았다면 더욱 그렇다. 그날 나는 나무딸기 젤리를 채운 이 폭신한 별미를 너무 많이 먹어서, 집에 오는 지하철에서 무릎을 끌어안은 채 곯아떨어질 정도였다.

그날 밤 그렇게 탈이 나고도 다음날 아침에 잠이 깨자 또다시 그 젤리 도넛에 대한 갈망에 시달렸다. 침대에 누워 있자니 생각나는 것이라고는 내가 이그네이셔스 J. 라일리와 위험할 정도로 비슷하다는 것뿐이었다. 존 케네디 툴의 사후 출간 소설 《바보들의 결탁》의 게걸들린 주인공 말이다. 이그네이셔스보다 더 혐오스럽고 호감 안 가며 주인공답지 않은 주인공은 극히 드물다.

존 케네디 툴이 자살한 지 11년 후 《바보들의 결탁》이 출간되는 데 중요한 역할을 한 워커 퍼시는 이그네이셔스를 "보기 드문 게으름뱅이, 미친 올리버 하디, 뚱뚱한 돈키호테, 삐딱한 토마스 아퀴나스가 하나로 합쳐진 존재"로 지칭했다. 그는 게으르고 이기적이며, 서른 살에도 여전히 어머니와 함께 살면서 그녀를 자신의 개인 웨이트리스처럼 대우한다. 이그네이셔스의 '무인도 음식'은 핫도그지만, 그는 젤리 도넛도 광적으로 좋아한다. 소설 초반에서 이그네이셔스가 무심코 젤리 도넛이 좋다고 말하자, 어머니는 즉시 달려 나가 뉴올리언스의 매거진 스트리트에 있는 가게에서 아들을 위해 무려 두 다스를 사온다. 그는 24개를 거의 다 먹고, 못 먹은 것들에서는 젤리만 빨아먹는다. 이그네이셔스가 음식과, 그리고 어머니와 맺고 있는 관계가 얼마나 불건전한지 처음으로 드러나는 대목 중 하나다.

순찰경관 맨쿠조가 들렀을 때 이그네이셔스의 어머니는 엉망이 되고 기름으로 얼룩진 상자에 든 도넛을 권한다. 그 상자는 "마치 누군가 그 도넛들을 한번에 몽땅 먹으려고 시도하느라 심상찮은 학대를 당하기라도 한 것 같았다." 상자 안에 남은 것이라고는 "쪼글쪼글한 도넛두 개가 전부였는데, 가장자리가 축축한 걸로 보건데 젤리는 빨아 먹힌 것 같았다." 맨쿠조가 그 권유를 사양한 것이 놀랄 일은 아니다.

이그네이셔스의(혹은 나의) 게걸스러움 때문에 그만두지 말기를 바란다. 여러분은 이 도넛을 만들어야 한다.

젤리 도넛

조언하건대 이것은 즉석 요리법이 아니다. 계획을 세워서 만들어야 하지만 정말이지 그럴 가치가 있다. 냉장고에서 장시간 부풀리는 것은 이스트가 발효할 시간을 주기 위해서이다. 이 과정은 도넛에 경이로운 풍미와 식감을 줄 것이다. 나는 이스트 도넛을 만들 때 먼저 요리법 설명의 첫 부분에 등장하는 '이스트 스폰지'부터 만들기를 좋아한다. 본 반죽을 만들기 두 시간 전에 발효시켜서 나중에 더하는 농축 이스트 반죽인데, 바로 이것이 도넛 만들기의 판도를 바꾼다. 보장하건대 도넛의 맛좋은 이스트 풍미가 튀김 기름과 젤리의 풍미를 압도할 것이다.

● 작은(5센티미터 크기) 도넛 30~40개 분량

〈이스트 스펀지〉

드라이 이스트 2¼티스푼(1봉): 인스턴트 드라이 이스트는 안 된다

따뜻한(40도 정도) 물 ¼컵

박력분 ¼컵

〈도넛〉

드라이 이스트 2¼티스푼(1봉): 인스턴트 드라이 이스트는 안 된다

따뜻한(40도 정도) 우유 1컵

무염버터 4테이블스푼(½스틱), 녹인 후 살짝 식힌다

계란 큰 것으로 3개의 노른자

박력분 3½컵

설탕 2테이블스푼

굵은 소금 1½티스푼

튀길 때 사용할 카놀라유 8컵

도넛에 묻힐 설탕 2컵

종류 불문 씨 없는 젤리 2컵

이스트 스펀지 만들기

작은 그릇에 따뜻한 물을 담고 이스트를 녹인다. 밀가루를 더하고 완전히 혼합될 때까지 섞는다. 행주로 덮어 거품이 일고 두 배로 부풀어오를 때까지 2시간 정도 따뜻한 곳에 둔다.

도넛 만들기

작은 그릇에 따뜻한 우유를 담고 이스트를 녹인다.

이스트 스펀지를 반죽용 부속을 끼운 전기 믹서 용기에 옮겨 담는다. 믹서를 저속으로 작동시킨 채 우유-이스트 혼합물·버터·계란 노른자를 더한다.

다른 그릇에 박력분·설탕·소금을 함께 담고 휘젓는다. 마른 재료들을 세 번에 걸쳐 진 재료들에 더한다. 반죽이 용기 옆면에 들러붙지 않고 반죽용 부속 주위에 동그랗게 뭉쳐질 때까지 중속으로 3분 정도 돌린다.

반죽을 기름을 바른 큰 그릇에 옮겨 담는다. 행주로 덮어서 냉장고에 넣고, 가끔 확인해가며 12~16시간 동안 둔다.

반죽을 밀가루를 뿌린 작업대에 꺼내놓고 약 1.5센티미터 두께로 민다. 좋아하는 크기로 동그랗게 찍어낸다. 나는 소형(5센티미터) 도넛 30개와 대형(9센티미터) 도넛 4개를 만들었다. 자투리를 한 번은 다시 밀어서 사용할 수 있다. 다만 먼저 반죽을 다시 공 모양으로 뭉쳐서 5분 정도 재워두자.

도넛을 주먹으로 지그시 눌러서 가스를 뺀 후, 기름을 바른 유산지 위에 놓고 따뜻한 곳에서 30분 동안 부풀린다.

튀길 준비가 되면, 카놀라유를 더치오븐이나 바닥이 두꺼운 큰 냄비에 담고 중불로 180도가 되도록 가열한다. 180도 정도를 유지하도록 유의하면서 도넛을 몇 번에 나눠 튀긴다. 도넛 찌꺼기가 너무 많아지면 기름을 바꾼다. 나의 5센티미터 도넛은 한 면당 1분이면 다 튀겨졌고, 9센티미터 도넛은 한 면당 2분 30초면 다 튀겨졌다.

튀긴 도넛들을 아직 따뜻할 때 설탕 그릇에 담고 가볍게 뒤적인다. 꼬챙이나 작은 칼로 도넛에 구멍을 뚫고, 짤주머니에 젤리를 담아서 가득 채운다.

The Dog Stars

WHOLE ROASTED TROUT

《도그 스타》

한 번도 종말 문학의 팬이었던 적은 없다. 그 모든 화재와 유황, 무너지는 건물들, 줄어드는 식량 공급이 아니어도, 나에게 세계는 일상만으로도 충분히 무시무시하고 혼란스럽다. 대학교 때 반한 남자가 제일 좋아하는 책이라는 이유로, 코맥 매카시의 《로드The Road》를 읽으려고 시도한 적이 있다. 그는 내게 말했다. "《로드》는 모험과 우정과 유머로 가득해. 그 책은 한 인간으로 존재한다는 것이 어떤 의미인지에 대한 나의 견해를 완전히 바꿔놓았어." 우리는 세인트마크 플레이스의 '폴스'에서 우스꽝스러울 정도로 거대한 햄버거를 먹으면서, 대학생들이 으레 그렇듯 진지하고 쑥스러운 방식으로 우리 스스로를 규정지었다고 생각되는 책들에 대해 이야기하고 있었다. 그가 녹은 치즈를 입가에서 훔쳐내는 동안, 누가 우리 대화를 엿듣기라도 한다면 좀 부끄럽겠다고 생각한 기억이 어렴풋이 난다.

햄버거를 다 먹어치운 뒤 나는 서점까지 걸어갔다. 《로드》는 겨우 두어 달 전에 출간되었고, 아직 가게 전면 진열창에 눈에 띄게 놓여 있었다. 계산대에 있던 남자는 책을 금전등록기에 찍으면서 몸서리를 쳤다. "이걸 고르다니 용감하네요, 아가씨." 그는 이렇게 말하면서, 마치 표지가 자기 손에서 불타고 있기라도 한 양 책을 열심히 내 손에 밀어 넣었다. 지하철을 타고 가면서 20페이지 정도를 독파했다. 우리집 대문에 들어가 거울을 보니 얼굴이 잿빛이었고 무릎은 젤리라도 된 듯한 느낌이었다. 50페이지가 넘어가자 나는 식은땀을 흘렸고, 책을 다른 방의 서랍장에 쑤셔 넣고 잠에 빠지려고 노력했다. 모험·우정·유머? 그 남자 이 책을 읽긴 한 거야? 나는 배신감을 느꼈다.

며칠 후 그의 아파트로 저녁 초대를 받았다. 그가 제일 좋아하는 책을 50페이지도 넘기지 못했다는 사실을 이야기할 용기를 모으던 참에, 탁자 위에 잭 케루악의 《길 위에서On the Road》가 여러 판본들로 쌓여 있는 것을 알아차렸다. 한 권 집어 들고 보니 소년다운 필체의 밑줄과 별표·메모·감탄사로 뒤덮인 게 내가 좋아하는 모든 책들과 다르지 않아 보였다. 불현듯 내가 《로드》로 고문받을 이유가 전혀 없었다는 생각이 떠올랐다. 이 남자는 코맥 매카시 팬이 아니었다. 첫 데이트로 초조했을 테니 제일 좋아하는 소설 제목을 잊어먹을 수는 있다. 하지만 한 인간으로 존재한다는 것이 어떤 의미인지 정의해준 책이 잭 케루

악이라는 사실은 나에게 문제가 되었다. 그 저녁식사가 우리의 마지막 저녁식사였다.

나는 끝내지 못한 《로드》를 복도 맞은편 이웃에게 주었다. 그러고서 다시는 종말 소설을 건드리지 않았는데, 두 달 전 친구 하나가 피터 헬러의 《도그 스타》를 선물했다. 그녀는, 그리고 내가 읽은 무수한 리뷰들은 이 책을 "희망이 있는 《로드》"라고 설명했다. 그 책을 집어 들기까지 그렇게 오랜 시간이 걸린 것은 아마 그 때문이었을 것이다. 《로드》와 조금이라도 비슷한 책을 읽는다는 생각에 겁을 먹은 것이다. 그렇지만 마침내 책장을 펼쳤을 때 나는 전혀 후회하지 않았다.

여백 많고 미어질 듯 아름다운 산문으로, 헬러는 인류의 90퍼센트를 말살한 슈퍼 독감으로 모든 것을 잃은 히그라는 남자의 이야기를 한다. 그는 버려진 공항의 격납고에서 재스퍼라는 개, 종말론적 세상에서 생존을 위해 허용되는 잔인함과 폭력을 즐기는 듯한 뱅글리라는 남자와 함께 산다. 《도그 스타》를 동일한 종류의 다른 소설들과 다르게 만드는 것은 바로 히그라는 인물이다. 《도그 스타》는 '문명화된' 사회가 무너졌을 때 어떤 일이 일어나는지보다도, 그럴 때 인간으로 존재한다는 것은 어떤 의미인지에 대한 소설이다.

그렇지만 나에게 이 소설을 각별하게 만든 것은 사실 음식이었다. 보통 이런 종류의 소설에서 음식은 (혹시 나오더라도) 아주 드물고 별로 먹음직스럽지도 않다. 반면 《도그 스타》의 음식은 군침이 돌게 만든다. 히그는 콩과 토마토와 감자를 경작하고, 사슴의 심장을 먹고, 메기를 민들레 샐러드와 바질과 함께 요리하고, 산딸기와 검은 나무딸기를 따고, 여름 꽃들을 단지에 갈무리해서 민트차를 끓이고, 버터가 뚝뚝 떨어지는 셰퍼드 파이를 먹고, 차가운 우유를 몇 주전자씩 마신다. 그렇지만 제일 강력하고 주요한 음식 장면들은 낚시, 특히 송어 낚시와 관련된 것들이다.

소설의 세 번째 문장에서 벌써 히그는 이렇게 말한다. 슈퍼 독감 이전 제일 좋아하던 시간은 송어 낚시를 하던 때였다고. 독감의 강타 후 지상에서 대부분의 동물들이 사라지는 것을 지켜보았지만, 히그는 "최후의 송어가 어쩌면 더 차가울지도 모르는 물을 찾아 강을 거슬러 올라가는 것을 보기 전까지는" 한 번도 울지 않았다. 아내 멜리사에 대한 가장 사무치는 추억들은 그녀와 함께 송어를 낚던 일이다. "그녀는 낚싯줄을 던질 때 거리와 정확성을 갖추지 못했다. 하지만 살아 있는 그 누구보다도 송어처럼 생각할 수 있었을 것이다." 히그는 재앙이 닥치기 전에도 낚시하고, 독감이 강타해올 때도 낚시한다. 멜리사가 죽자 재스퍼와 함께 산에서 낚시하고, 낚은 것들을 평평한 돌 위에 놓고 소금을 뿌리며, "꼬리를 잡고 등뼈를 빼내고 잔가시들을 바른다."

내가 자랄 때 여름이면 밖이 아직도 어두운 시간에 아빠가 나를 깨웠고, 우리는 같이 차가운 검은 대서양 해변으로 농어 낚시를 가곤 했다. 침실에서 자매들이 자는 동안 살금살금 다니면서 최대한 조용히 옷을 입으려고 애쓰는 것은 흥분되는 일이었다. 아빠는 부엌에서 기다렸다. 그곳에서는 신문과 커피와 애프터셰이브 로션 냄새가 강하게 났고, 귀뚜라미들이 여전히 내는 밤의 소리로 방충망이 삐걱거렸다.

낚시 후 우리는 늘 '아르노스'라는 곳으로 아침식사를 하러 갔고, 산더미 같은 버터밀크 팬케이크와 작은 번철에 담겨 나오는 콘비프 해시를 주문했다. 본래는 그런 아침식사가 낚시 여행에서 가장 고대하던 부분이었다. 낚싯줄을 던지고 기다리면서 몸을 떠는 건 처음에는 그냥 목적을 위한 수단에 불과했지만, 결국 나는 팬케이크에 앞선 의례도 사랑하게 되었다. 나는 결코 대단한 낚시인은 못 되었지만, 인내와 침묵에 대해서는 많은 것을 배웠다.

어느 날 아침 우연히 투구게가 낚였다. 낚싯줄을 감아올리자 투구게는 낚싯바늘을 밀쳐대며 할퀴었다. 내가 투구게를 본 것은 해변에서 말라비틀어진 모습이 전부였다. 그렇기에 선사시대의 영광을 온전히 갖춘 투구게를 낚은 것은 나를 잠시 멈추게 만들었다. 마치 세상이 갑자기 두건을 벗어던지고 자신이 얼마나 어마어마하게 오래되었고 견고한지, 그리고 우리가, 우리 전부가 사라진 후에도 얼마나 수월히 계속 번성할지 드러내기라도 하는 것 같았다.

송어 통구이

● 3~4인분

무지개송어 1마리(900그램), 내장을 빼고 비늘을 벗긴다

굵은 소금

타임 2줄기

마늘 2쪽, 반으로 썬다

레몬 ½개, 동그랗고 얇게 저민다

무염버터 1테이블스푼, 4조각으로 나눈다

올리브유 2테이블스푼

굵게 간 후추

드라이한 화이트 와인 1컵

오븐을 230도로 예열한다.

생선을 물에 헹구고 키친타월 등으로 톡톡 두드려서 물기를 제거한다. 생선 안쪽에 소금을 넉넉히 뿌리고 야트막한 내열 용기에 담는다. 뱃속에 타임·마늘·저민 레몬·버터를 채운다. 생선 바깥쪽에 올리브유를 바르고 소금과 후추를 뿌린다. 요리용 실로 생선을 두 군데 묶어서 허브와 레몬이 제자리를 유지하게 한다. 내열 용기에 화이트 와인을 더하고 알루미늄 포일로 덮는다.

15분간 굽는다. 포일을 벗기고 7~10분 더 굽는다. 생선살이 뼈에서 저절로 떨어져나와서 쉽게 뼈를 '발라내고' 살을 즐길 수 있을 것이다.

the Hours

BIRTHDAY CAKE

《세월》

제빵사로 일하던 초기에 쏠쏠이가 큰 단골 고객으로부터 생일 케이크 주문을 막판에야 받은 적이 있다. 상사는 병으로 결근했고 따라서 그 일은 내게로 떨어졌다. 나는 '던컨 하인즈' 케이크 믹스 애호가로서, 공식 제과 교육을 받은 적이 없고 카페인 때문에 손떨림도 있었다. 나는 식당의 폐기물 창고에 숨어 전문 케이크 장식가인 언니에게 전화해서, 일을 팽개치고 와서 나를 도와달라고 눈물을 흘리며 애원했다. 언니가 해줄 수 있는 것이라고는 서둘러 이메일을 보내 몇 가지 조언들과 잔재주들을 알려주는 것이 고작이었다. 나는 난파선의 마지막 구명조끼라도 되는 양 내용을 읽고 또 읽으며 머릿속에 담았다.

문학을 홀린 음식들

결국 케이크는 살짝 비뚤어졌고, 바닐라 버터크림을 너무 치덕치덕 발라서 지금도 생각하면 이가 아파올 지경이다. 아이싱으로 글씨 쓰는 일을 피하기 위해 갈색 종이와 레터 스탬프로 깃발을 만들었고, 케이크 프로스팅의 결함들을 숨기기 위해 온통 하얀 장식구슬들을 들이부었다. 케이크는 집에서 만든 것처럼 보였는데, 식당의 희미한 조명 아래서는 그 점이 매력이 되기를 바랐다. 손님은 아주 기뻐했지만 우리 주방장은 몸서리를 쳤다. 나는 그 식당에서 다시는 생일 케이크 주문 근처에도 가지 못했다.

요리와 베이킹에서는 만들 수 있으리라고 상상한 것과 결국 오븐에서 나오는 것 사이에 거의 언제나 격차가 존재한다. 때로는 이 점이 멋진 결과를 가져오기로 한다. 예를 들어 푹 꺼질 것이라고 확신했던 수플레라든가? 그 수플레는 1970년대산 '마크 로열' 오븐 안의 호밀 토스트 잿더미로부터 불사조처럼 기적적으로 부활했다. 소금을 과도하게 뿌린 게 분명하다고 생각했던 양다리는 또 어떻고? 놀랍도록 훌륭했다! 반대로 가끔은 걸작을 만들고 있다고, 내가 대접할 사람을 얼마나 사랑하는지 정확히 전해줄 만큼 근사한 요리가 될 거라고 굳게 믿다가 결과에 실망하게 된다. 아마도 과도한 기대와 거창한 계획 때문일 것이다. 나에게 이런 경우의 사례로 생일 케이크만한 것은 없다. '오늘은 나의 특별한 날'이라는 어마어마한 압박이 수반되기 때문이다.

고등학교 3학년 때 마이클 커닝햄의 소설 《세월》을 읽은 이래로, 생일 케이크를 구울 때마다 가엾은 로라 브라운이 생각나지 않을 도리가 없다. 1940년대 후반에 로스앤젤레스 교외의 주부 로라는 남편 댄을 위한 완벽한 생일 케이크를 만들기로 결심한다. "그 어떤 잡지의 어떤 사진 못지않게 반지르르하고 휘황찬란한", "좋은 집이 편안함과 안전함을 대변하는 것 비슷하게, 너그러움과 즐거움을 대변해줄" 케이크 말이다.

이 부분은 버지니아 울프의 《등대로》에 나온 그 유명한 '뵈프 앙 도브'와 퍽 비슷하다. 램지 부인은 손님 전원에게 그녀가 완벽하다는 사실을 알려줄 만큼 절대적으로 완벽한 스튜가 필요하다는 압박 때문에 공황 상태에 빠진다. 이와 비슷하게 로라의 케이크는 단순한 케이크를 한참 뛰어넘는 존재다. 완벽한 케이크를 만들 수 있다는 사실은 로라의 머릿속에서 완벽한 아내이자 어머니가 될 수 있다는, 그리하여 만족스럽고 충만한 삶을 살 수 있고 행복해질 수 있다는 증거다. 그렇게 되어야 마땅하건만, 그렇지 않다는 사실을 그녀는 안다.

이는 생일 케이크에나 로라 자신에게나 너무 큰 압박이고, 결과는 물론 "그녀가 바라던 바보다 못하다." 아이싱에는 덩어리가 지고 '댄Dan'의 n은 프로스팅으로 만든 장미에 너무 가깝게 짜서 뭉개진다. 전체적으로 "작게 느껴졌다. 물리적인 느낌에서만 그런 게 아니라 하나의 독립체로서 말이다." 로라가 한계점에 이르는 것은 이웃 키티가 커피를 마시러 와서 로라의 케이크가 '귀엽다'고 말할 때다. 이것은 "무언가 아름다운 것을 만들어내기를 바랐는데 (쑥스럽지만 사실이다) 무언가 귀여운 것을 만들어냈다"는 고통스러운 수치의 소용돌이로 로라를 밀어 넣는다. 아예 시도하지 않았다면 나았을 거라고 그녀는 생각한다. 부주의하고 무신경하며 '그런 계획에 있어선 형편없다고' 자처했다면, 시도했다가 실패했음을 들키는 것보다 나았을 것이다. 로라는 케이크를 쓰레기통에 던져버리고 다시 시작한다.

두 번째 케이크는 더 나은 듯하다. 남편이 초를 불어 끄면서 그녀의 창조물에 온통 침을 튀기는 모습에 로라는 잠시 격노하지만, 그럼에도 그녀의 케이크는 굉장한 성공을 거둔다. 댄은 케이크가 '완벽하다'고 선언하고, 로라는 며칠 사이 처음으로 충만한 기분을 느낀다.

물론 비결은, 집에서 만든 케이크란 아무리 부스러기 투성이에 볼품없더라도 가게에서 사온 가장 반지르르하고 윤기 나는 케이크보다 늘 더 큰 의미를 가진다는 데 있다. 이 사실을 지금쯤은 다들 알 것이다, 그렇지 않은가? 지금껏 살면서 날 눈물 흘리게 한 케이크들은, 나를 감사와 사랑으로 채워 부풀어오르고 반짝이는 것처럼 느끼게 한 케이크들은 절대로 아름답진 않았다. 내가 친구들을 위해 가장 즐겨 만드는 케이크는 콘페티 케이크로, 해마다 부모님께 만들어달라고 졸랐던 믹스로 만드는 케이크와 완전히 똑같다. 이 케이크는 향수를 불러오며 맛도 좋다. 그리고 당신의 케이크 장식 솜씨가 어떻든 간에 수많은 장식용 구슬들로 뒤덮여 아름답게 보일 것이다.

생일 케이크

이 요리법으로는 노란색 3단 케이크가 만들어진다. 하얀 케이크를 바란다면 식물성 쇼트닝 1컵을 버터로 대체한다. 버터향 첨가물은 온라인이나 베이킹

전문점에서 구입할 수 있다. 이것은 케이크에 믹스로 만든 듯한 (좋은 의미로 향수를 자극하는) 맛을 준다. 첨가물을 못 찾겠거나 사용하고 싶지 않다면 바닐라 에센스 1½티스푼과 아몬드 에센스 ½티스푼으로 대체한다.

- 8~10인분

무염버터 1컵(2스틱), 실온에 둔다

설탕 1½컵

버터향 첨가물 2티스푼

계란 큰 것으로 3개, 흰자와 노른자를 분리한다(흰자는 사용할 준비가 될 때까지 냉장고에 둔다)

박력분 2¼컵

베이킹파우더 3½티스푼

굵은 소금 1티스푼과 추가로 계란 흰자 휘핑용 조금

버터밀크 1¼컵

레인보우 스프링클이나 장식용 구슬 3½컵

바닐라 버터크림 프로스팅(요리법은 뒤에 나온다)

오븐을 180도로 예열한다. 20센티미터 크기 케이크 틀 3개에 유산지를 깐다. 유산지와 틀 옆면에 기름을 바르고 밀가루를 뿌린 후 여분은 털어낸다.

주걱형 부속을 끼운 전기 믹서 용기에 버터를 담고 매끄러워질 때까지 돌린다. 설탕과 버터향 첨가물을 더하고 폭신해질 때까지 3분 정도 믹서를 돌린다. 계란 노른자를 한 번에 하나씩 버터 혼합물에 넣어가며 돌린다.

밀가루 · 베이킹파우더 · 소금을 한꺼번에 체로 쳐서 그릇에 담는다. 3번에 걸쳐 버터밀크와 번갈아가며 버터 혼합물에 더한다. 매끄러워질 때까지 돌린다.

반죽을 큰 그릇으로 옮겨 담고 전기 믹서 용기를 씻어서 말린다. 차가워진 계란 흰자와 소금 조금을 믹서 용기에 담고 거품기형 부속을 장착한다. 흰자에 뻣뻣한(하지만 버석하지는 않은) 뿔이 생길 때까지 중고속으로 믹서를 돌린다. 이 과정은 큰 그릇과 핸드믹서 혹은 팔뚝의 힘과 거품기로 할 수도 있다.

뻣뻣해진 계란 흰자를 주걱으로 반죽에 살살 섞어서 완전히 혼합한다. 스프링클 1⅛컵을 반죽에 재빨리 섞는다(너무 휘저으면 금세 색이 사라진다). 반죽을 균등하게 3등분해서 준비된 케이크 틀에 나눠담고, 가운데 부분을 이쑤시개로 찔러도 묻어나지 않을 때까지 35분 정도 굽는다. 케이크를 틀에 든 채로 식힘망 위에서 잠깐 식힌 후, 틀에서 꺼내 식힘망 위에서 완전히 식힌다.

제일 먼저 식은 케이크를 케이크 스탠드에 담는다. 윗면에 프로스팅 ½컵을 대충 바른 후 프로스팅이 반반하게 되도록 매만진다. 그 위에 두 번째 케이크를 올리고 반복한다. 세 번째 단으로 한 번 더 반복한 후 세 단 전체의 겉면에 아이싱을 얇게 바른다. 케이크를 냉장고에 넣고 엉망으로 뭉친 아이싱이 완전히 단단하게 굳을 때까지 30~40분 둔다.

뭉친 코팅이 굳은 후 케이크를 냉장고에서 꺼내서 남아 있는 프로스팅을 바른다. 남아 있는 스프링클 2컵으로 뒤덮어서 생일을 맞은 남녀에게 선사한다.

〈바닐라 버터크림 프로스팅〉

● 약 6컵 분량

무염버터 1컵(2스틱), 실온에 둔다

우유 ½컵

바닐라 에센스 2티스푼(찾을 수 있다면 투명한 종류로 하자. 프로스팅을 하얗게 유지해준다)

슈거파우더 8컵, 체에 친다

굵은 소금 ¼티스푼

주걱형 부속을 끼운 전기 믹서 용기 안에 버터 · 우유 · 바닐라 · 슈거파우더 4컵 · 소금을 섞고 중속으로 3분간 돌린다. 남아 있는 설탕을 한 번에 ½컵씩 서서히 더하되 매번 충분히 믹서를 돌려준다. 잘 섞이면 믹서 속도를 고속으로 올려서 1분 더 돌린다.

"Goodbye to All That"

GRiLLED PEACHES with HOMEMADE RiCOTTA

〈모든 것에 안녕을〉

4년 전 줄줄이 이어지는 끔찍한 일자리들과 난방 없는 긴 겨울을 견뎌낸 뒤, 나는 뉴욕이 내게 맞는 곳인지 의문을 갖기 시작했다. 대학 과정을 마치자 많은 친구들이 고향으로 돌아가기 시작했다. 피닉스·포틀랜드·오클랜드 등 나는 한 번도 가보지 못했고 상상할 수도 없는 곳들이었다. 진종일 사람들에게 커피를 가져다주고 팁으로 8달러를 번후, 밤이 되면 종종 나도 모르게 옛 친구들의 새로운 삶을 찍은 사진들을 응시하곤 했다. 덤불이 우거진 험준한 산을 누비는 해질녘의 하이킹, 별빛 아래 바닷가의 랜턴을 밝힌 텐트, 뉴욕의 원룸보다도 저렴한 집 한 채의 뒷마당에 손수 설치한 닭장 등이었다. 다들 내가 뉴욕에서 본 그 어느 때보다 탄탄하고 건강하고 행복해 보였다. 친구들 주위에서 은은한 천상의 빛 같은 것이 고동치면서 내 컴퓨터 화면 밖까지 뿜어져 나왔다.

그래서 어느 날 밤 와인을 잔뜩 마신 후, 친구 월라와 나는 캘리포니아행 차표 두 장을 샀다. 열흘 동안 우리는 로스앤젤레스부터 샌타로자와 샌프란시스코까지, 이제껏 본 중 가장 밝은 빛깔의 농작물을 먹고, 미션 디스트릭트에서 2인용 자전거를 타고, 등 위에 햇살을 느끼면서 모험을 즐겼다. 그러다 보니 열흘이 지나갔고, 나는 비가 내리고 계절에 안 맞게 추운 뉴욕으로 돌아왔다. 여전히 '인-앤-아웃' 버거[64] 냄새를 풍기면서 페리 빌딩 시장에서 산 복숭아가 가득 든 배낭을 멘 채였다. 돌아온 첫날 파머스 마켓의 어떤 노인이 안쓰러워 보인다는 이유로 치즈를 60달러어치 샀고, 네일 살롱에서 〈불의 전차〉의 플루트 연주곡이 나오자 울음을 터트렸으며, 그런 다음 침대로 기어들어가서 거의 36시간 동안 뒹굴었다.

나 스스로 파묻힌 "내가-아직-뉴욕을-사랑하나?"라는 연민의 구덩이로부터 아무것도 날 끌어내지 못하리라고 생각하던 바로 그 순간, 침대 옆 탁자에 존 디디온의 《베들레헴을 향해 기어가기Slouching Towards Bethlehem》가 놓여 있는 것을 알아차렸다. 여행 중 읽으려고 가방에 넣을 생각이었지만 잊어버렸던 그 책이, 아직 아무도 읽지 않은

---

64) 캘리포니아를 중심으로 미국 남서부와 태평양 연안에만 있는 햄버거 체인

채로 근사한 새 책 냄새를 풍기며 놓여 있었다. 책장을 펼치고 〈황금의 꿈을 꾸는 어떤 몽상가들Some Dreamers of the Golden Dream〉이라는 에세이의 첫 줄을 읽었다. "이것은 황금의 땅에서 일어난 사랑과 죽음에 대한 이야기로, 그 나라에서 시작된다." 이어지는 4시간 동안, 내 아파트 창밖의 빛이 노란색에서 오렌지색으로, 푸른색으로, 검은색으로 바뀌는 동안 나는 에세이 하나하나를 게걸스럽게 읽었다. 〈모든 것에 안녕을Goodbye to All That〉에 다다라서 첫 두 단락을 읽을 즈음, 나는 몇 년 동안 울어보지 못한 사람처럼 울기 시작했다.

젊고 희망차며 어떤 장소와 사랑에 빠져 있다는 것이란 무엇인지 완벽하게 포착하는 디디온의 능력은, 〈모든 것에 안녕을〉이 출간된 지 48년이 지나고도 컬트적 고전으로 남아 있는 이유다. 특히 이 장소, 너무나 많은 것들을 찍어내고 파괴한 이 도시와의 사랑 말이다. 이 에세이는 1967년 〈새터데이 이브닝 포스트Saturday Evening Post〉에 처음 등장했는데, 그때의 제목은 〈마법에 걸린 도시여 잘 있거라〉였다. 디디온은 1968년 《베들레헴을 향해 기어가기》를 출간하며 이 에세이의 제목을 〈모든 것에 안녕을〉로 바꾸었다. 아마 같은 제목인 로버트 그레이브스의 1929년 자서전에 대한 오마주 격이었을 것이다. 이 책에서 그는 "영국에의 쓰라린 고별"에 대해서 쓰고 있다. 디디온의 고별은 쓰라리지 않다. 하지만 "당신을 처음으로 감동시킨 사람을, 당신이 다시는 어느 누구도 그렇게 사랑할 수 없을 방식으로 사랑하듯이" 사랑하던 도시를 떠나며 느끼는 그녀의 슬픔은 진짜다.

이 에세이에서 내 마음에 제일 남은 것은 디디온이 떠날 때가 되었다는 사실을 깨닫는 순간이 아니었다. 이 도시가 그녀에게 아직 너무나 새롭고 아름답고 흥미롭던 시절에 이곳과 나눈 사소한 순간들이야말로 인상적이었다. 이를테면 그녀가 62번가와 렉싱턴 가가 교차하는 모퉁이에 서서 복숭아를 먹던 날처럼 말이다. "나는 복숭아를 맛보면서 지하철 환풍구로부터 불어온 부드러운 바람이 내 다리에 닿는 것을 느낄 수 있었다. 라일락과 쓰레기와 값비싼 향수 냄새를 맡을 수 있었다." 지극히 사소하고 무심한 순간이지만, 그 친숙함에 숨이 막혔다. 디디온이 그랬듯이 뉴욕을 떠날 때라고 느끼기보다는, 이곳에 대한 나의 사랑이 새로워지는 것을 느꼈다.

나는 침대에서 빠져나왔다. 캘리포니아산 복숭아들이 가득한 배낭을 걸머지고 자전거에 올라타는데, 갑자기 뜨거운 콘크리트, 젖은 가로수 뿌리 덮개, 오래된 담배, 새로 난 잔디, 조제식품점의 커피 등 브루클린의 초봄 냄새를 깨닫고 어마어마한 감사의 느낌이 들었다. 친구 샘의 아파트까지 자전거를 타고 갔다. 희한한 룸메이트들이 바글거리는 아주 작은 셋집이었지만 맨해튼이 내려다보이는 거대한 옥상이 있기에 참을 만한 곳이었다. 우리는 옥상으로 올라가서 이미 멍들고 말랑말랑해진 복숭아를 쪼개어 기름투성이 숯불화로에 구웠다.

친구들이 도착했다. 손수 만든 파머스 치즈를 담은 잼병, 비상계단에서 가꾼 신선한 허브, 일하는 식당에서 빼돌린 와인병을 들고 있었다. 그날 밤 나는 겨우 스물넷이라는 생각이 얼핏 들었다. 만일 디디온이 옳다면, 그녀가 그랬듯이 "이 풍물 장터에 너무 오래 머물렀다"고 느낄 때까지 아직 4년이 더 남아있었다. 스물여덟이 된 나는 여전히

문학을 홀린 음식들

여기에 있다. 뉴욕에 산 지 십 년 째이고, 그때가 오기를 나는 아직 기다리고 있다.

손수 만든 리코타 치즈를 곁들인 복숭아 구이

● 반으로 쪼갠 복숭아 6쪽 분량

우유 3½컵

생크림 ½컵

굵은 소금 ¾티스푼

갓 짠 레몬즙 3테이블스푼

잘 익은 복숭아 3개, 반으로 쪼개고 씨를 뺀다

올리브유 2테이블스푼과 위에 뿌릴 것 조금 더

설탕 2티스푼

조각 소금(말돈 등)

낼 때 곁들일 굵게 간 후추

우유 · 생크림 · 소금을 크고 바닥이 두꺼운 냄비에 붓고, 이따금 저어주면서 온도계의 숫자가 90도를 나타낼 때까지 중약불로 가열한다. 냄비를 불에서 내려 레몬즙을 넣고 젓는다. 혼합물을 5~7분 동안 놔두었다가 면보를 세 겹으로 해서 거른다. 그릇을 받치고 치즈의 물기를 1~2시간 동안 뺀다.

그릴을 중불로 예열한다.

복숭아에 올리브유를 붓으로 바르고 설탕을 가볍게 뿌린다. 복숭아의 안쪽을 밑으로 해서 그릴에 올리고 숯불 자국이 날 때까지 2분 정도 굽는다. 복숭아를 그릇에 옮겨 담고 숟갈로 신선한 리코타 치즈를 올린다. 리코타 치즈에 올리브유를 뿌리고 조각 소금과 굵은 후추를 흩뿌린다. 즉시 낸다.

American Pastoral

HOT CHEESE SANDWICH

《미국의 목가》

음식을 불특정 다수에게 이런저런 입장에서 십 년 이상 제공하다 보니, 끔찍한 손님들을 정말 많이 만났다. 최악의 손님들은 몇 년이 흘러도 어제 일처럼 떠올릴 수 있다. 그들의 심술궂은 표정과 잔인한 말, 고집스러운 불만 말이다. 비싼 양복 차림으로 더블샷 아메리카노를 주문하던 어떤 수완가는 늘 나를 '덩치'라고 불렀다. 아마 농담이었겠지만, 대학교 첫 해에 7킬로그램이 늘어난 열아홉 살 소녀가 제일 듣기 싫어할 농담이었다.

베이글과 커피 값을 늘 1센트 수백 개로 치르던 여자가 있었고, 바닐라 라테가 충분히 뜨겁지 않다고 우유가 끓어서 눌어붙었을 때조차 불평하던 남자가 있었다. 그렇지만 내게 제일 두려웠던 사람은 일곱 살짜리 남자애였다. 그 작고 불그레한 뺨을 한 공포의 대상을 떠올리면 아직도 몸서리가 쳐진다. 아침마다 그 아이가 식사로 뭘 먹을지를 두고 어마어마한 소동이 벌어졌다. 크루아상은 어떨까? 싫어! 그날 아이는 크루아상 혐오가였다. 베이글 어때? 역겨워! 요구르트, 싫어. 샌드위치, 싫어. 머핀, 싫어. 부모가 어르고 달래고 토닥였지만 결정은 한 번도 간단했던 적이 없었다. 아이는 발을 구르고 씩씩대고 팔다리를 마구 흔들며 모기처럼 징징댔다. 그리고 항상 결국엔 제 얼굴만한 초콜릿 칩 쿠키를 (여러 번 거부하긴 했지만) 받아들여 만족한 표정으로 떠났고, 그 뒤로는 좌절한 손님들이 길게 줄 서 있었다. 나는 이 콩알만한 아이가 자기 부모에게, 그리고 우리 모두에게 휘두르는 힘에 경악했다.

몇 년 전 우리 독서모임에서 필립 로스의 《미국의 목가》를 읽었을 때 계속 이 작은 소년 생각이 났다. 그 아이의 음식 반항이 메리 레보브와 너무 비슷했기 때문이었다. 메리에게 무엇을 먹을지, 또 얼마나 먹을지는 그녀의 삶에서 처음으로 직접 통제 가능한 일이다. 그녀가 혐오하며 파괴하려 하는 목가적이고 부르주아적인 미국적 삶을 누리는 부모에 맞서기 위해, 메리는 식이 습관을 무기로 사용한다.

네이선 주커먼은 로스가 총애하는 문학적 자아이자 작중 화자이다. 그는 45회 고등학교 동창회에서, 메리의 아버지이자 뉴저지 주 뉴어크에서는 황금의 신인 시모어 '스위드' 레보브에게 "닥친 비극들"을 시모어의 동생 제리를 통해 듣는다. 제리는 형이 메리의 동네 잡화점에 대한 폭탄 테러로 수십 년간 고통받다가 막 전립선암으로 죽었다고 네이선에게 말한다. 제리는 메리에 대해 원한에 찬 이야기를 시작한다. 그는 메리를 시모어가 "사랑했던 뚱뚱보 딸"로 지칭하며 말한다. "뚱뚱한 건 별일 아니야…. 하지만 새치기하고 폭탄을 던지는 건 얘기가 다르지." 이 두 문장은 네이선에게 깊은 인상을 준 것으로 보인다. 그가 메리의 이야기를 재구성할 때 음식과의 관계는 그녀의 반항과 떼어놓을 수 없는 부분으로 그려지기 때문이다.

소설의 나머지 부분에서 주커먼은 메리가 폭력적인 테러 행위에 이르기까지의 몇 년을 종합하여, 세상만사를 올바르게 하려고 언제나 최선을 다한 한 남자에게 어쩌다 세상이 끔찍이 잘못되어버렸는지 근원을 밝히려고 노력한다. 주커먼은 메리의 폭력에 어떤 원인이 있는지 찾기로 결심한다. 그녀의 어린 시절부터 잡화점을 날려버린 날까지를 완벽하게 추적하고, 스위드가 놓친 징조들을 밝히기로 한다. 메리에 대한 사랑으로 눈먼 스위드에게 그녀의 폭력은 어떤 원인도 없는 완전히 예상 밖의 일이었다. 그렇지만 주커먼은 그녀를 애초부터 반항적이던, 자신이 무엇을 얼마나 먹는지를 가지고 일찍부터 권력을 행사하던 소녀로 그린다.

메리의 첫 반항 행위는 학교에 갈 때 어머니가 싸주는 점심을 먹지 않는 것이다. 그녀는 볼로냐소시지[65]를 싫어하고 간 소시지를 혐오하

---

65) 고기에 지방 등을 첨가하여 훈제하거나 끓여서 만든 대형 소시지.

며 참치를 질색한다. 메리가 좋아하는 것은 오직 가장자리를 잘라낸 버지니아 햄 샌드위치와 뜨거운 수프뿐인데, 아무리 튼튼한 보온병이라도 노상 깨버리는 바람에 싸갈 수가 없다. 메리는 점심을 날마다 내다버리고, 시모어가 도시락 가방 바닥에 넣어두는 10센트 동전으로 산 아이스크림과 그녀가 좋아하는 음식인 치즈가 녹아내린 샌드위치만으로 연명한다.

십대 시절에 메리는 집에서는 어떤 음식이 나와도 계속 거부하지만, 학교를 비롯해 다른 곳에서는 정크 푸드를 "거의 밤새도록 쑤셔 넣어 덩치가 커지고 또 커져서 꾀죄죄한 열여섯 살짜리로 훌쩍 성장했다." 체중을 늘림으로써, 머리를 빗거나 이를 닦거나 세수하기를 거부함으로써, 메리는 미인대회 우승자인 어머니에게 제일 중요한 모든 것들에 거역하며 더불어 미국인의 이상적인 아름다움 역시 거부한다. 폭탄을 설치하기 직전 메리는 식당에 가서 BLT 샌드위치와 바닐라 밀크셰이크를 주문한다. 바로 그녀가 '성찬식'으로 여기는 식사다. 메리는 미국을 싫어하고 또한 혐오하지만 치즈버거, 흰 빵에 가공 치즈를 끼운 샌드위치, 밀크셰이크, BLT 샌드위치, 피자, 어니언 링, 아이스크림을 띄운 루트비어, 프렌치프라이 등 자신이 먹기로 결정한 음식들을 통해 미국을 너무나 문자 그대로 적극적으로 소비한다.

테러 행위로부터 5년 후 시모어가 메리를 찾아냈을 때 그녀는 자이나교로 개종해 있다. 자이나교 추종자들은 살아 있는 어떤 생명체에도 절대 해를 끼치지 않는다. 이런 신앙은 자이나교도들로 하여금 모든 동물성 단백질과 부산물, 그리고 경작 과정에서 살아 있는 생명체에게

문학을 홀린 음식들

조금이라도 해를 끼치는 모든 식물을 먹는 것을 엄중하게 삼가도록 이끈다. 시모어는 메리를 보고 너무도 마른 모습에 충격받는다. 그녀의 극단적인 행동은 여전히 통제 장치이자 반항 형태로서의 음식에 의존한다. 삶의 초년에는 폭식이었고 말년에는 절식이었으니, 동일한 동전의 양면이다.

우리 독서모임이 이 책에 관해 이야기하려고 만났을 때 나는 BLT 샌드위치와 바닐라 밀크셰이크를, 메리의 '성찬식' 메뉴를 만들었다. 하지만 내 마음이 가는 것은 따로 있었다. 치즈가 녹아내린 샌드위치 생각을 머릿속에서 몰아낼 수 없었다. 어릴 때 아빠는 우리 자매들을 자신이 성장기를 보낸 매사추세츠 주 펄 리버 근처의 '나이트 오울'이라는 식당으로 데려가곤 했다. 식당 건물은 붉은 에나멜 줄무늬가 있고 네온사인들로 치장된 작은 스테인리스스틸 상자 같았는데, '셸' 주유소 주차장 한가운데에 자리잡고 좋은 냄새를 풍기고 있었다. 치즈버거와 코니 아일랜드풍 핫도그도 팔았지만 우리가 거기 간 것은 한 가지 음식 때문이었고, 그 한 가지만을 먹었다. '핫 치즈'라고 부르는 샌드위치였다.

이것은 그릴 치즈 샌드위치가 아니었다. 버터를 발라서 그릴에 구운 햄버거 빵에 응유 같은 식감과 아주 톡 쏘는 체더치즈처럼 아린 맛의 치즈를 끼워 녹인 것이었다. 거기에 노란 머스터드를 듬뿍 바르고 깍둑썬 날양파와 고명용 달콤한 피클을 쌓아올렸다. 그 핫 치즈는 속쓰림을 일으키는 주범이었다. 우리는 그것을 '오토크래트' 상표 커피우유로 씻어 내렸고 하루 종일 가슴에 통증을 느꼈다. 메리의 치즈가 녹아내린 샌드위치가 언급될 때마다 그 핫 치즈 샌드위치가, 기름 튄 포장지가, 달 표면의 가장 매끄러운 부분 같은 감자빵이, 그 분화구에 이쑤시개로 꽂혀 있던 자그마한 미국 국기가 기억난다. 미국 대중식당 음식의 근사함이란.

핫 치즈 샌드위치

● 1인분

무염버터 1티스푼

햄버거 빵 1개(저렴한 종류)

아주 톡 쏘는 체더치즈 120그램, 얇게 저민다

'프렌치' 상표의 옐로우 머스터드 1티스푼

고명용 달콤한 피클 1테이블스푼

다진 양파 1테이블스푼

그릴이나 레인지용 그릴팬, 그리고 브로일러를 예열한다. 오븐용 철판에 알루미늄 포일을 깐다.

반으로 가른 햄버거 빵에 각각 버터를 바른다. 버터 바른 쪽을 아래로 그릴에 놓고 살짝 구워서 그릴 자국을 낸다. 아래쪽 빵에 체더치즈를 쌓아올린 후 알루미늄 포일을 깐 오븐용 철판에 놓는다. 치즈가 완전히 녹아서 부글거릴 때까지 브로일러 열판 아래 5분 정도 둔다. 위쪽 빵에 옐로우 머스터드를 바르고, 치즈 위에 고명용 달콤한 피클과 날양파를 쌓아올린다. 전체를 합친다. 가슴이 터지도록 먹는다.

Emma

PERFECT SOFT-BOILED EGG

《엠마》

제인 오스틴의 《엠마》에 닿기까지 한참을 둘러갔다. 나는 그 책임을 주로 영어 선생님이 우리가 그 책을 읽기도 전에 영화 《클루리스 Clueless》를 틀어주었다는 사실에 돌린다. 이 작전은 개시되자마자 우리 반 여학생 대부분이 엠마를 사모하게 만들었지만, 나에게는 독서 경험의 가치를 훼손시켰다. 엠마가 이야기를 할 때마다 셰어 호로위츠가 캘리포니아 억양으로 투덜대며 웅얼거리는 소리가 들린 것이다. 뿐만 아니라 당시엔 엘리자베스 베넷과 친구가 되고픈 열망이 너무 강했던 나머지, 심각한 결점이 있는 엠마 우드하우스를 위한 자리 따윈 내 마음에 전혀 없었다. 엠마는 둔감하고 응석받이에 짜증날 정도의 미모와 재능을 가졌고 무신경할 뿐 아니라 종종 뭐랄까, 무지했다.

뜻밖에도 나를 다시 《엠마》에게 데려간 것은 푸주한 일이었다. 엠마 우드하우스에 대해 이러니저러니 말은 많아도 그 젊은 귀부인이 돼지에 대해서 잘 아는 것은 사실이다. 그 점이 문득 사랑스럽게 느껴졌다. 소설의 두 페이지가 통째로 우드하우스 영지에서 갓 도살한 비육돈으로 무엇을 할지에 초점을 맞춘다. 늘 전전긍긍하는 엠마의 아버지는 이웃에게 돼지고기를 보낸다는 과업에 압도되지만, 엠마는 자신 있게 이야기함으로써 그를 안심시킨다. "사랑하는 아빠, 제가 뒷다리를 통째로 보냈어요. 아버지라면 그러기를 바라실 줄 알았거든요. 아시다시피 다리에 소금을 뿌릴 텐데 아주 맛있을 거예요. 그리고 등심은 뭐든 그 사람들 좋은 방식대로 바로 손질할 테고."

지난 봄 푸줏간에서 영국 전통식 시골 햄을 만들려고 시도하던 차에 이 장면이 머릿속에 떠올랐다. 그날 밤 고등학교 이래 처음으로《엠마》를 다시 집었다. 나의 두 번째 독서 경험은 첫 번째와 완전히 달랐다. 아마 나이가 드니 문학 속 음식 장면에 한층 더 집착하게 되었기 때문일 것이다. 1800년대 초는 엠마 우드하우스 같은 특권층 여성조차 집안 소유의 가축을 키우고, 도살하고, 가공하는 것에 대해 잘 아는 시대였다.《엠마》는 오스틴의 모든 소설 중 당시의 가정 운영에 필요한 따분하고 일상적인 과업들을 가장 확실히 엿보게 해준다.

오스틴 본인도 편지에서 가족과 함께 스티븐턴에 살며 가축을 키우는 얘기를 자주 한다. 어떤 편지에서는 언니 카산드라에게 영지에서 키운 돼지고기를 이웃에게 주는 이야기를 하는데, 엠마와 아버지가 소설 속에서 벌이는 대화와 퍽 비슷하다. 그녀는 이렇게 말한다. "아버지는 그분에게 '치즈다운' 농장에서 키운 돼지를 공급하셔. 이미 도축해서 해체했지만 중량이 1스톤도 안 나가. 철이 너무 일러서 더 큰 걸 드릴 수 없는 거지. 어머니는 소금과 가공에 드는 품을 갈비·헤드치즈·라드로 치를 생각이셔." 오스틴 가의 여자들은 비록 부엌에 서서 냄비를 휘젓거나 빵을 굽지는 않을지언정 가축과 농작물을 가꾸고 가공하는 일에 어느 정도 참여하고 있었다. 당시에는 이런 지식을 아는 것이 드문 일이 아니었고, 편지에서 이야기하지 못할 정도로 숙녀답지 못한 일도 아니었다.

엠마의 아버지 우드하우스 씨에게는 건강염려증이 있다. 그는 "조금이라도 기름진 것은 견디지 못하는 위를 가진" 사람이고 소설의 음식 이야기 대부분에서 기폭제 역할을 한다. 그는 끊임없이 사람들에게 지금 먹는 것이 아닌 다른 것을 먹어야 한다고, 덜 먹거나 아니면 아예 아무것도 먹지 말아야 한다고 납득시키려 든다. 위스턴 부인의 결혼식에서는 전전긍긍하며 손님들이 웨딩케이크 먹는 것을 만류하느라 애쓴다. "적잖은 사람들의 체질에 분명 안 맞을 테고, 적당히 먹지 않으면 아마 대다수에게 안 맞을 것을" 걱정하는 것이다. 또 다른 장면에서 엠마는 만찬 손님들에게 다진 닭고기와 굴 그라탕을 대접하지만, 그런 행사 때마다 "슬픈 감정과 씨름하는" 엠마의 아버지는 손님 모두에게 건강을 위해 자기처럼 죽을 먹으라고 권한다.

아무도 신경쓰지 않자 그는 방향을 바꿔서 어떤 손님에게 다른 음식을 밀어붙인다. "베이츠 씨, 이 계란들 중 하나만 과감히 잡숴보시죠.

너무 덜 삶은 계란은 건강에 나쁩니다. 설Serle은 계란 삶는 법을 누구보다 잘 이해하고 있어요. 다른 누가 삶은 계란이었다 해도 권하지 않았을 겁니다. 하지만 걱정하실 필요는 없어요. 보시다시피 아주 작으니까. 우리집의 작은 계란 한 개를 먹는다고 당신에게 해될 일은 없을 겁니다." 이 책을 처음 읽었을 때 이 대사가 각별히 웃긴다고 생각한 기억이 난다. 계란 삶는 법을 누구보다도 잘 이해하는 사람이 존재한다는 발상이 특히 우스꽝스러웠다. 이 세상에서 제일 간단한 요리 과업을 잘 이해한다니 무슨 소리야? 지금 아는 것을 그때는 몰랐다. 계란을 완벽하게 반숙하는 방법은 논란이 많은 주제다(그리고 언제나 그래왔다).

식당 일자리 면접을 보러 갔을 때 제일 처음 받은 과제가 반숙 계란이었다. 그 식당은 고급이었다. 할 줄 아는 것이라고는 가정요리 뿐인 나에게는 분수에 안 맞게 고급스러운 장소라서, 이런게 첫 번째 시험이라는 사실에 충격을 받으면서도 희열에 넘쳤다. 나는 계란을 평생 백만 개는 완숙해봤다. 지갑이 얄팍한 대학교 시절에는 특히 많이 해서 내 식의 방법에 완전히 숙련되어 있었다. 내가 해야 하는 것이라고는 시간을 1, 2분 줄이는 것뿐이었고, 그러면 완벽한 반숙 계란이 나올 것이었다, 안 그런가?

주방장이 계란을 건네주었다. 얼음처럼 차가웠고 익숙한 것보다 작았으며 연한 푸른빛에 까칠까칠한 반점들로 덮여 있었다. "한 시간쯤 전에 닭이 막 낳은 계란이지." 그는 얼핏 별 얘기 아닌 것처럼 말하더니 부엌에서 걸어 나갔다. 나는 아는 방법대로 했다. 계란을 작은 소스

팬에 넣고, 찬물을 잠기도록 붓고, 물이 끓자 5분간 계속 끓였다. 완숙
계란이 될 시간에서 2분을 뺀 것이었다. 그 후 계란을 얼음물에 담그고
껍질을 벗길 만큼 식었다는 확신이 들 때까지 두었다. 그러고는 걸을
때마다 하얀 도자기 그릇 안에서 굴러다니며 쨍그랑거리는 계란을 조
심조심 사무실로 가져갔다.

주방장은 계란을 쳐다보지도 않고 움켜쥐더니 책상 모서리에 톡톡
쳤다. 그러고는 돌려보고 책상 위에서 굴려보더니, 평평하고 통통한 손
바닥 아래쪽으로 지그시 눌렀다. 그 깨끗하고 조용한 사무실에서 얼룩
덜룩한 푸른 껍질에 난폭하게 금이 가는 것을 보고 있자니 이상하게
도 계란에게 미안한 생각이 들었다. 그는 손바닥을 오목하게 만들어서
계란을 돌려보더니 물어뜯은 흔적이 있는 거친 손톱으로 껍질을 까려
고 시도했다. 최초의 푸른 파편이 뜯겨 나가자 흰자가 안의 밝은 오렌
지빛 노른자까지 보일 정도로 커다랗게 드러났다. "아니야." 그가 말했
고, 나는 짐을 챙겨서 떠나라는 신호로 받아들였다.

그날이 되기 전까지 내 머릿속에서 계란 삶기란, 배는 꾸르륵거리는
데 냉장고에는 아무 것도 없는 절박한 처지에서 벗어나기 위해 대충
하는 일이었다. 그렇지만 직업 요리의 세계에서 반숙 계란 삶기는 주
방 기술을 보여준다는 점에 있어, 골파를 얼마나 뭉개지 않고 균등하
게 썰 수 있는지 못지않은 징표다. 어떤 요리사에게 물어보든 반숙 계
란을 만드는 자기만의 정확한 방법을 갖고 있을 텐데, 믿거나 말거나
그것은 유일한 방법이자 최고의 방법이라고 주장할 것이다. 결국 우
드하우스 씨가 옳았다는 사실이 밝혀졌다. 완벽한 반숙 계란을 만들

기 위해서는 이해해야 할 것이 백만 가지는 존재한다. 물에 넣기 전 계란 온도를 고려해야 하고, 계란이 낳은 지 얼마나 된 것인가도 마찬가지다(나에게 한 시간 된 아주 차가운 계란을 준 주방장은 이미 투 스트라이크를 먹인 셈이었다. 나중에 깨달았지만 그 또한 시험의 일부였던 게 분명하다). 무게, 시간, 냄비 크기, 물의 양… 불가능한 소리로 들리기 전에 여기서 멈추자. 왜냐하면 사실상 아주 쉽기 때문이다. 내가 좋아하는 반숙 계란은 6분짜리다. 그것이 전부다.

완벽한 반숙 계란

● 2인분

굵은 소금 1테이블스푼과 간을 맞출 용도로 조금 더
계란 큰 것으로 2개, 실온에 둔다(껍질이 쉽게 까진다는 점에서는 오래된 것일수록 좋다)
갈아낸 후추

2리터들이 소스팬에 물을 7.5센티미터 깊이로 붓고 소금을 더한다. 뚜껑을 덮고 중강불로 가열한다.
물이 끓을 때까지 개수대나 아주 큰 그릇에 얼음덩어리와 찬물을 채워서 얼음탕을 준비하고 잘 둔다.
계란을 하나하나 꽉 잡고 압정이나 바늘로 아래쪽에 주의깊게 작은 구멍을 하나 뚫는다(어렵게 들리겠지만 아니다!).

물이 끓어오르면 구멍 난 국자로 계란들을 살살 물에 넣고 타이머를 곧장 6분에 맞춘다.

6분 후 구멍 난 국자로 계란을 꺼내 얼음탕에 잠기도록 넣고 식을 때까지 5분 정도 둔다. 식고 나면 차가운 흐르는 물 아래서 껍질을 깐다.

반으로 갈라 입맛대로 소금과 후추로 간한다.

"The System of Doctor Tarr & Professor Fether"

GOAT CHEESE PUMPKiN PiE

《타르 박사와 페더 교수의 광인 치료법》

기억하는 한 나는 언제나 에드거 앨런 포의 팬이었다. 하지만 그의 소설에서 음식이 부족한 것은 늘 불만스러웠는데, 가장 큰 이유는 포라면 아름답게 썼을 거라는 추측 때문이다. 그의 덜 알려진 소설 중 하나인 《타르 박사와 페더 교수의 광인 치료법The system of doctor Tarr and Professor Fether》은 나의 추측이 옳다는 것을 입증했다. 이것은 포가 등장인물들이 무엇을 먹는지 상세히 쓴 보기 드문 소설 중 하나로, 그 하나하나가 늘 꿈꾸어온 만큼 근사하다(이 단편이 내가 제일 좋아하는 소설 중 하나인 이유 또한 주로 그 때문일 것이다).

이 이야기는 19세기 중반을 무대로 하여 이름 없는 작중 화자가 프랑스의 한 정신병원으로 가는 여행을 상세히 묘사한다. 이곳에서는 정신병을 치료하는 혁명적인 방법인 '진정 시스템'을 환자들에게 실행하고 있다. 화자는 병원 견학 후 만찬에 초청받는데, 상황이 이상하게 돌아가기 시작한다.

화자가 식당으로 안내받자 "식탁이 근사하게 차려져 있다. 접시들이 가득 놓여 있고 별미들은 그보다도 더 가득했다." 그렇지만 화자는 깊은 인상을 받는 대신 욕지기를 느끼고, "아낙인[66]들이 잔치를 벌이고도 남을 정도의 고기가 있다는 것"에 주목하며, 전시된 음식들이 "완전히 야만적"이라고 말한다. "내 평생 세상의 좋은 것들을 이렇게나 호화롭고도 낭비적으로 소비하는 광경을 목격한 적은 한 번도 없었다"고도 말한다. "버터로 요리한 생트므느울 식 송아지고기"와 "벨루테 소스[67]를 끼얹은 콜리플라워"가 "클로 드 부조[68]"와 짝지워 나온다. 프랑스식 토끼고기가 있고, 식탁 한가운데를 장식한 것은 "영국에서 토끼를 손질하는 방식대로 입에는 사과를 물리고 무릎을 꿇려 통째로 구운 송아지"이다. 웨이터 셋이 송아지를 날라오는 것을 본 작중 화자는 이것을 "몬스트룸 호렌둠, 인포르메, 인젠스, 쿠이 루멘 아뎀프툼", 즉《아이네이스》에 나오는 "눈 없는 어마어마한 크기의 초자연적인 기형 괴물"로 오인해 겁에 질린다. 이곳에서는 뭔가 대단히 잘못

---

66) 유대교 경전에 따르면 팔레스티나 남부에 살았던 거인족으로 이스라엘인들에게 멸망당했다고 한다.
67) 닭고기나 송아지고기 육수를 밀가루와 버터로 걸쭉하게 만든 화이트소스.
68) 유명한 프랑스산 레드 와인.

되고 있는 것이다.

그렇지만 음식에 관련된 포의 최고 솜씨는 아직 나오지 않았다. 의사들이 환자들에 대해 논의하기 시작한다. 환자 중 여럿이 자기들은 각각 음식이라고 확신한다. "자신이 코르도바 치즈라고 아주 끈질기게 주장하다가 칼을 들고 다리 가운데쯤을 작게 한 조각 저며 친구들에게 맛보라고 애걸하기에 이른" 환자가 있고, "스스로를 병에 담긴 샴페인으로 여겨서 자리를 뜰 때마다 뻥 소리와 쉭 소리를 내는 남자도 있다." 마지막으로 "쥘 데술리에르가 있다. 그는 정말이지 유일무이한 천재였는데, 정신이 나가서 자기가 호박이라고 생각했다. 그는 요리사에게 자기를 파이로 만들라고 졸랐고 요리사는 분연히 거부했다." 그 후 발언자는 "사실 데술리에르 풍 호박 파이가 아주 훌륭한 먹을거리가 되지 말란 법도 없다!"고 덧붙인다.

나에게는 이 만찬회 전체가 기괴한 농담처럼 보이지만 화자의 느낌은 다르다. 그의 불편과 의혹이 점점 더 커지는 가운데, 주최자가 자신들은 혁명적인 새로운 진정 시스템을 더이상 사용하지 않으며, 타르 박사와 페더 교수가 개발한 훨씬 더 철저하고 엄격한 처치를 사용하고 있다고 말한다. 그의 설명에 의하면 진정 시스템의 사용을 중단한 것은 너무 많은 자유를 부여받던 환자들이 어느 날 의사들과 간호사들을 공격하고, 그들을 정신병자로 몰아 한 달 이상 감금하고 대신 직원이 된 때였다. 그 순간 엄청난 야단법석이 터진다. 무슨 일이겠는가? 진짜 의사들과 간호사들이 식당으로 쳐들어오고, 작중 화자를 초대한 사람들은 진짜 정신병자들로 밝혀진다!

익살맞고 바보스러운 소설이지만, 포의 이야기 이면에는 진정한 공포가 존재한다. 19세기는 정신병원과 정신병자들의 권리에 있어 중대한 개혁이 일어난 시기였다. 도로시아 딕스가 매사추세츠 주 의회에 출두해서 발언한 것은 이 소설이 쓰이기 겨우 4년 전이었다. 병에 걸려서 제정신이 아닌 사람들이 "이 주의 감옥·벽장·지하실·마구간·우리에 갇혀 있습니다! 사슬에 묶이고 벌거벗겨져 막대기로 얻어맞고 채찍질당하며 복종을 강요받고 있어요." 그녀가 간청한 개혁은 서서히 다가왔다. 같은 해에 존 골트 박사가 정부 지원을 받는 미국 최초의 정신질환자 보호시설을 개원했다. 그곳에서는 환자들을 그냥 가두고 방치하는 대신 대화 요법과 의약품으로 치료하는 것을 목표로 삼았다.

한편 대중은 법정 소송에서 가해자가 정신이상으로 간주되어 무죄 선고를 받는 경우가 강력범죄들까지 포함해 점점 늘어나는 것을 우려하고 있었다. 범죄를 저지른 정신병자들이 책임을 지고 수감되지 않는다는 분노가 증가했고, 모든 범죄자들이 징역형을 피하려고 정신병자 행세를 할 것이라는 공포도 마찬가지였다. 지난 두 세기 사이 이런 문제들을 완전히 통제하에 두게 되었다니, 정말 다행이지 않은가?

나는 몇 년 전 이 소설을 읽은 이래로 계속 두 정신병자를 하나의 파이로 합치는 것을 꿈꾸어왔다. 코르도바 치즈와 호박 말이다. 코르도바 치즈는 보통 염소나 양의 젖으로 만드는 연질 치즈인데 흔히 껍질에 채소를 태운 재를 묻혀서 숙성시킨다. 나는 이것을 호박파이와 섞어서 내가 한 번도 좋아한 적 없는 고전 추수감사절 요리의 더 짭짤한 버전을 만드는 것을 상상했다. 자, 여기 반은 호박 파이고 반은 치즈 케이크인 것이 있다. 살짝 짭짤한 아몬드-로즈메리 크러스트는 버터향이 풍부하고 달콤하면서도 진중하다. 게다가 이제 호박파이 윗면의 짜증나는 흉한 금들 때문에 엄청나게 실패해버린 기분이 들 필요가 없는 것이다(아니면 나만 그런 기분을 느끼는 걸까?). 파이를 그냥 냉장고에 밤새 넣어두자. 그러면 다음날 완벽하게 매끄러운 모습으로 준비완료일 것이다.

염소젖 치즈 호박 파이

● 8인분

〈아몬드-로즈메리 크러스트〉

'안나스 아몬드 씬'(150그램) 2상자 : 혹은 비슷하게 얇은 아몬드 쿠키

다진 신선한 로즈메리 2테이블스푼

굵은 소금 1티스푼

무염버터 10테이블스푼(1¼스틱), 녹여서 살짝 식힌다

〈염소젖 치즈-호박 필링〉

호박 퓌레 1캔(425그램) : 호박파이 필링용 통조림은 안 된다

염소젖으로 만든 연성 치즈 200그램, 실온에 둔다

크림치즈 100그램, 실온에 둔다

무염버터 5테이블스푼, 녹여서 살짝 식힌다

슈거파우더 1½컵, 체에 친다

호박파이용 향신료 1½티스푼

굵은 소금 ½티스푼

크러스트 만들기

오븐을 180도로 예열한다.

쿠키·로즈메리·소금을 푸드 프로세서에 넣고 잘 섞일 때까지 돌린다. 프로세서를 작동시킨 채 녹인 버터를 서서히 떨어뜨리며 잘 섞일 때까지 돌린다. 반죽을 꼬집으면 뭉쳐져야 한다.

바닥을 분리할 수 있는 지름 25센티미터, 깊이 5센티미터의 타르트 틀에 반죽을 단단히 눌러 붙인다. 버터가 조금이라도 흘러나오면 받쳐지도록 오븐 아랫단에 쿠키용 철판을 두고, 크러스트를 15분 동안 굽는다. 크러스트가 만질 수 있을 만큼, 하지만 여전히 따뜻해서 구부릴 수 있는 상태로 식으면 매끄럽지 못한 부분을 전부 다듬는다. 잘 두어서 식힌다.

필링 만들기

모든 재료들을 그릇에서 합치고, 핸드 블렌더를 사용해서 아주 매끄러운 퓌레로 만든다(그냥 블렌더를 사용해도 된다). 덩어리를 모두 없애려면 고속으로 꽤 오래 돌려야 할 것이다. 구운 후 식은 파이 크러스트에 떠 넣고 표면을 매끄럽게 다듬는다. 뚜껑을 덮어서 내기 전까지 냉장고에 최소 6시간 둔다. 밤새 두면 더 좋다.

In Cold Blood

CHERRY PiE

《인 콜드 블러드》

파이에 관해서라면 나는 뭐든 평등하게 좋아한다. 사워체리만 빼고 말이다. 사워체리 파이야말로 언제나 최고다. 어릴 때 나는 왁스 같은 하얀 봉투에 든 '호스테스' 상표 1인용 체리 파이의 엄청난 팬이었다. 그 파이에는 걸쭉한 체리향 액체가 들어 있고 뭔가 자잘한 조각들이 박혀 있었는데… 체리였을까? 진짜 체리였을지 아니면 체리와 거리가 먼 공장제 프랑켄슈타인 사촌이었는지 확신할 순 없지만, 그 무렵 나에게 효과가 있었던 것은 분명하다. 나는 방과 후 거의 날마다 펠스 마켓까지 걸어가 그 파이를 한 개 사서 체리 코크와 함께 삼키며 집까지 걸어오곤 했다. 십대 후반까지도 나는 체리 파이가 이런 맛이라고 생각했다. 그래서 집에서 만든 진짜 사워체리 파이를 처음 먹었을 때, 그건 계시나 다름없었다.

몇 년 전 트루먼 커포티의 《인 콜드 블러드》를 읽은 뒤로, 체리 파이를 먹거나 만들 때면 늘 낸시 클러터가 떠오른다. 지구상에서 가장 건전하고 결백한 여성인 그녀의 마지막 행동은 이웃의 십대 졸렌 카츠에게 완벽한 체리 파이 만드는 법을 가르치는 것이었다. 대회에서 푸른 리본을 수상한, "오븐에서 막 꺼내 바삭바삭한 격자모양 크러스트 아래에서 체리가 부글부글 끓는" 파이 말이다.

그 책이 출간된 후 〈베스트 라이프Best Life〉 매거진의 한 필자가 낸시 클러터의 실제 체리 파이 요리법을 파헤쳤다. 나는 너무나 흥분했지만, 그러다 사랑스러운 낸시가 자신의 파이에 시판되는 냉동 파이 크러스트와 냉동 체리를 사용했다는 것을 알게 되고 말았다. 냉동 체리는 참을 수 있다. 체리는 제철이 너무 짧으니까 말이다. 하지만 냉동 크러스트는 용납할 수 없었다. 요즘 나는 '미트 후크'에서 정제 라드로 비스킷과 쿠키를 만드는 데 상당한 시간을 보낸다. 초여름이 돌아와 시장에 체리가 등장하기 시작할 즈음이면 나의 라드 작업은 보통 파이 크러스트 만들기에 집중된다. 버터와 진짜 라드를 둘 다 써서 갓 만든 파이 크러스트로 손님들이 계절을 제대로 누릴 수 있도록 하기 위해서이다. 그런데 진짜 라드란 뭐냐고? 진짜 라드는, 즉 베이킹을 위한 최고의 라드는 돼지에서 나온다.

화요일마다 가게에 돼지들이 배달되는데, 보통 네 마리에서 여덟 마리 사이이다. 작업대들을 청소하고, 트럭으로 걸어 나가고, 돼지의 무게 때문에 뒤뚱거리며 날라서 안으로 들이고, 작업대 위에 내려놓고, 주요 부위들을 해체하기. 이런 배달 의식을 아무리 여러 번 완수했어도, 이 모든 일이 얼마나 빠르고 매끄럽고 고요하게 이루어지는지 늘 경이롭다.

돼지가 작업대에 놓이고 나면, 해체의 첫 단계는 복부에 걸친 매끄럽고 하얀 층 속에 있는 콩팥 지방(혹은 '리프 라드')을 떼어내는 것이다. 칼을 쓸 것 없이 서너 번 깔끔하고 확실하게 잡아당기면 떨어져나온다. 떨어진 지방을 분쇄하고 정제하면 꿈의 베이킹을 위한 매끄럽고 잡내 없는 라드가 된다. 이 물건은 진정한 마법이다. '크리스코' 상표의 식물성 쇼트닝이 흉내내려는 게 바로 이것이지만, 내가 보기에는 풍미와 식감 둘 다에서 갈 길이 멀다.

커포티는 어린 시절을 앨라배마 주 먼로빌의 농장에서 이모네 가족인 포크스 일가와 함께 지냈다. 그곳에서는 닭과 칠면조를 키웠고 훈제소에서 돼지를 훈제했다. 나는 그가 시판 파이 크러스트에 코웃음을 쳤으리라 생각한다. 포크스 일가는 주위의 대지에 의지하여 잘 먹고 살았다. 그곳에서 아침밥은 하루 중 제일 중요한 끼니였고, 제럴드 클라크의 커포티 전기에 의하면 "포크찹과 케일, 옥수수빵, 동부콩, 햄에그, 메기, 다람쥐, 그리츠[69], 그레이비, 생우유, 집에서 만든 과일조림을 곁들인 파운드케이크, 치커리 커피[70] 등 대지의 너그러움에 대한 너무 할 정도의 과시"가 포함되었다. 그가 제일 좋아한 이모인 수크는 크리

---

69) 미국 남부에서 아침식사로 흔히 먹는 옥수수가루로 끓인 죽.
70) 치커리 뿌리를 구워서 빻은 것을 끓인 커피 대용품.

스마스 과일케이크에 넣을 페칸을 찾아 숲을 뒤졌고, 식물 뿌리와 약초를 채집해서 약용차를 만들었다. 어린 시절을 이렇듯 농장에서 식탁까지 직송되는 풍부함에 둘러싸여 보낸 카포티는 분명 이 파이를 좋아할 것이다.

체리 파이

채식주의자거나 혹은 다른 이유로 라드를 꺼린다면 식물성 쇼트닝이나 버터로 대체할 수 있다(그러나 슈퍼마켓에서 판매하는 경화 라드는 사용하지 말 것). 그리고 사워체리 대신 스위트체리밖에 찾지 못했다면 레몬즙 양을 3~4티스푼으로 늘려야 할 것이다.

● 8인분

〈크러스트〉

중력분 2½컵

설탕 3테이블스푼

굵은 소금 1티스푼

무염버터 12테이블스푼(1½스틱), 1센티미터로 깍둑썰어 냉동한다

정제된 리프 라드 ½컵, 6조각으로 썰어 냉동한다

얼음처럼 차가운 물 ¼컵

냉장한 보드카 ¼컵

계란 큰 것으로 1개

크림 1테이블스푼

〈필링〉

설탕 ¾컵

옥수수전분 ¼컵

굵은 소금 ¼티스푼

사워체리 900그램, 씨를 빼고 반으로 쪼갠다

갓 짠 레몬즙 1티스푼

바닐라 에센스 ½티스푼

무염버터 2테이블스푼, 깍둑썬다

크러스트 만들기

밀가루 1½컵, 설탕 2테이블스푼, 소금을 푸드 프로세서 용기 안에 섞고 아주 짧게 네 번 돌린다. 냉동된 버터와 라드를 더하여 반죽이 뭉쳐지기 시작하고 밀가루가 낱낱이 기름에 코팅될 때까지 15~20초 돌린다. 남은 밀가루 1컵을 더하고 아주 짧게 다섯 번 돌려서 전체적으로 완두콩만한 덩어리들이 생기게 한다.

혼합물을 그릇에 옮겨 담는다. 얼음처럼 차가운 물과 보드카를 더하고 고무주걱을 써서 반죽을 살살 뭉친다. 익숙한 반죽보다 질척하거나 끈적일 수도 있다. 하지만 구우면 보드카는 전부 증발될 테니 조바심치지 말자!

반죽을 균등하게 두 덩어리로 나눈다. 각각 공 모양으로 만들되 너무 주무르지 않도록 주의한다. 주방용 랩으로 꽁꽁 싸서 냉장고에서 최소 2시간 동안 냉장한다.

2시간 후 밀가루를 뿌린 작업대에서 반죽을 각각 30센티미터 크기로 동그랗게 민다. 사이에 기름 바른 유산지를 끼워 접시에 쌓고 다시 냉장고에 넣는다. 오븐을 200도로 예열한다.

필링 만들기

설탕 · 옥수수전분 · 소금을 한데 섞어 휘젓고 체리 · 레몬즙 · 바닐라를 더한다. 파이 반죽을 냉장고에서 꺼내서 한 장을 23센티미터 크기 파이 접시에 눌러 붙인다. 가운데에 체리 필링을 살살 쌓아올리고 버터 조각들을 골고루 뿌린다.

바닥 크러스트 가장자리에 붓으로 물을 바르고, 뚜껑 크러스트를 체리 위에 살짝 걸친다. 바닥 크러스트에서 비어져 나온 반죽을 뚜껑 크러스트에서 비어져 나온 부분과 겹쳐 주름을 잡고 포크로 빗살무늬를 낸다.

뚜껑 크러스트에 칼로 통풍구를 내서 증기가 빠져나올 수 있게 한다.

계란과 크림을 섞은 계란물을 붓으로 크러스트에 골고루 바르고 남은 설탕 1테이블스푼을 뿌린다.

15분 구운 뒤 오븐 온도를 90도로 낮춰서 크러스트가 금갈빛이 되고 필링이 부글거릴 때까지 1시간 혹은 그 이상 굽는다. 크러스트가 너무 빨리 갈색을 띠면 포일을 덮어 계속 굽는다.

the Little Friend

PEPPERMiNT STiCK iCE CREAM

《작은 친구》

도나 타트의 소설 세 권을 전부 읽고 나니, 어느 것이 제일 좋은지 고르기가 불가능하다는 것을 깨달았다. 다들 너무 다르다.《비밀의 계절The Secret History》과《황금방울새The Goldfinch》는 동부 해안 지방을 주된 배경으로 하며 비밀스럽고 모호한 지성주의와 대대로 전해지는 부가 등장한다.《비밀의 계절》출간 이후 대부분의 독자들이 기대한 분위기는 이런 종류였다.《작은 친구》는 너무나도 달랐다. 2002년 이 작품이 나왔을 때 사람들의 열광이 덜했던 것은 아마 이런 기대가 충족되지 않아서였을 것이다.

가혹하기로 악명 높은 〈뉴욕 타임즈New York Times〉의 서평가 미치코

가쿠타니는 이렇게 썼다. "(《작은 친구》의) 제일 형편없는 대목은 책으로 만든 프랑켄슈타인 같이 느껴진다. 어울리지 않는 부분들을 두루뭉술 모아놓았다." 또한 이 책의 액션 장면 다수가 그럴싸해 보이기보다는 "극도로 인위적인 액션 영화에서 편집시 삭제된 부분들"같다고 말했다. 내가 보기에 이런 논평들은 타트의 소설 전부에 적용될 수 있다. 그녀의 소설들은 서사시적이고 지나치게 복잡하다. 시간이 앞뒤로 널뛰는데다, 진정 근사한 이야기를 위해서라면 불신을 유보하라고 독자에게 요구하는 경우도 잦다.

《작은 친구》의 경우 그 근사한 이야기는 미시시피 주에서 자라난 아홉 살 소녀 해리엇 뒤프레스니스에 관한 것이다. 그녀의 오빠 로빈은 아홉 살 때(해리엇이 아기에 불과할 때였다) 가족의 집 뒷마당 니사나무에 목을 맨 채 발견되었다. 이 책에는 독자가 타트의 소설에서 기대할 법한 온갖 고딕풍 으스스함이 있음에도(그리고 그 이상의 것들도 있다) 완전히 다른 느낌인데, 바로 작중 화자 때문이다. 나는 《비밀의 계절》과 《황금방울새》를 그토록 사랑했음에도 화자인 리처드와 테오는 사랑하지도 공감하지도 못했다. 그들은 강박적으로 끔찍한 결정을 내리는 듯 보이며 저돌적으로 위험에 뛰어든다. 해리엇도 모험과 위험을 찾아 나선다는 점에선 비슷하지만, 활기차고 용감한 아홉 살 말괄량이에게서 그런 점은 어쩐지 덜 파괴적으로 느껴진다. 해리엇의 어떤 부분은 스카우트 핀치이고 어떤 부분은 캐디 콤슨[71]이며 어떤 부분은 해리엇

---

71) 윌리엄 포크너 《소리와 분노》의 주인공들 중 하나

웰시[72])지만, 그럼에도 그녀는 별개의 고유한 인물로서 존재한다.

타트의 사생활이 너무나 내밀하다 보니 소설의 등장인물로부터 그녀 본인을 알아내려는 욕구가 늘 존재한다. 해리엇의 경우 이런 욕구를 피하기 더욱 어렵다. 타트는 미시시피 주에서 성장했고 1970년대 초에 9살 즈음이었을 것이다. 또한 해리엇과 마찬가지로 열렬한 독서가였고, 소설 쓰는 실력으로 볼 때 그녀가 해리엇처럼 상상력이 활발하다고 가정해도 무방할 것이다.

해리엇을 통해 독자는 타트가 먹고 자랐을 법한 푸짐한 남부 음식을 엿볼 수 있다. 닭고기 크로켓과 '카로' 상표의 옥수수 시럽을 곁들인 비스킷, 바나나 푸딩, 코코넛 케이크, 옥수수 푸딩, 매시드 포테이토, 파운드케이크, 닭튀김 등. 미국 남부 문학에서 음식은 늘 풍부하다. 그렇지만 《작은 친구》의 경우, 슬픔이 해리엇의 가족에게 영향을 미친 방식들을 밝혀준다는 점에서 특히 중요한 역할을 한다.

로빈의 죽음 이후 해리엇은 자주 굶주림을 느낀다. 음식에 대해서뿐 아니라, 긴장증 환자에 가까운 상태로 딸의 육체적·감정적 욕구를 무시하는 어머니의 사랑과 관심에 대해서다. 수업 시간에 양호 교사가 학생들에게 날마다 일기에 식이 습관을 기록하라고 요구하자 해리엇은 겁에 질린다. 자신의 식이가, 특히 어머니가 저녁식사를 준비하지 않는 밤이면 얼마나 나쁜지 깨달았기 때문이다. 그녀는 자신이 "팝시클·블랙 올리브·버터 바른 토스트" 같은 식사를 한다는 사실을 발

---

72) 루이스 피츠허그 《탐정 해리엇》의 주인공

견한다. 수치심을 느낀 그녀는 실제 목록을 찢어버리고 어머니가 결혼 선물로 받았던 《가족을 기쁘게 하는 천 가지 방법Thousand Ways to Please Your Family》이라는 요리책의 내용을 베껴 적는다. "꼼꼼하게 이어지는 균형 잡힌 식단: 닭고기 피카타[73] · 여름 호박 그라탱 · 가든 샐러드 · 사과 조림."

그녀는 친구 헬리를 부러워한다. "아무리 날이 덥든 간에" 헬리의 가족은 "매일 밤 자리에 앉아서 진짜 저녁식사를 먹었다. 로스트비프 · 라자냐 · 새우튀김 등 부엌을 찜통처럼 만드는 거창하고 뜨겁고 기름진 저녁식사였다." 해리엇의 어머니가 유일하게 먹는 모습을 보이는 음식은 페퍼민트 아이스크림이다. 4리터들이 줄무늬 통에 담긴 채 냉동실에 언제나 진치고 있는 아이스크림을 어머니는 늘 적절한 식사라며 해리엇에게 밀어붙인다. 어느 순간 해리엇은 어머니에게 단도직입적으로 말한다. "굶어죽을 것 같아요." 이 말에 대한 어머니의 반응은 딸에게 아이스크림을 주는 것이다. 해리엇은 격분해서 그녀를 비난한다. "'전… 싫어요… 이런… 아이스… 크림….' 그녀가 얼마나 여러 번 말했던가? '어머니, 전 페퍼민트 아이스크림이 싫어요.' 그녀는 갑자기 자포자기 심정이 되었다. 지금까지 어느 누가 자기 말에 귀를 기울였던가? '못 견디겠어요! 한 번도 좋아한 적 없다고요! 어머니 말고는 아무도 안 좋아해요!'"

해리엇이 어머니가 들고 있던 페퍼민트 아이스크림 못지않게 보인

---

73) 닭고기를 두툼하게 저며 밀가루를 입히고 기름에 지져서 소스를 뿌린 요리.

차가운 반응은 그녀가 얼마나 먼 곳에 가있는지 정확히 보여준다. 그녀는 분노하는 딸을 보면서 그저 이렇게 대꾸한다. "흠?"

페퍼민트 스틱 아이스크림

● 3리터 분량

우유 3컵

생크림 3컵

바닐라 에센스 1티스푼

계란 큰 것으로 8개의 노른자

설탕 1½컵

굵은 소금 ½티스푼

페퍼민트 에센스 1티스푼

부스러뜨린 페퍼민트 캔디 1½컵

개수대나 아주 큰 그릇에 얼음덩어리와 찬물을 채워서 얼음탕을 준비한다. 유리나 금속 소재의 큰 그릇을 얼음탕에 올리고 고운 체를 그릇에 걸친다. 크고 바닥이 두꺼운 냄비에서 우유 · 크림 · 바닐라를 섞고 끓어오르기 직전까지 중불로 가열한다(냄비 가장자리에 자잘한 거품이 생기고 액체 표면에서 김이 올라오는 것이 보일 것이다).

또 하나의 큰 그릇에 계란 노른자·설탕·소금을 한꺼번에 넣고, 폭신하고 연노란빛이 될 때까지 거품기로 젓는다.

데운 우유-크림 혼합물 일부를 1컵들이 유리 계량컵에 옮겨 담는다. 계란 노른자에 천천히 균일하게 부으면서 계속 저어준다. 이 과정을 데운 우유-크림 혼합물이 전부 계란 노른자와 혼합될 때까지 계속한다.

계란-크림 혼합물을 다시 냄비에 붓고, 중약불에서 계속 저어주며 혼합물이 80도가 될 때까지 조리한다. 혼합물을 체로 내려 얼음탕에 걸친 그릇에 붓고, 페퍼민트 에센스를 넣고 거품기로 젓는다. 아이스크림 베이스가 실온이 될 때까지 계속 저어준다. 그릇에 뚜껑을 덮고 냉장고로 옮겨서 완전히 식을 때까지 최소 8시간 동안 둔다.

베이스가 속속들이 차가워지면 아이스크림 메이커에 넣고 설명서에 따라 돌린다. 아이스크림이 굳으면 페퍼민트 캔디 부스러뜨린 것을 더하고 1분 더 돌려서 골고루 섞이게 한다. (아이스크림 메이커가 한 번에 1리터밖에 못 돌리는 제품이라면, 아이스크림 메이커에 베이스 1리터를 넣고 작동시키며 사탕 ¾컵을 넣기를 반복한다.)

"Gimpel the Fool"

CHALLAH

《바보 김펠》

우리 할아버지는 매사추세츠 주 도체스터의 이디시어 사용 가정에서 어머니·아버지·형제·할머니와 함께 자랐다. 그분은 요즘도 할머니가 만들어주시던 할라 얘기를 한다. 따뜻하게 유지하느라 아파트 난방기에 올려둔 땋아내린 모양의 큰 빵 덩어리들은 온 집안을 향기로운 냄새로 가득 채웠고, 할머니는 자잘한 롤빵들을 학교에서 돌아온 아이들이 못 보도록 감춰두었다. 할라에 대한 할아버지의 기억이 얼마나 생생한지, 이야기할 때마다 나도 그 맛과 냄새를 느낄 수 있다. 하지만 슬프게도, 여러 일상적 관용구들과 애정 표현들을 제외하면 할아버지는 더이상 이디시어를 기억하지 못한다.

대학교에서 아이작 바셰비스 싱어의 소설들을 발견했을 때 원어로 읽을 수 있기를 얼마나 바랐는지 모른다. 솔 벨로는 1953년《바보 김펠》을 번역해서 처음으로 미국 독자들에게 싱어를 소개했다. 그 번역이 훌륭하다는 데엔 의심의 여지가 없다. 그렇지만 두 언어 사이에서 많은 것이 소실되었으리라는 의심이 든다. 아빠나 피터 삼촌에게 이디시어 단어 하나를 번역해달라고 부탁할 때마다 설명하느라 몇 분씩 걸린다. 한 단어는 늘 전혀 다른 것을 암시하는 또 다른 단어와 연관되어 있고, 그것은 또 이러저러한 이야기와 관련되기 때문이다. 귀담아 들을 가치가 있는 아름다운 설명이다. 그렇지만 단어 하나를 설명하는 데도 그렇게 오래 걸린다면, 이디시어로 된 소설 전체를 그 과정에서 어떤 의미도 잃지 않으며 번역하는 것이란 얼마나 불가능한 과업인지 상상조차 쉽지 않다.

번역 중에 소실된 내용과는 관계없이, 싱어의 글에 싫증이 났던 적은 한 번도 없다.《바보 김펠과 그 밖의 이야기들Gimpel the Fool and Other Stories》은 도처에 음식이 등장하는데, 특히 빵이 그렇다.〈아버지와 일곱 아들Abba and His Seven Sons〉에서 페샤는 점심식사를 위해 할라를 구우면 "첫 덩어리를 꺼내고 오븐에서 막 나와 뜨거운 것을 손에서 손으로 옮겨가며 후후 불어 식혀 아버지에게 가져가서, 그가 고개를 끄덕여 승인할 때까지 높이 들고 앞뒤로 선보이곤 했다."〈보이지 않는 자들The Unseen〉의 한 남자는 완전한 어둠 속에서 로쉬 하샤나[74] 식사를 한다. 그는 "앞이 안 보이는 채로 빵을 꿀에 찍고, 사과와 당근과 잉어 머리를 맛보고, 만물 과일인 석류에 축복을 내린다."

나를 싱어에게로 처음 인도한 것은 제빵사 김펠이었다. 그리고 지난 주 내내 로쉬 하샤나 용으로 둥그런 할라를 만들면서도 김펠을 생각했다. 운 좋게도 가족과 함께 고향에서 지내는 명절이었다. 우리 자매들은 온종일 반죽을 치대고 가스를 빼고 땋으며 보냈다. 어린 시절 할아버지의 작은 아파트에서와 꼭 같이, 난방기란 난방기에서마다 빵 덩어리들이 부풀어올랐다.

할라

빵이라는 게 대체로 그렇듯 할라도 까다로울 수 있다. 나는 각각 다른 테크닉을 수도 없이 시도해봤다. 햇볕 속에서 발효시켜보고, 오븐 속에서 발효시켜보고, 설탕 대신 꿀을 써보고, 계란 양을 늘려보고, 이스트 양을 줄여보았다. 다 맛있었지만 완벽하지는 않았다. 발효 반죽에 대해서 배울수록 깨닫게 된 비결은, 먼저 두 번에 걸쳐 따뜻한 곳에서 발효시킨 후 저온에서 서서히 발효시키는 것이다. 시간이 부족하면 고온에서 빨리 두 번만 발효시켜도 괜찮다. 그러나 저온에서의 느린 발효는 빵에 완전히 새로운 풍미와 식감을 주어서, 어째서인지 폭신하면서도 동시에 쫄깃하게 만든다. 맛있는 할라는 바로 이래야 한다.

---

74) 유대인의 새해 명절. 유대력 1월 1일에 해당된다.

● 2덩어리 분량

드라이 이스트 1½테이블스푼

설탕 1테이블스푼

따뜻한 물(40도 정도) 1¾컵

식물성 기름 ½컵

계란 큰 것으로 5개

설탕 ½컵

고운 소금 1테이블스푼

강력분 8컵

위에 뿌릴 굵은 소금

거품기 부속을 끼운 전기 믹서 용기에 따뜻한 물을 담고 이스트와 설탕을 녹인다. 믹서를 작동시킨 채 이스트 혼합물에 식물성 기름을 더한다. 계란 4개를 한 번에 하나씩 더하되 매번 잘 풀어준다. 설탕과 고운 소금을 넣고 믹서를 돌린다. 거품기 부속을 떼고 반죽용 부속으로 교체한다.

믹서를 작동시킨 채 밀가루를 한 번에 한 컵씩 서서히 더하면서 반죽이 간신히 뭉쳐질 정도까지 섞는다. 이 시점에서 밀기루를 뿌린 작업대 위로 반죽을 꺼내고, 매끄럽고 탄력이 생길 때까지 3~5분 손으로 치댄다.

반죽을 기름 바른 그릇에 담고 깨끗한 행주로 덮는다. 따뜻한 곳에 두고 1시간 동안 부풀린다. 1시간 후 크기가 두 배 정도로 부풀어야 한다. 반죽을 주먹으로 지그시 눌러서 가스를 빼고, 다시 행주로 덮은 후 30~45분 동안 다시 부풀린다.

2차 발효 후 행주로 덮은 반죽 그릇을 냉장고에 12~24시간 동안 둔다.

오븐용 철판 2장에 유산지를 깔고 유산지에 살짝 기름을 바른다. 밀가루를 가볍게 뿌린 작업대에 반죽을 꺼내놓고 균등하게 둘로 나눈다. 반죽을 빵 모양으로 성형하고, 각각 유산지를 깐 오븐용 철판에 놓는다.

남은 계란을 작은 그릇에 풀어 붓으로 빵에 바른다(남은 계란물은 잘 둔다). (로쉬 하샤나의 전통대로) 둥그런 빵을 만들 거라면, 오븐 사용이 가능한 주발이나 둥그런 케이크 틀에 기름 바른 유산지를 깔고 반죽을 담는다. 뚜껑을 덮고 따뜻한 곳에서 1시간 더 부풀린다.

오븐을 190도로 예열한다.

빵에 계란물을 붓으로 바르고 굵은 소금을 흩뿌린다. 빵의 중심부를 톡톡 쳤을 때 텅 빈 소리가 날 때까지 40~60분 동안 굽는다(만드는 빵이 둥그런지 길쭉한지에 따라 시간이 달라질 것이다). 온도계를 갖고 있다면 빵의 내부 온도가 90도가 되도록 한다. 완성된 빵을 꺼내서 식힘망 위에 놓는다. 모든 끼니에 모든 음식과 함께 먹는다.

In the Woods

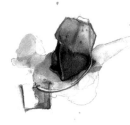

CHOCOLATE-COVERED
DiGESTiVE BiSCUiTS

《살인의 숲》

2013년 4월 보스턴 마라톤에서 폭탄이 터진 뒤의 금요일, 뉴스를 네 시간째 보다 말고 갑자기 베이킹에 대한 절실한 필요를 느꼈다. 나를 몰아붙인 것은 무언가 달콤한 것을 먹겠다는 욕망이 아니라, 분량을 재고, 무게를 달고, 체에 치고, 크림화하고, 거품을 내고, 기다리는 행위들이 늘 나에게 가져다주는 고요함이었다. 월요일 이후로 내가 느낀 슬픔과 근심에는 바닥이 없어 보였다. 나는 밀가루가 다 떨어질 때까지 베이킹을 하면서 다시 떠오를 수 있도록 바닥을 치려고 노력했다.

중요 사건을 보도하는 뉴스들을 온종일 따라가다 보면, 그 사건에 대해 말하기 위해 탄생한 언어를 인식하게 된다. 용의자가 구금되기

　　　　　　　　　　　문학을 홀린 음식들

전 몇 시간 사이에 뉴스 앵커들이 '범인 추적'과 '총격전'을 얼마나 여러 번 말하던지 그 단어들이 무의미하게 들리기 시작했다. 또 어떤 사람들은 '찻잎으로 점치기'(경찰관 무리의 움직임을 지켜봄으로써 정보를 얻는다는 뜻의 암호임을 알게 되었다)에 대해 이야기했고, 보스턴은 '사실상 폐쇄' 상태의 '유령 도시'라고 강조했다. 흰 모자와 검은 모자[75], 압력솥과 급조 폭발물들에 대한 이야기가 있었고, '보스턴은 강하다'는 말들이 나의 뉴스피드를 가득 채웠다.

어떤 기자는 '소화'라는 말에 집착해서, "우리는 아직 소화 중입니다" "소화하기 어렵습니다" 등 이런저런 맥락에서 그 말을 네 시간 동안 거의 스무 번이나 사용했다. 집착하기엔 좀 이상한 단어였는데, 아마 그래서 내 눈에 띄었던 것이리라. 비극과 슬픔에 엮일 때면 식욕과 소화에 웃기는 일들이 일어난다. 우리는 아무것도 못 먹거나, 과식하거나, 한 번도 갈망해본 적 없는 것들 혹은 어린 시절 이후로 먹어본 적 없는 것들을 갈망한다.

그날 아침 내가 가진 버터와 밀가루와 설탕이 몽땅 케이크와 막대 과자로 구워지자, 나는 텔레비전 소리를 죽이고는 책을 가지고 담요 밑에 숨었다. 타나 프렌치의 《살인의 숲》이었다. 그 순간 내게 필요했던 바로 그런 책이었다. 위안을 갈구하는 나를 위한, 꿈처럼 잘 쓰인 살인 미스터리 소설. 나는 이 책을 몇 시간 동안 읽으면서 자몽 케이크 하나를 통째로 거의 다 먹었다. 그러는 사이 마침내 내 자신으로 돌아

---

75) 용의자 2명은 신원이 밝혀지기 전 각각 '흰 모자'와 '검은 모자'로 불렸다.

온 것 같은 기분이 되었다.

참사와 비극으로 빠져드는 살인 담당 형사 캐시 매덕스와 로브 라이언은 슬픔을 감당할 방법을 찾느라 끝없이 고심한다. 그들은 술을 너무 많이 마시고, 적당하지 않은 사람들과 너무 자주 같이 자며, 서로에게 기름진 식사를 만들어주고, 불안을 달래는 약을 몇 움큼씩 먹어치우고, 밤새 잠을 자지 않고 깨어 있다. 다른 방법들이 모두 소용없을 때면 캐시는 초콜릿 다이제스티브 비스킷을 먹는다. 아주 많이 먹는다. 그녀는 이 과자를 시장에서 사와서 책상 서랍에 숨겨 놓기도 하고, 사람들이 뇌물이나 화해의 선물로 가져오기도 한다. 이것은 이 책의 중심이 되는 살인 사건의 피해자인 12살 소녀의 마지막 식사이기도 한데, 이 기묘한 반전을 어떻게 해석해야 할지는 잘 모르겠다.

《살인의 숲》 도처에 초콜릿 비스킷이 존재하는 것은 이 소설의 배경이 아일랜드이고 타나 프렌치가 아일랜드 작가이기 때문이라는 주장도 일리가 있다. 〈워싱턴 포스트Washington Post〉에 실린 모니카 헤스의 기사에 따르면 다이제스티브는 19세기에 발명된 이래로 영국에서 일상적 음식이 되었고, 오늘날에는 매초 52개의 비스킷이 소비된다고 추정된다. 이름이 암시하듯 다이제스티브digestive 비스킷은 원래 소화digestion를 돕기 위해 만들어졌다. 거친 밀기울과 듬뿍 사용된 베이킹 소다가 위를 안정시키고 음식물이 내려가는 것을 도우리라는 생각이었다. 이런 발상은 특히 까다로운 뱃속에 몰두하던 빅토리아 시대 사람들의 관심을 끌었다. 그렇지만 통밀 크래커의 경우와 마찬가지로, 이 비스킷의 매력은 의학적 용도를 훨씬 뛰어넘는다.

다이제스티브 한 조각에 존재하는 의례와 역사에는 엄청난 위안이 있다. 제2차 세계대전 중 영국 병사들이 지급받아 질 나쁜 콩과 얄팍한 쇠고기 통조림과 함께 배낭에 쑤셔 넣은 전투식량에는 두 가지 종류의 비스킷(그냥 비스킷 두 개와 초콜릿 비스킷 두 개)이 들어 있었다. 고향을 멀리 떠나 겁에 질린 그 젊은이들에 관하여 생각해본다. 이 친숙한 작고 동그란 비스킷이 비극과 참사와 폭력을 눈앞에 둔 그들에게 주었을 위안에 관하여.

(새로운 정보는 별로 없고) 점점 더 반복적으로 되어가는 뉴스에 몇 시간 동안 사로잡힌 끝에 독서와 베이킹이 가져다준 위안이 옅어지기 시작하자, 나는 억지로 집을 나와서 다른 곳에서 위로를 찾았다. 열차를 타고 유니온 스퀘어로 가서 근무 중인 친구 조를 찾아갔다. 그는 그을린 로즈메리와 질 좋은 진으로 칵테일을 만들어주었다. 크리스마스와 촉촉한 땅 같은 맛이 났고 가슴이 따뜻해졌다. 첼시까지 걸어가서 자그마한 서점에서 새 책 냄새를 맡아보았다. 그러고는 닭 간을 먹었는데, 얼마나 맛있는지 뺨에 즉시 혈색이 돌아왔다. 헤럴드 스퀘어에서 배터리까지 걸어갔다가 윌리엄스버그 다리를 건너 집으로 돌아갔다. 그러고는 사과 같은 풋토마토를 먹었는데 맛이 좋고 사향 냄새가 나고 새콤했다. 내가 지금 있는 도시에 대하여 생각해보았지만, 그보다도 내가 떠나온 도시에 대한 생각이 머리를 가득 채웠다. 그곳의 상처투성이 역사와 뒤죽박죽인 도로들과 선량한, 정말로 선량한 사람들에 대한 생각이. 아래쪽 동네에서 안식일을 알리는 사이렌이 울린다. 일몰을 앞두고 한 무리의 하시드파 유대인 소년들이 집으로 가려고 서둘러 지나갈

때 나는 토마토를 먹다 말고 조금 운다. 내가 참가했던 열여덟 번의 보스턴 마라톤에 대하여 생각하니 안전하고 행복하고 자랑스러운 기분이 든다. 그것들을 전부 소화하기 위한 시간을 가진다. 그 모든 것들을.

초콜릿 다이제스티브 비스킷

- (7.5센티미터 크기) 비스킷 1다스 분량

통밀가루 ¾컵

중력분 ¼컵

밀기울 ¼컵

꽉꽉 눌러 계량한 진갈색 설탕 ¼컵과 1테이블스푼

베이킹파우더 ½티스푼

베이킹소다 ¼티스푼

타르타르크림 ¼티스푼

굵은 소금 ¼티스푼

무염버터 4테이블스푼(½스틱), 가열해서 갈색으로 만든 후 냉장해서 다시 고체화시킨다

식물성 쇼트닝 1테이블스푼, 냉장한다

생크림 3테이블스푼

바닐라 에센스 ½티스푼

〈초콜릿 글레이즈〉

다진 세미스위트 초콜릿 1컵

식물성 쇼트닝 2티스푼

위에 뿌릴 굵은 소금

오븐을 180도로 예열한다. 오븐용 철판에 유산지를 깐다.

통밀가루·중력분·밀기울·갈색 설탕·베이킹파우더·베이킹소다·타르타르크림·소금을 푸드 프로세서 용기에서 섞고 아주 짧게 몇 번 돌려서 전체가 골고루 혼합되게 한다. 냉장된 브라운 버터와 식물성 쇼트닝을 더하고 짧게 몇 번 돌려서 유지가 골고루 퍼지게 한다.

푸드 프로세서를 작동시킨 채 크림과 바닐라를 서서히 더한다.

반죽을 깨끗한 작업대에 꺼내놓고 공 모양으로 뭉친다. 반죽이 아주 부슬부슬할 테지만 잘 뭉쳐질 것이니 걱정하지 말자. 반죽을 유산지 두 장 사이에 끼우고 0.5센티미터 두께로 민다. 7.5센티미터 크기 원형 커터로 찍어낸 쿠키들을 유산지를 깐 오븐용 철판에 놓는다.

금갈빛으로 단단해질 때까지 15~20분 굽는다. 식힘망으로 옮겨서 식힌다.

글레이즈를 만들려면 중탕기를 준비한다. 중간 크기 소스팬에 물을 5센티미터 깊이로 붓고 중불로 끓인다. 내열 유리그릇을 냄비에 걸치고, 초콜릿과 쇼트닝을 넣은 후 거품기로 저어서 매끄럽게 만든다. 녹은 초콜릿을 식은 쿠키들에 바르고 굵은 소금을 흩뿌린다.

Sometimes a Great Notion

BLACKBERRY-HAZELNUT COFFEE CAKE

《때로는 위대한 관념》

대학교 신입생 시절 에밀리를 만났을 때 나는 뉴욕이 너무 지긋지긋하고 외롭고 지친 상태였다. 이곳을 떠나 다시는 돌아보지 않을 기세로, 생각할 수 있는 최대한 많은 학교에 전학 신청서를 내면서 몇 주를 보내던 참이었다. 에밀리를 만난 일은 여러 가지로 내 삶의 경로를 긍정적으로 바꾸었다. 가장 중요한 점은 그녀가 나를 뉴욕에 머물노록 설득했고, 몇 년 후에는 블로그를 만들도록 설득해서 그것이 이 책으로 이어졌다는 사실이다.

4년 전 에밀리와 그녀의 남편 앤티와 나는 독서모임을 시작했다. 책한 권을 끝낼 때마다 그들이 내 아파트에 들렀고, 나는 토론을 하며 먹을 수 있도록 책에 나오는 음식을 요리했다. 이 독서모임 만찬은 결국 문학 속 저녁식사 모임으로 바뀌었고, 그 후 냠냠북스 블로그로 바뀌어 이 책의 출발점이 되었다. 마지막 독서모임에서 우리는 켄 키지의 《때로는 위대한 관념》에 대해 토론하며 버터가 듬뿍 든 큼직한 비스킷에 걸쭉한 스튜를 끼얹어 먹었다. 에밀리와 앤티는 그들이 성장한 오리건 주에 대해 이야기했고, 그곳이 키지가 묘사한 꼭 그대로 천국 같다고 했다(그리고 최소한 몇 년 동안은 그리로 돌아가지 않을 것이라고도 했다).

키지를 가장 유명하게 만든 책은 《뻐꾸기 둥지로 날아간 새One Flew Over the Cuckoo's Nest》이지만 난 《때로는 위대한 관념》이 그의 진정한 걸작이라고 생각한다. 이 소설은 오리건 주에 있는 가상의 마을 와콘 다에서 벌어지는 스탬퍼 일가의 연대기다. 그들은 이 마을에서 노동조합에 가입하지 않고 벌목을 하는 유일한 가족이다. 노조 소속 벌목공들이 더 많은 보수를 요구하며 파업에 들어가자(근무 시간은 전기톱의 발명 덕분에 줄어들고 있다), 스탬퍼 일가는 파업에 합류하지 않기로 결정하고 단독으로 제재소에 목재를 제공한다.

그렇지만 스탬퍼 가정 외부에서 벌어지는 혼란은 그 내부에서 일어나는 것에 비하면 아무것도 아니다. 《때로는 위대한 관념》은 형제간의 고질적인 반목, 야만적인 복수 모의, 억눌린 침묵, 오이디푸스적 욕망이 제멋대로 뻗어 나가는 서사시이다. 스타인백의 《에덴의 동쪽East of Eden》에 테스토스테론을 가득 퍼부었다고 생각해보라. 가족의 역기능과 고집스러운 완강함을 이보다 더 암울하고 노골적으로 파고들기는 어렵다.

끊임없이 이어지는 심적 고통과 차갑고 거센 비로부터 유일하게 안전해지는 순간은 스탬퍼 일가가 식탁 주위에 모일 때다. 남자들이 아침에 일어나면 비브 스탬퍼의 "김이 무럭무럭 나는 팬케이크 무더기"가 있다. 제재소로 갈 때는 식초와 겨자 향이 물씬한 데빌드 에그, 두툼한 올리브, "구운 개암열매가 든 반들반들한 갈색 사탕"이 든 간식 봉투를 가져간다.

저녁식사 때면 그들은 "체크무늬 식탁보를 둘러싸고 다닥다닥 붙어 앉는다". 식탁보 위에는 "양파를 넣고 볶은 사슴 간과 심장, 요리할 때 나온 기름으로 만든 그레이비… 삶은 감자와 신선한 껍질콩과 집에서 만든 빵"이 가득하다. 비브가 버터·황설탕·시나몬 설탕 '레드핫'을 채워서 구운 사과가 얼마나 맛있는지, 릴런드 스탬퍼는 한 개 먹더니 밖으로 나가서 문자 그대로 달을 향해 울부짖는다.

오리건 주가 얼마나 장엄한지 몇 년에 걸쳐 무수한 이야기를 들었음에도, 올 여름 에밀리와 앤티의 결혼식에 참석하려고 그곳을 찾아갔을 때 나는 완전히 넋이 나가 얼어붙었다. 오리건 주의 사람들은 친절하고 커피는 진하다. 사람들은 자신이 정말로 하고픈 일이 무엇인지 말할 필요를 느끼지 않고, 그 대신 그들이 지금 하는 제과점 일에 대해 이야기한다. 그리고 세상에서 가장 청명한 산들바람의 입맞춤이 언제나 존재한다. 나는 거기 있는 내내 《때로는 위대한 관념》에 대하여, 4년 전 내 소파에 앉아 비스킷을 먹으면서 방석 아래로 수줍게 손잡고 있던 때는 자기들이 어떻게 될지 생각도 못 했던 두 친구에 대하여 생각했다.

켄스 아티전 베이커리[76]에서 산 크루아상·부두 도넛[77]·미러 폰드 페일 에일[78]을 통해서조차, 나는 그 주 내내 비브의 "개암열매와 블랙베리를 넣은 커피 케이크"를 머릿속에서 몰아낼 수 없었다. 그래서 결혼식 다음날 춤 때문에 여전히 아픈 발로(그리고 샴페인 때문에 여전히 아픈 머리로) 파머스 마켓에 가서 블랙베리와 질 좋은 오리곤 산 헤이즐넛을 골랐다. 우리는 위장이 아파올 때까지 케이크를 포식했다. 릴런드 스탬퍼라면 "축복이 가득한" 주라고 불렀을 일주일의 완벽한 마무리였다.

블랙베리 헤이즐넛 커피 케이크

● 8인분

〈블랙베리 스트로이젤〉

중력분 1컵

꽉꽉 눌러 계량한 흑설탕 ½컵

강판에 간 시나몬 3티스푼

굵은 소금 ½티스푼

---

76) 오리건 주 포틀랜드에 있는 빵집.
77) 오리건 주 포틀랜드의 도넛 가게.
78) 오리건 주에 위치한 소규모 양조업체 '도이치스 브루어리'의 맥주.

무염버터 6테이블스푼(¾스틱), 냉장했다가 잘게 썬다

구운 무가염 헤이즐넛 1¼컵, 다진다

생 블랙베리 1½컵

〈커피 케이크〉

무염버터 12테이블스푼(1½스틱), 실온에 둔다

그래뉴당 1½컵

계란 큰 것으로 3개, 실온에 둔다

사워크림 1¼컵

바닐라 에센스 1¼티스푼

박력분 2½컵(팽창제가 첨가되지 않은 종류)

베이킹파우더 2티스푼

베이킹소다 ½티스푼

굵은 소금 ½티스푼

스트로이젤 만들기

큰 그릇 안에 밀가루·흑설탕·계피·소금을 섞는다. 버터를 더하고 손가락으로 혼합물을 꼬집듯이 쥐어서 부슬부슬하게 만든다. 헤이즐넛을 더하고 버터향 풍부한 큰 빵부스러기들처럼 될 때까지 반죽한다. 블랙베리를 넣고 뒤적여서 골고루 섞이게 한다. 스트로이젤 그릇에 뚜껑을 덮고 냉장고에 둔다.

문학을 홀린 음식들

커피 케이크 만들기

오븐을 180도로 예열한다. 바닥을 분리할 수 있는 25센티미터 정도 크기 시폰케이크 틀에 버터를 바른다.

주걱형 부속을 끼운 전기 믹서 용기에 버터와 설탕을 넣고, 중속으로 가볍고 폭신해질 때까지 5분 정도 돌려서 크림화한다.

믹서 속도를 낮추고 계란을 한 번에 한 개씩 더하되 매번 계란이 잘 섞이도록 유의한다. 믹서를 끄고 용기 옆면에 붙은 반죽을 긁어내린다. 믹서를 다시 켜고 사워크림과 바닐라를 넣어 섞는다.

다른 그릇에서 밀가루·베이킹파우더·베이킹소다·소금을 섞는다. 마른 재료들을 진 재료들에 더하고, 반죽이 간신히 뭉칠 정도까지 믹서를 돌린다. 반죽의 절반을 시폰케이크 틀에 담는다. 그 위에 블랙베리 스트로이젤 절반을 숟갈로 골고루 평평하게 올린다. 나머지 반죽으로 덮고 그 위에 나머지 스트로이젤을 숟갈로 올린다.

중심을 이쑤시개로 찔러도 묻어나지 않을 때까지 1시간 정도 굽는다.

틀을 식힘망 위로 옮겨서 완전히 식힌다. 완전히 식은 후 케이크를 꺼내고 밑판을 분리한 후, 스트로이젤 쪽을 위로 해서 케이크 스탠드나 접시에 담는다.

Gone Girl

BROWN BUTTER CRÊPES

《나를 찾아줘》

내가 봄의 뉴욕을 사랑하는 것은 뉴욕 시민들이 얼마나 창의적인지 실감하기 때문이다. 우리는 어디든 야외 주거공간으로 만들 수 있다. 집주인이 명시적으로 출입을 금지한 타르가 녹아가는 옥상에서 일광욕을 하고, 1970년대 이래로 점검받은 적 없는 녹슨 비상계단에서 활개를 펴고 책을 읽으며, 시멘트 현관 계단에 방석을 깔아놓고, 인도에 접이식 의자를 줄줄이 늘어놓는다. 배터리부터 브루클린 다리까지의 모든 공원에서 거위똥 위에 수건을 덮고 앉으며 깨진 유리 조각들을 피해 활보한다. 진짜 '뒷마당'을 가진 사람들을 보면 질투에 차서 경탄한다. 그런 곳들은 늘 북적거려서 사유지라도 실제로는 골목이나 마찬가지다. 우리는 콩알만한 '웨버' 그릴을 두고 복작거리며 이렇게 생각한다. "산다는 건 이런 거야."

봄에는 길고 목적 없는 자전거 여행이 있다. 공원에 누워 있다가 손수레에서 계란 노른자 빛깔의 저민 망고를 사먹고, 어마어마하게 큰 스티로폼 컵에 담긴 터키스 네스트[79]의 프로즌 마가리타를 홀짝이고 (이것이 실은 그냥 노란색 게토레이에 테킬라를 섞은 것임을 인정하자), 창쪽으로 구부러지고 뻗어가는 실내 화초들처럼 태양의 위치에 따라 자리를 바꾸면서 보내는 오후들이 있다.

해마다 낮이 길어질수록 나의 주의력이 지속되는 시간은 짧아지고, 나도 모르게 술술 넘어가는 책들을 찾아 서점들을 뒤지고 다니게 된다. 반백의 탐정과 대담하고 기민한 여주인공이 등장하는 가슴 뛰는 미스터리와 스릴러 소설, 저속하면 할수록 더욱 좋다. 더 어릴 때는 이런 갈망을 가슴 속에 꽁꽁 숨긴 채 스트랜드 서점의 뒤쪽 서가를 몰래 누비면서, 동급생 중 아무도 내가 《스카페타Scarpetta》[80]를 훑는 모습을 보지 않는다는 것을 확인하느라 힐끔거렸다. 하지만 요즘은… 별로 신경쓰지 않는다.

지난봄에도 이 친숙한 갈망이 찾아왔다. 파머스 마켓에서 산 아스파라거스를 한가득 품에 안은 채 곧장 서점으로 향했다. 침침한 뒤쪽 서가에서 남몰래 숨어 다니는 대신 서점 직원에게 도움을 청했다. 그녀

---

79) 브루클린에 있는 술집.
80) 퍼트리셔 콘웰의 법의학 스릴러.

는 망설임 없이 내 어깨에 손을 얹더니 곧장 《나를 찾아줘》로 이끌었다. 책을 건네주는 그녀의 부릅뜬 눈은 진지했다. "환영합니다." 그녀는 이렇게 말하더니 가버렸다. 그 다음 48시간은 내 인생에서 완전히 사라졌다.

《나를 찾아줘》는 도중에 내려놓기가 전적으로 불가능하다는 의미에서만 쉽게 읽히는 책이다. 그것 말고 이 책에 쉬운 점이란 하나도 없다. 길리언 플린은 신뢰하기 힘든 만큼이나 좋아하기 힘든 등장인물들을 창조한다. 그들은 서로 거짓말을 하고 우리에게 거짓말을 한다. 우리를 자기편으로 끌어들이는가 싶다가도 몇 문장 뒤에는 우리에게 온통 혐오를 불러일으킨다. 정말이지 진 빠지는 경험이다.

소설은 닉과 에이미 던의 다섯 번째 결혼기념일 아침에 시작된다. 뉴욕에서 만난 이 부부는 한 해 전 닉의 고향인 미주리 주 노스카시지로 이사 왔다. 둘 다 해고로 인한 상처를 달래는 한편, 닉의 죽어가는 어머니와 알츠하이머에 시달리는 아버지를 돌보기 위해서였다.

소설의 도입부에서 닉은 침대에 누운 채 아내가 아래층 부엌에서 "뭔가 인상적인 것"을 요리하는 소리에 귀를 기울인다. "아마 크레페 겠지." 그는 상상한다. 계단을 내려가서, 에이미가 레인지 옆에 서서 〈M*A*S*H〉[81]의 주제곡을 흥얼거리며 (알다시피 〈자살은 괴롭지 않다〉라는 노래다. 플린은 의미심장한 세부사항의 대가이다) 그를 위한 아침식사를 만들고 있는 것을 발견한다. "에이미는 팬에서 지글거리는 크레페

---

81) 한국전쟁 당시 군 병원을 배경으로 한 원작 소설에 기초해 만들어진 영화 및 TV 드라마.

를 들여다보며 손목에서 뭔가를 핥아먹는다. 당당하게, 아내답게 보인다. 껴안으면 베리와 슈거파우더 냄새가 날 것이다."

그날 저녁 닉은 그가 운영하는 술집에서 자택 대문이 활짝 열려 있다는 전화를 받는다. 집으로 가보자 에이미는 사라졌고 집은 완전히 엉망진창 상태다. 며칠이 지나도 에이미는 여전히 행방불명이며, 수사의 방향은 닉에게로 향한다. 이어지는 것은 망가진 결혼 생활에 대한 지금껏 읽은 가장 음울한 이야기 중 하나다.

당장 크레페를 먹고 싶어서 죽을 지경이지 않은가, 여러분?

브라운 버터 크레페

크레페가 따끈할 때 리코타 치즈, 과일과 메이플 시럽, 버터와 설탕과 레몬 껍질 등을 올려서 내자.

● 크레페 8개 분량

계란 큰 것으로 2개, 가볍게 풀어둔다

우유 ½컵

꿀 2테이블스푼

중력분 ½컵

굵은 소금 약간

무염버터 2테이블스푼을 가열해서 갈색으로 만든 후 식힌 것과 팬에 두를 것 조금 더

거품기 부속을 끼운 전기 믹서 용기에서 계란 · 우유 · 꿀을 넣고 섞는다. 믹서를 작동시킨 채 밀가루 · 소금 · 브라운 버터를 더한다. 뚜껑을 덮고 반죽을 냉장고에서 1시간 재운다.

반죽이 차가워지면 코팅 프라이팬이나 크레페용 팬을 중불에서 가열한다. (혹시 코팅 프라이팬을 사용하더라도) 버터를 약간 넣은 후, 반죽을 ¼컵 떠서 팬 중앙에 올리고 국자 아래쪽으로 빙빙 돌려서 전체적으로 고르게 편다. 표면이 굳고 가장자리가 금갈빛이 될 때까지 1분 30초~2분 동안 익힌다. 크레페를 살살 뒤집고 30초 더 익힌다. 남은 반죽으로 반복한다.

The Odyssey

RED WiNE-ROSEMARY BREAD

《오디세이》

2012년 11월은 이상하고 무거운 달이었다. 먼저 대통령 선거라는 서커스의 스트레스가 나를 벼랑으로 밀어붙였는데, 선거 전날 밤에는 긴장해서 거의 굴러다닐 지경이었다. 결과가 나오기까지 몇 시간 동안 얼마나 걱정에 사로잡혔던지 나초 4인분을 주문해놓고도 먹을 수가 없었다. 무슨 말인지 알겠는가? 내가 나초를 먹을 수 없었다는 얘기다.

그 다음으로 추수감사절 칠면조 스트레스가 폭발했다. 사람들은 할로윈 의상을 벗어던지는 바로 그 순간 푸줏간으로 몰려든다. 3주 동안 전화가 끊임없이 울렸고, 수화기 너머 사람들의 목소리는 점점 더 공황에 빠져들었다. 소금에 절이기, 튀기기, 스터핑 채우기, 실로 묶기,

나아가 칠면조 안심이라는 것을 구할 수 없다는 사실에 이르면 울음을 터트릴 지경이었다(고백하자면 나는 칠면조의 안심 부위가 따로 팔린다는 것도 몰랐다).

이 모든 것의 배경에 허리케인 샌디가 드리운 어마어마한 그림자가 있었다. 그것은 전해에 허리케인 아이린이라는 불발탄을 겪었던 우리 누구도 상상할 수 없었던 복수심으로 뉴욕을 강타했다. 태풍이 강타하기 전 일요일에는 가게에 늘어진 줄이 문 밖까지 뻗어나가, 고기를 담은 용기들이 텅 빌 때까지 도로에 몇 시간씩 이어졌다. 그날 밤 가게 불을 끌 때는 국거리 한 조각 보이지 않았다. 뼈가 든 통들과 오후 어느 시점에 불가사의하게 카운터에 등장한 코코넛향 보드카 두 병이 전부였다. 이틀 동안 일을 쉴 생각에 다들 즐거워했다. 좋은 책이나 영화와 함께 뒹굴면서, 요리를 하거나 술을 마시거나 맛있는 걸 먹을(그리고 먹고 또 먹을) 생각들이었다.

다음날 아침 동료들과 나는 홍수나 정전 가능성에 최대한 대비하기 위해 다시 가게로 향했다. 바람이 솟구치기 시작하더니, 텅 빈 거리와 판자를 댄 가게 진열장 앞에 작은 나뭇잎 회오리바람들이 생겼다. 브루클린-퀸스 고속도로 위의 하늘은 불길하고 전류를 띤 허리케인 느낌의 회색으로 번쩍였다. 내 말이 무슨 뜻인지 알겠는가? 어째서인지 가장 밝으면서도 가장 어두운 그 빛을 한 번이라도 본 적 있는가? 어쩌면 이 허리케인은 그냥 편안한 이틀짜리 휴가가 아닐지 모르겠다고 생각하게 만드는?

그날 오후 늦게 내 아파트로 걸어서 돌아올 즈음 나는 완전히 공황 직전이었다. 종말론적인 브루클린의 환상에 시달린 뒤였기에 내가 아는 최고의 방법으로 신경을 달래기로 했다. 바로 빵을 굽는 것이었다. 나는 빵 네 덩어리를 섞고 반죽하고 성형했다. 마침내 소파에 앉았을 때는 그럭저럭 진정된 기분이었다. 빵들이 전부 나의 작은 오븐 속으로 들어가서 그 열기 속에 부풀어오르고 있다는 사실을 알기 때문이었다.

컴퓨터로 태풍에 대한 최신 뉴스를 훑어보다가, 어떤 남자가 문학 속의 태풍에 대한 인용구들로 뒤덮인 판자를 댄 서점 앞에 서 있는 〈뉴욕 데일리 뉴스New York Daily News〉의 사진과 마주쳤다. 그 인용구들의 맥락을 좀체 이해할 수 없어서, 나는 유명한 문학 속의 허리케인 목록을 머릿속에 편찬하기 시작했다. 제일 유명한 것은 아마 셰익스피어의 《리어왕King Lear》과 《템페스트The tempest》에 나오는 폭풍들이겠지만, 다니엘 디포의 《로빈슨 크루소Robinson Crusoe》와 크리스 에이드리언의 《아이들의 병원The Children's Hospital》에 나오는 장대한 허리케인들도 있다. 기 드 모파상의 〈술고래The Drunkard〉와 케이트 쇼팽의 〈폭풍The Storm〉은 더욱 훌륭하다.

그러나 문학 속의 어떤 등장인물도 불쌍한 오디세우스보다 더 많은 폭풍에 휘둘리지는 않는다. 그는 《오디세이》 내내 신들이 일으킨 허리케인들 때문에 경로에서 벗어나고 지체되며, 고향으로부터 점점 더 멀리 밀려가서 호색적인 여자들과 끔찍한 야수들이 있는 섬들로 떨어진다. 나는 낡은 《오디세이》 책을 찾아내고 큰 잔에 와인을 따랐다. 그러고는 오븐에서 빵이 부풀어오르는 동안 읽기 시작했다.

나는 '빵과 와인'이라는 말이 본문 내내 얼마나 자주 등장하는지 깨달았다. 호메로스가 《오디세이》의 도처에 언급하는 이 조합은 언제나 환영과 안전과 고향의 상징이다. 빵과 와인은 위안과 환대를 의미하는 고대의 주식이다. 성경부터 《켄터베리 이야기The Canterbury Tales》까지 거의 모든 원천 문헌에 등장하면서 늘 안식과 위안을 제공한다. 이 조합은 나에게도 분명 그런 역할을 한다. 내가 공황 상태일 때면 늘 제일 먼저 찾는 것들이며, 친구가 공황 상태일 때면 늘 제일 먼저 건네는 것이다. 다음은 이 두 가지 위안을 하나로 합친 맛있는 결과물이다.

레드 와인 로즈메리 브레드

이 빵에 가염버터를 듬뿍 바르고 더 많은 와인으로 속을 씻어내리자.

● 빵 1덩어리 분량

강력분 3컵

곱게 다진 신선한 로즈메리 2테이블스푼

굵은 소금 1½티스푼

갓 간 후추 1티스푼

드라이이스트 ½티스푼

드라이한 레드 와인 ¼컵, 살짝 데운다

따뜻한 물 1¼컵(40도 정도)

밀가루·로즈메리·소금·후추를 한꺼번에 체로 쳐서 큰 그릇 안에 내린다. 이스트를 따뜻한 와인에 녹인다. 와인에 물을 더하고 이 액체 전부를 마른 재료들에 붓는다. 반죽이 아주 보풀보풀한 공처럼 될 때까지 치댄다. 그릇에 행주로 뚜껑을 덮고 따뜻한 곳에 16~20시간 동안 두어 발효시킨다(불을 끈 오븐 안에 두면 발효가 아주 잘된다).

밀가루를 가볍게 뿌린 작업대에 반죽을 꺼내 놓는다. 반죽 중 그릇 안에서 발효되며 부풀어오른 부분이 빵의 윗부분이 될 것이다. 너덜너덜한 아랫부분을 중심부로 밀어 넣어서 빵 모양을 잡는다. 마치 배꼽처럼 보일 것이다. 성형한 빵을 뒤집어 다시 그릇에 담고. 뚜껑을 씌워서 2시간 더 발효시킨다. 크기가 두 배로 부풀어야 한다.

발효 시간이 45분 남은 시점에 오븐을 230도로 예열한다. 15분간 기다렸다가 뚜껑을 덮은 묵직한 냄비를 오븐에 넣는다. 30분간 가열한 후, 빵을 냄비에 넣고 뚜껑을 덮어서 30분간 굽는다. 냄비 뚜껑을 열고 15~20분 더 구워서 빵에 파삭파삭한 황금빛 껍질이 생기게 한다.

"The Best Girlfriend You Never Had"

RED FLANNEL HASH

〈당신은 절대 가져보지 못한 최고의 여자친구〉

전면 폭로: 난 팸 휴스턴의 책을 읽고 레드 플란넬 해시를 알게 된 것이 아니다. 그 반대 순서였다. 푸줏간에서 내가 제일 좋아하는 손님 중 하나인 레베카는 자주 계란·비트·감자가 가득한 바구니를 들고 카운터에 와서 두툼하게 썬 베이컨 450그램을 주문한다. 베이컨·감자·계란으로 만들 수 있는 것을 상상하기는 꽤 쉽지만 비트는 늘 나를 당혹시켰다. 결국 뭘 만들려는 건지 물어보았을 때, 그녀가 대답한 것은 이제껏 들어본 가장 사랑스러운 음식 이름 중 하나였다. "레드 플란넬 해시." 이름만으로도 너무나 따스해진다.

문학을 홀린 음식들

내가 모든 아침식사용 해시[82)]를 너무나도 좋아한다는 사실을 고려할 때, 레드 플란넬 해시에 대해 한 번도 못 들어보았다는 건 놀라운 일이다. 어릴 때 '리비' 상표의 콘비프 해시 통조림에 지독히 열광하는 시절을 겪었는데, 내가 소금 중독으로 죽을까봐 엄마가 겁낼 정도였다. 나는 이 통조림을 매시드포테이토·닭고기·브로콜리 등 모든 것에 얹어 먹으려 했다. 어떤 식당을 가든 콘비프 해시를 찾았고, 버터 바른 흰빵 토스트를 곁들인 미국식 치즈 오믈렛의 속재료로 이것을 주문하기도 했다. 이 모두가 그다지 자랑할 일은 아니다.

레베카에게 레드 플란넬 해시란 건 금시초문이라고 말하자, 그녀는 팸 휴스턴의 단편 〈당신은 절대 가져보지 못한 최고의 여자친구〉에서 알게 된 음식이라고 말했다. 내가 레드 플란넬 해시에 대해 들어보지 못했다는 사실보다도 더 놀라운 것은 내가 팸 휴스턴의 글을 읽어보지 못했다는 사실이다. 《고양이 왈츠Waltzing the Cat》(〈당신은 절대 가져보지 못한 최고의 여자친구〉가 수록된 단편집)는 1998년에 처음 출간되었다. 앤디 언니가 반스앤노블 서점에서 이 책을 산 것은 표지에 그려진 부츠가 언니의 닥터마틴 부츠처럼 보였기 때문이다.

1998년에는 커피하우스 문화란 게 아직 비교적 새로웠다. 카페에 공책을 들고 가서 감성적인 시를 휘갈기거나, 두유 라테를 곁에 놓고서 인상적인 실존주의적 소설책을 들고 웅크려 있는 게 대유행이었다. 우리 동네에서 안락하고 친밀한 카페에 가장 가까웠던 곳들은 인근 스타

---

82) 다지거나 깍둑썬 고기·감자·양파 등에 향신료를 듬뿍 뿌려서 조리한 요리.

벅스들이었다. 언니는 《고양이 왈츠》를 들고 가서 몇 시간씩 머물면서, 책 여백에 뻗어나가는 포도덩굴과 울고 있는 소녀들을 그리거나 아니 디프랭코의 노래가사를 휘갈기곤 했다. 언니는 권태로운 눈빛에 귀에 는 안전핀을 꽂은 바리스타 드루에게 반해 있었고, 뭘 읽고 있는지 그 가 물어봐주기를 줄곧바랐다. 그가 한 번도 묻지 않았던 게 다행이었 다. 내 생각에 언니는 사실 그 책을 한 줄도 읽지 않았기 때문이다. 하 지만 언니는 그 책을 자신만의 예술작품으로 만들었다. 언니의 청춘과, 사랑에 대한 무한하고 굶주린 갈구가 담긴 타임캡슐 말이다.

이 책의 작중 화자인 33세의 루시 오루크는 지칠 줄 모르고 사랑을 추구한다는 점에서 17세의 앤디 언니와 비슷하다. 숱한 실패와 무수한 거절에도 불구하고 루시는 계속 파괴적인 관계에 뛰어들며, 그때마다 절친한 친구 레오에게 기대어 위안을 찾는다. 루시와 레오 사이의 친 밀감과 편안함은 〈당신은 절대 가져보지 못한 최고의 여자친구〉의 첫 문장부터 명백히 드러난다. "이 도시에서 완벽한 하루는 늘 이렇게 시 작된다. 친구 레오가 나를 태우러 온다. 우리는 비트와 베이컨으로 레 드 플라넬 해시를 만드는 '릭 앤드 앤스'라는 아침식사 전문 식당에 간 다. 그 후 베이 브리지를 건너 팰리스 오브 파인 아츠의 정원으로 가서, 촉촉한 잔디에 앉아 큰 소리로 시를 읽고 사랑에 대해 이야기한다."

휴스턴은 이 미니멀리즘적 문체의 한 문단만으로 많은 것들을 전달 한다. 루시와 레오의 관계뿐 아니라 루시 자신에 대해서도 말이다.

이 단편집을 최근에야 읽은 게 여러모로 다행이다. 더없이 적절한 시기에 내게로 왔다는 느낌이기 때문이다(책들은 종종 이러는 것 같다,

그렇지 않은가?). 〈당신은 절대 가져보지 못한 최고의 여자친구〉는 낭만적이고 플라토닉한 사랑 이야기이자 무언가를 파괴하고 치료하고 소모하는 사랑 이야기일 뿐만 아니라 한 장소에 대한 사랑 이야기이기도 하다. 이야기의 많은 부분은 그야말로 샌프란시스코에 부치는 사랑의 시다. 작년에 나는 절친한 친구 셋을 샌프란시스코에 빼앗겼다. 다들 뉴욕의 눈과 먼지와 단조로움에 질려서, 아주 먼 곳에서 새로운 삶을 일구려고 하나씩 사라져갔다. 그 친구들은 각각 내가 뉴요커로 보낸 10년 중의 특정한 시기를 대변한다. 그들이 떠나는 걸 지켜보자니 여기서의 내 삶에서 너무나 사랑했던 한 장이 닫히는 느낌이었다.

지난봄 모Mo가 샌프란시스코로 이사할 것이라고 겨우 며칠 전에 알려왔을 때, 나는 막 《고양이 왈츠》를 집어든 참이었다. 그녀가 그리울 것이라서 울었다. 그녀 때문에 행복했기 때문에, 10년은 한 장소에서 보내기엔 너무 긴 시간이라는 기분 때문에 울었다. 그날 밤 나는 〈당신은 절대 가져보지 못한 최고의 여자친구〉를 네 번 반복해 읽었다.

루시와 새로운 환경 사이에서 싹트는 관계에 대해 읽으면서 나는 엄청난 위안을 느꼈다. 내 친구들의 새로운 삶을 더 충만히 그려볼 수 있도록 해주었기 때문만이 아니었다. 그것이 나와 뉴욕, 특히 브루클린과의 연애를 연상시켰기 때문이다. 우리의 연애는 진행 중이며 늘 변화한다. 이곳은 나를 매일 파괴하고 재건한다. 아니, 때로는 매 시간 그러기도 한다. 그리고 나는 이곳을 깊이 사랑한다.

레드 플란넬 해시

사람들은 늘 수란을 두려워하지만, 겁낼 것 없다. 사실은 아주 쉽다는 것을 여기서 보여주겠다.

● 넉넉하게 4인분

알감자 700그램, 껍질을 벗기고 1센티미터 정도로 깍둑썬다

고구마 큰 것으로 1개, 껍질을 벗기고 1센티미터 정도로 깍둑썬다

비트 중간 크기로 2개, 껍질을 벗기고 1센티미터 정도로 깍둑썬다

두툼하게 썬 베이컨 450그램, 큼직하게 썬다

양파 큰 것으로 1개, 곱게 다진다

마늘 1쪽, 찧는다

타임 4줄기

양조식초 ¼컵

계란 큰 것으로 4개

굵은 소금

갓 간 후추

큰 냄비에 찜기를 올리고 찜기 밑면에 살짝 닿을 정도로 물을 붓는다. 깍둑 썬 알감자와 고구마를 찜기에 담고 중불로 물을 끓인다. 냄비 뚜껑을 닫고 7분 동안 찐 다음 그릇으로 옮겨 담는다.

깍둑썬 비트를 10분 동안 찐다.

비트를 찌는 동안, 무쇠팬이나 그 밖의 바닥이 두꺼운 프라이팬에 베이컨을 중불로 약간 바삭해지게 굽는다. 다진 양파와 찧은 마늘을 더하고 약불로 조리한다. 비트가 다 쪄지면 감자·고구마·타임과 함께 프라이팬에 더한다. 이따금 저어주면서 감자가 바삭해질 때까지 20분 정도 조리한다. 타임은 건져낸다.

볶음용 팬이나 프라이팬에 물을 담는다. 식초를 섞는다. 식촛물을 중불로 가열하는데 아주 뜨겁되 펄펄 끓거나 부글거리게 하면 안 된다. 팬 바닥에서 막 거품이 생기고 수면에서 김이 올라오는 상태여야 한다.

계란 1개를 램킨[83]에 깨 넣고 숟갈로 물 속에 소용돌이를 만든다. 계란을 살살 미끄러뜨리듯 물에 넣고 20초 동안 익힌다. 20초가 지나면 흰자를 아주 살살 노른자 주위로 밀어올리기 시작해도 좋다. 만일 계란이 팬 바닥에 달라붙어 있으면 그냥 주걱으로 떼어낸다. 3분 정도 익힌다. 흰자는 익은 듯해야 하지만, 그 안의 노른자는 아직 꿀렁대는 게 보여야 한다. 구멍 난 국자로 건지고 종이타월에 얹어 물기를 제거한다. 소금과 후추로 입에 맞게 간하고 레드 플란넬 해시에 올려서 낸다. 남은 계란들로 반복한다.

---

83) 지름 8~10센티 정도의 작은 내열 그릇.

the Secret History

WINE-BRAISED LEG of LAMB
with WILD MUSHROOMS

《비밀의 계절》

　어린 시절 나의 (수많은) 괴상하고 비합리적인 두려움 중에, 언젠가는 음표의 조합들이 다 떨어져서 새로운 음악은 더이상 존재하지 않게 되리라는 것이 있었다. 성인이 된 지금은 이 두려움을 설명하기 힘들다. 이 문제를 부모님에게 얘기했을 때 그분들이 그렇게도 이해하기 힘들어했던 것은 아마 그래서일 것이다. 부모님은 그저 내가 또 별스러운 소리를 하는구나 생각했고, 실제로 그랬던 것 같다. 그렇다 해도 내가 겁에 질렸던 건 진짜였다. 그런 우려가 생겼을 때 나는 바이올린을 배운 지 2년째였다. 이유는 모르겠지만 악보 읽는 법을 배우다가 그런 걱정을 하게 되었다. 십대 초반이었던 언니는 라디오에서 나오는 팝과 힙합에 심취했다. 나는 그 노래들의 반복적인 선율과 예전 노래들에 대한 끈질긴 샘플링을 나의 공포가 현실화되고 있다는 증거로 받아들였다.

학교에서 돌아온 저녁 시간이면 나는 아빠가 수집한 레코드들을 들으며 몇 시간씩 보내곤 했다. 레코드들은 우리집 거실 전체에 널려 있었다. 숙제를 하면서 더 스미스와 잉글리시 비트, 포그스와 더스티 스프링필드에서 위안을 찾았다. 그렇지만 밤이 끝날 무렵이면 늘 친숙한 공포가 기어들어오는 것을 느꼈다. 이미 다 끝났어. 키스 문의 드럼을 들으면서 나는 생각했다. 도대체 누가 이보다 나아질 수 있겠어?

최근 이 책을 쓰면서 비슷한 근심이 기어들어오는 것을 느꼈다. 언젠가 나의 모든 창작 에너지가 바닥나면 어떻게 하지? 결국 쓸 거리가 아무것도 안 남으면 어떻게 하지? 이미 다 끝났다면? 훨씬 간단한 말로 얘기하자면, 나는 슬럼프와 싸우느라 심신이 약화되고 있었다. 여러 모로 두려운 고백이지만, 흔히 가장 두려운 것을 큰 소리로 말하는 일이 어째서인지 그것을 덜 두렵게 만든다(마침내 바이올린 강사에게 털어놓을 용기를 내면, 그분은 그냥 입을 떡 벌리고 쳐다보기만 할 것이다). 슬럼프에 부딪혔다고 고백하려면, 내 자신이 작가라는 것 또한 고백해야 한다.[84] 이것은 무시무시한 선언이다. 이 말에는 '나는 푸주한이다'라는 말엔 없는 무겁고 자아도취적이며 압박으로 가득한 느낌이 있다.

결국 어느 날 밤 나는 맥주를 앞에 두고 친구에게 이 모든 것을 고백

---

84) 작가의 슬럼프를 영어로는 writer's block이라고 한다.

했다. 확신하건대 친구는 "글 쓰는 건 어떻게 되어가?"라고 물었을 때 훨씬 간단한 대답을 기대하고 있었겠지만, 그래도 주의깊게 귀를 기울여주었다. 그러고는 대답으로 경력 내내 끔찍한 슬럼프로 고통받은 유명한 작가들에 대해 아는 대로 전부 이야기해주었다. 대화는 결국 도나 타트에게로 이어졌다. 1992년 《비밀의 계절》이 출간된 이후로 그녀의 소위 '슬럼프'는 언론에 적잖은 주목과 호기심을 일으켰다. 이 책은 즉시 베스트셀러가 되었고, 사람들은 그녀의 다음 소설을 열렬히 기다렸다. 《비밀의 계절》과 《작은 친구》 사이에 11년이 흐르면서, 그녀가 슬럼프 때문에 실패했다는 소문이 무성했다.

그 시점까지 나는 도나 타트의 책을 한 권도 읽지 않았다. 그녀의 이름 때문에 그 책들이 슈퍼마켓에서 파는 로맨스 소설 같은 종류이리라고 생각했던 것이다(그런 로맨스 소설이 나쁘다는 얘기는 절대 아니다). 한 친구가 나에게 《비밀의 계절》을 읽어보라고 강권했다. 그래서 다음날 서점에 갔고, 그날 밤이 지날 즈음에는 책을 거의 다 읽어버렸다. 타트가 이 책 이후로 다음 책을 쓰는 데 11년이 걸렸다는 사실은 내게 전혀 놀랍지 않다. 타인의 영향에 대한 우려는 심각한 문제다. 그러나 그와는 별개로 자기 자신의 영향에 대한 우려 역시 존재한다는 게 내 생각이다. 이 책은 틀림없이 후속작을 내놓기 벅찬 책이었을 것이다.

이 소설의 작중 화자 리처드는 《다시 찾은 브라이즈헤드》의 찰스 라이더를 연상시킨다. 비천한 출생으로부터 달아나 혼자 힘으로 훨씬 흥미로운 삶을 만들겠다는 희망을 가진 소년 말이다. 그는 캘리포니아주의 플래노를 떠나서 버몬트 주에 있는 가상의 대학교 햄든에 도착한다. 그곳에서 그는 대중으로부터 자진하여 고립된 부적응자들인 고전 전공 학생 집단에 빠져든다. 헨리·버니·찰스·커밀라·프랜시스는 날마다 매력적이고 수수께끼 같은 교수 줄리언과 함께 고대 그리스어를 공부하고, 술을 어마어마하게 퍼마시고, 부모들이 버는 것보다 빠른 속도로 돈을 쓰면서 보낸다. 몇 주 지나지 않아 리처드는 그 집단에 동화되고, 곧 자신이 감당할 수 없는 처지에 빠졌다는 것을 발견한다.

상황은 집단의 리더인 헨리가 자기네 모두를 파멸시킬 수 있는 비밀을 안다는 이유로 버니를 죽이기로 결정하면서 극에 달한다(이 사실은 다름 아닌 첫 문장에서 알 수 있다. 그러니 내가 스포일러를 저지른 건 아니다). 헨리는 버니만한 체격의 사람을 죽이려면 얼마나 많은 양이 필요한지 정하려고 야생 독버섯으로 실험을 시작한다. 그날 밤 리처드는 줄리언의 집으로 저녁식사 초대를 받는다. 독자는 아직까지 이 문제 많은 집단에서 누구를 신뢰할 수 있을지 확신하지 못한 채로 줄리언이 양고기와 감자 구이, 회향을 곁들인 리크와 완두콩, 마지막으로 "김이 무럭무럭 나며 고수와 루 향기가 풍기는 레드 와인 소스를 끼얹은" 헨리의 야생 버섯 요리가 듬뿍 담긴 접시를 내오는 것을 지켜본다.

이 책을 다 읽은 날 앞서 그것을 추천했던 친구로부터 이메일을 받았다. 도나 타트가 그해에 '리틀, 브라운' 출판사에서 새 소설을 출간할 것이라는 보도자료였다. 20여 년 만에 선보이는 세 번째 책이었다(알다시피 이 책은 이후에 퓰리처상을 수상한 《황금방울새》다). 무엇 때문에 그렇게 오래 걸렸느냐는 질문을 받았을 때 타트는 슬럼프에 대한 소문들을 일축했다. 그러고는 미안해하는 기색 없이 간결하게 대답했다. "글

쓰기에는 시간이 걸립니다."

야생 버섯을 곁들인 양다리 조림

독만 없다면 뭐든 좋아하는 버섯을 사용하자. 나는 말린 랍스터버섯, 그물버섯, 포르치니와 더불어 생 턱수염버섯, 옐로우풋 살구버섯, 잎새버섯을 사용했다.

● 6인분

뼈가 포함된 양 다리 스테이크감 1개(1.4킬로그램)

굵은 소금

갓 간 후추

당근 5개, 껍질을 벗기고 큼직하게 썬다

알감자나 붉은 감자 450그램, 박박 문질러서 씻는다

말린 버섯 100그램

로즈메리 1단

타임 1단

닭 육수 4컵

드라이한 레드 와인 1병(750밀리리터)

무염버터 10테이블스푼

샬롯 작은 것으로 4개, 다진다

마늘 4쪽, 다진다

생 야생 버섯 200그램

낼 때 곁들일 껍질이 딱딱한 빵

양고기 스테이크감에 소금과 후추를 넉넉하게 골고루 뿌리고, 실온에 40분 정도 둔다.

오븐을 150도로 예열한다.

큼직한 프라이팬을 중강불로 가열하고, 양고기에 근사한 크러스트가 생길 때까지 양쪽 면을 3분 정도 지진다.

양고기를 더치오븐에 담고 당근 · 감자 · 말린 버섯 · 로즈메리 · 타임을 더한다(타임 몇 줄기는 생 버섯 요리용으로 남겨둔다). 닭 육수와 레드 와인을 잠기도록 붓는다.

양고기를 지진 프라이팬에 버터 4테이블스푼을 중불로 가열하고 남은 타임을 더한다. 샬롯과 마늘을 샬롯이 투명해질 때까지 8~10분 정도 조리한다. 이것을 잘게 썬 버터 4테이블스푼과 함께 더치오븐에 더한다.

더치오븐 뚜껑을 덮고 오븐에 넣는다. 고기가 뼈에서 떨어져나올 때까지 5시간 가량 조리한다.

스튜를 거르고 조린 국물은 따로 둔다. 허브는 골라내고 고기 · 감자 · 당근 · 말린 버섯을 접시에 담는다.

조린 국물을 중간 크기 소스팬에 담고 반으로 졸아들 때까지 20분 정도 중불로 가열한다.

소스가 졸아드는 동안 남은 버터 2테이블스푼을 볶음용 팬에 넣고 중불로 가열한다. 생 버섯과 남겨둔 타임을 더한다. 버섯에 소금과 후추를 넉넉히 치고, 가장자리가 바삭해지고 수분이 대부분 빠져나올 때까지 조리한다.

낼 때는 버섯을 그릇에 담고 양고기·당근·감자를 올린 후 레드 와인 소스를 끼얹고 입에 맞게 소금과 후추로 간한다. 마지막까지 싹싹 훔쳐 먹어야 하니 맛있는 빵이 필요할 것이다.

〈이 책에 소개된 책들과 요리법들〉

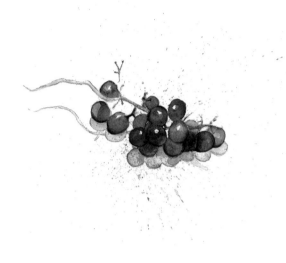

1부: 어린 시절

- 로라 잉걸스 와일더, 《큰 숲 속의 작은 집》 — 아침식사용 소시지
- 야코프와 빌헬름 그림, 《헨젤과 그레텔》 — 블러드오렌지 시럽을 끼얹은 진저 브레드 케이크
- 모리스 샌닥, 《깊은 밤 부엌에서》 — 데운 맥아유 케이크
- 캐럴라인 킨, 《낸시 드루》 — 더블 초콜릿 호두 선데
- 로라 누메로프, 《만일 생쥐에게 쿠키를 준다면》 — 브라운 버터 초콜릿 칩 쿠키
- 린 리드 뱅크스, 《벽장 속의 인디언》 — 그릴에 구운 로스트비프
- 거트루드 챈들러 워너, 《화물칸의 아이들》 — 초콜릿 푸딩
- 아스트리드 린드그렌, 《내 이름은 삐삐 롱스타킹》 — 버터밀크 팬케이크

- 루시 모드 몽고메리, 《빨간 머리 앤》 — 소금 초콜릿 캐러멜
- 로버트 매클로스키, 《호머 프라이스》 — 올드패션 사워크림 도넛
- 로알드 달, 《마녀를 잡아라》 — 홍합·새우·대구 스튜
- 프랜시스 호지슨 버넷, 《비밀의 화원》 — 건포도빵
- E. B. 화이트, 《샬럿의 거미줄》 — 완두콩 베이컨 수프
- 윌슨 롤스, 《나의 올드 댄, 나의 리틀 앤》 — 프라이팬에 구운 옥수수빵과 허니버터
- 토미 드파올라, 《스트레가 노나》 — 후추 파르메산 파스타
- 워싱턴 어빙, 《슬리피 할로의 전설》 — 메밀 팬케이크

2부: 청소년기

- 하퍼 리, 《앵무새 죽이기》 — 당밀 버터를 곁들인 비스킷
- 윌리엄 골딩, 《파리 대왕》 — 포르케타 디 테스타
- J. D. 셀린저, 《호밀밭의 파수꾼》 — 맥아유 아이스크림
- 실비아 플라스, 《벨 자》 — 게살을 채운 아보카도
- 대프니 듀 모리에, 《레베카》 — 블러드오렌지 마멀레이드
- 빅토르 위고, 《레 미제라블》 — 호밀 흑빵
- 찰스 디킨스, 《위대한 유산》 — 돼지고기 파이
- 허먼 멜빌, 《모비딕》 — 클램 차우더
- 조지 오웰, 《파리와 런던의 따라지 인생》 — 립아이 스테이크
- 제인 오스틴, 《오만과 편견》 — 화이트 갈릭 수프
- 토머스 해리스, 《양들의 침묵》 — 잠두와 닭 간 무스를 올린 크로스티니
- 제프리 유제니디스, 《미들섹스》 — 올리브유 요구르트 케이크

- 에벌린 워, 《다시 찾은 브라이즈헤드》 — 캐비아를 곁들인 블리니
- 조너선 프랜즌, 《인생 수정》 — 페퍼민트 버터크림 프로스팅을 올린 초콜릿 컵케이크
- 베르길리우스, 《아이네이스》 — 꿀과 양귀비 씨를 넣은 케이크
- 버지니아 울프, 《댈러웨이 부인》 — 초콜릿 에클레어
- 레프 톨스토이, 《안나 카레니나》 — 굴과 오이 미뇨네트

3부: 성인기

- 토니 모리슨, 《가장 푸른 눈》 — 콩코드 포도 셔벗
- 존 케네디 툴, 《바보들의 결탁》 — 젤리 도넛
- 피터 헬러, 《도그 스타》 — 송어 통구이
- 마이클 커닝햄, 《세월》 — 생일 케이크
- 존 디디온, 〈모든 것에 안녕을〉 — 손수 만든 리코타 치즈를 곁들인 복숭아 구이
- 필립 로스, 《미국의 목가》 — 핫 치즈 샌드위치
- 제인 오스틴, 《엠마》 — 완벽한 반숙 계란
- 에드거 앨런 포, 《타르 박사와 페더 교수의 광인 치료법》 — 염소젖 치즈 호박 파이
- 트루먼 커포티, 《인 콜드 블러드》 — 체리 파이
- 도나 타트, 《작은 친구》 — 페퍼민트 스틱 아이스크림
- 아이작 바셰비스 싱어, 《바보 김펠》 — 할라
- 타나 프렌치, 《살인의 숲》 — 초콜릿 다이제스티브 비스킷
- 켄 키지, 《때로는 위대한 관념》 — 블랙베리 헤이즐넛 커피 케이크

- 길리언 플린,《나를 찾아줘》— 브라운 버터 크레페
- 호메로스,《오디세이》— 레드 와인 로즈메리 브레드
- 팸 휴스턴,《당신은 절대 가져보지 못한 최고의 여자친구》— 레드 플란넬 해시
- 도나 타트,《비밀의 계절》— 야생 버섯을 곁들인 양다리 조림

감사의 글

이 책은 여러 사람들의 노력이 합쳐진 결과물이다. 언젠간 책을 쓰겠다고 말할 때마다 날 믿어준 것에 대하여, 우리 가족들에게 특별한 감사를 보낸다. 앤디 언니와 젬마는 내가 아는 제일 멋진 여성들이다. 최고의 친구인 캠, 더불어 캐럴라인, 잭, 마시 숙모님, 피터, 수 숙모님, 브렛(너 없이는 책 계약이고 뭐고 전부 산으로 갔을 거야), 린다 숙모님에게 감사한다. 여기서는 말로 다 못할 감사를 시모어 할아버지께 드린다―그분의 흔들림 없는 상냥함과 낙천성, 이야기들, 따뜻함, 내력에 대해. 더불어 정육과 고된 노동과 너그러움에 대해 가르쳐주신 것에도 감사드린다. 나의 전 세계를 바꾼 렌틸에게. 이 책을 볼 수 있었으면 좋았을 그랜디에게. 내가 늘 바라던 죽마고우이자 내가 선택한 자매인 에밀리에게. 가장 상냥하고 크나큰 후원자인 주디에게―너의 인내와 사랑과 멋들어진 춤 고마워. '미트 후크'의 식구들인 벤, 톰, 브렌트, 새러, 매디, 제임스, 마이크, 데이비드, 질에게―나의 일과 동료들을 이렇게까지 많이 사랑할 수 있으리라고는 절대 생각 못했다. 해리와 테일러와 '브루클린 키친' 직원들에게, 그들의 지식과 기꺼이 나를 지지해준 것에 감사한다. 매리언의 재능을 경외하며, 이 책을 더욱 더 향상시켜준 것에 감사한다. 더 웨스트 카페, 더 그랜드, 더 세컨드 챈스 살룬, 번사이드, 앵커드 인 등, 내 아파트에 있을 수 없을 때 작업실이 되어준 여러 장소들에 감사한다. 맥스와 알로, 너희들이 자라는 모습을 지켜보게 해줘서, 그리고 독서와 사랑에 빠진다는 게 어떤 것인지 기억나게 해줘서 고마워. 이 책을 가능하게 만들어준 나의 '냠냠북스' 독자들에게―특히 내 최초의 인터넷 친구 엘리자베스에게―감사한다. 슈퍼 에이전트 카라와 슈퍼 편집자 마이클에게, 그리고 같이 일했던 모든 요리사들에게도 감사한다. 내 머리에 물건을 집어던지고 내가 무가치하다고 느끼게 한 요리사들조차 나에게 가르쳐준 것이 있었다. 제이슨, 윌라, 에린, 티셔츠, 모 등 뉴욕 방방곡곡의 주방과 카페에서 함께 일했던 사람들에게 감사한다. 내가 제일 좋아했던 영어 교사인 재코비 선생님과 미첼 선생님에게 감사한다. 이 요리법들의 검증을 도와준 모든 사람들에게―멜로리와 미첼, 나의 놀라운 독서모임 여성 회원들과 그 밖의 너무나도 많은 사람들에게 감사한다. 그리고 마지막으로, 하루도 빠짐없이 영감을 준 작가들과 내 최초의 친구가 되어준 책 속의 등장인물들에게 감사한다. 그들이 없었다면 이 책은 그야말로 문자 그대로 존재하지 못했을 것이다.

문학을 홀린 음식들

첫판 1쇄 펴낸날 2017년 11월 28일
첫판 3쇄 펴낸날 2024년 7월 19일

지은이 | 카라 니콜레티
옮긴이 | 정은지
펴낸이 | 박남주

펴낸곳 | (주)뮤진트리
출판등록 | 2007년 11월 28일 제2015-000059호
주소 | 서울시 마포구 토정로 135 (상수동) M빌딩
전화 | (02)2676-7117 팩스 | (02)2676-5261
전자우편 | geist6@hanmail.net
홈페이지 | www.mujintree.com

ISBN 979-11-6111-009-7 03840

• 책값은 뒤표지에 있습니다.